Herstellung und Verlag:
BoD – Books on Demand, Norderstedt
ISBN 978-3-7392-4125-8

Inhalt

Eheliches und Uneheliches

	Seite
Aprilwetter	2
Ein Neuanfang	4
Vierjahreszeiten	11
Katherine's Tagebuch	15
Mein Traummann	23
30 Jahre und immer noch keinen Mann	28
Das Brautpaar	32
Schluß, endgültig	35
Die Verwitwete	39
Die Verlassene	43
Der gute Rat	46
Die Detektivin	49
Gewitter	55

Familiäres

Onkel Otto	59
Tante Rosaly	65
Hildes Weihnachtsabend	68
Opa und Enkel	71

Zeitnahes

Ja, damals	74
Hollermoor	77
Die Kreativen	89
Eine Stunde vor dem Fernseher	96

Utopisches

Rena	101
Robofix	115
Schwarze Blitze	121

Altertümliches

Ich, der Kieselstein	128
Spitzenhemd und Daumenschraube	132
Pelagia	136
Reisen zu zwei verschiedenen Zeiten	141

Kriminelles

Das Diadem	150
Die Schatulle	155
Lohn der Angst	165

Märchenhaftes

Das Standbild	172
Snowy	179

Fernöstliches – Nahwestliches

Ein Urlaubstraum	190
Braune Augen – Rote Käfer	193
Kiwitt	200
Wallfahrten	206

Salz im Kaffee	209
Monolog vor einem Spiegel	216
Verpaßt	220
Der Bumerang	232

Obskures

Madame Odette	237
Trugschluß	240
Seerosen	244

Eheliches und Uneheliches

Aprilwetter

„Jetzt stell dich nicht so an!" Ilonas Stirnfalte vertieft sich, ihre braunen Augen werden fast schwarz; „im Wetterbericht hat's ‚örtliche Schauer' geheißen, die werden nicht gerade bei uns runtergehen, und wenn, dann zerfließt du bei ein paar Regentropfen auch nicht gleich!"
Tobias seufzt, es ist nutzlos, mit ihr debattieren zu wollen. Gestern abend erst hat sie mit dem unsinnigen Hochzeitstermin zu Weihnachten ihren Kopf durchgesetzt. „Und wie weit ist's zu deinem Wirtshaus?" fragt er statt dessen.
Sie wedelt mit dem rechten Arm: „So zwei Stunden, also keine Strecke, bei der man sich verausgabt."
„Schön, such' ich halt meine Radlklamotten raus," nickt er ergeben.

Am kommenden Morgen nach dem Frühstück richten sie die Fahrräder her; zwei Äpfel, zwei Flaschen Multivitaminsaft kommen in die beiden Körbe, obenauf die gelben Regenumhänge, für alle Fälle.
Nach vier Kilometern wird es unvermeidlich, sie umzuhängen; eine Wolke entledigt sich ihrer Wassermassen. Weit und breit kein Unterstand. Tobias preßt die Lippen zusammen, Ilona schaut stur geradeaus. Schweigend strampeln sie auf der kurvigen Straße weiter, Ilona energisch voneweg, Tobias mit einigem Abstand hinterdrein. Irgendwann hat er das Gefühl, der Hinterreifen wird schwammig – tatsächlich, er verliert Luft. Glücklicherweise breitet vor ihm am Wegesrand ein Lindenbaum seine Äste aus. Fluchend flickt er unter ihrem Schutz das Loch. Als er es endlich verklebt hat, ist von Ilona keine Spur mehr zu erblicken. „Hinter der nächsten Kurve werd' ich sie wohl wieder sehen." Seine Laune ist auf dem Tiefpunkt

angelangt. Er fährt um die Biegung, und sieht die gelbe Gestalt in einiger Entfernung sich einer Ortschaft nähern. Bei einer hohen Thujenhecke hält sie an, steigt vom Rad, nimmt den Korb ab. Sie macht ein schmiedeeisernes Tor auf und geht auf die Stufen zu, die zur Haustür führen. Inzwischen ist Tobias herangekommen: „Jetzt wart halt mal!"
Sie dreht sich um, und er blickt in zwei tiefblaue Augen, die gerade noch unter der gelben Kapuze herausschauen.
„Meine Güte", stammelt er, „ich dachte, Sie sind meine Freundin! Die ganze Zeit bin ich hinter Ihnen hergefahren!" Er deutet auf den Umhang, „Sie trägt das gleiche Regencape!"
„Na sowas," beim Lachen zeigt sie eine Reihe ebenmäßiger Zähne. „Und wo wollten Sie eigentlich hin?"
„Ja, das ist ein Problem, meine Freundin hat gesagt, sie fährt mit mir zu einem Wirtshaus, wo man hervorragendes Spanferkel ißt, aber ich hab' keine Ahnung, wo das ist, oder wie das heißt! Ist mir auch egal, ich fahr' schnurstracks heim, und zieh mich um, die Hosenbeine sind klatschnaß und die Schuhe quietschen auch."
„Wissen Sie was, ich koch' mir jetzt Tee, weil mir kalt ist, da trinken Sie eine Tasse mit, erholen sich ein bißchen und fahren dann mit frischen Kräften zurück."
„Sie sind ein Engel, Tee klingt wirklich verlockend, ich revanchier mich dafür mit zwei Flaschen Multivitaminsaft!"
In den nächsten zwei Stunden trinken sie eine Tasse Tee nach der anderen, erzählen ohne Unterlaß und lachen viel. Und nicht nur ihre Füße erwärmen sich.

Im September ist Hochzeit.

Ein Neuanfang

Herbert – Susanne – Susannes Mutter – Herberts Vater

(Ein Wohnzimmer. Herbert steht vor dem Bücherregal, entnimmt ihm Bücher und packt sie in eine Umzugskiste. Susanne sitzt am Schreibtisch vor dem PC und tippt.)

H   Was ist mit den Kochbüchern? Die mußt du noch einpacken!

S   Nee, nee, mein Lieber, die kannst allesamt du haben!

H   Aber die gehören dir, die habe ich doch alle dir geschenkt!

S   Ich weiß, ich weiß! Zu jedem Geburtstag, zu jedem Weihnachten bekam ich so'n dämliches Buch von dir!

H   Dämliches Buch, das ist die Höhe! Ich hatte gedacht, ich mache dir eine Freude! Es sind schöne Bücher, sogar sehr schöne Bücher – sieh nur die prachtvollen Bilder, da bekommt man doch gleich Appetit –

S   Alle kannst du haben, und alle Gerichte kannst du kochen, da hast du lebenslänglich was zu tun. Sollte irgendwann mal irgendein neuer Partner auf die Idee kommen, mir 'n Kochbuch zu schenken, knalle ich es ihm auf den Kopf und bin im nächsten Moment verschwunden, auf Nimmerwiedersehen!

H   Aber zu deinem dreißigsten Geburtstag habe ich dir ein Armband geschenkt, mit Brillanten, ein Karat!

S   Ja, 19 Stück Brillanten. Hab' ich mir selber ausgesucht, hat auch lange genug gedauert, bis ich dir eingeredet hab', daß mir das lieber ist als 'ne Cappuccinomaschine. Aber das nächste – Telefon – gehst du ran?

H   Hallo Vater, so Gartenausstellung – zum Kaffee – ja klar – wir freuen uns, also bis morgen Nachmittag – wo wohnst du, wieder in der Pension Schübler? Was, im Hotel Radelmaier, ja, bist du unter die Kapitalisten gegangen? Hast schon recht. Also bis morgen!
    Tja, hast es mitbekommen, Vater kommt morgen zum Kaffee.

S   Ganz reizend wär's gewesen, wenn du mich auch gefragt hättest. Zum Kuchenbacken hab' ich keine Zeit, das sag' ich dir gleich, ich muß mein Referat vorbereiten. Du kannst beim Holzmüller was holen, schließlich kommt _dein_ Vater.

H   Und der ist wesentlich pflegeleichter als deine Mutter. Der geht ins Hotel, während deine Mutter es bei uns ja immer soo gemütlich findet. Und leider ist ihr unsere Wohnzimmercouch auch immer komfortabel genug.

S   Das steht überhaupt nicht zur Debatte, denn nicht _sie_ kommt, sondern dein Vater.

H Wir werden uns überlegen müssen, wie wir ihm beibringen, daß wir uns trennen. Wo er dich doch so in sein Herz geschlossen hat.

S Du wirst es ihm beibringen.

H Wo er sich schon so auf Enkelkinder freut. An denen er endlich gutmachen kann, was er bei seinem eigenen Sohn versäumt hat.

S Jaja, du warst das arme verstoßene Kind, um das er sich nie gekümmert hat.

H Hat er auch nicht, immer war ihm seine Freiheit am wichtigsten. Ein unordentliches Leben hat er geführt, mein Herr Vater!

S Dafür bist du umso ordentlicher geworden.

H Was dir weiß Gott auch nicht schaden würde!

S Jaja, die alte Leier, schade, daß ich keine Strichliste –

H Telefon, jetzt gehst du ran, ist sowieso deine Mutter!

S Hallo Mutter. Danke ausgezeichnet. Ja, gesund und munter. Ja, auch bestens. Was, morgen? Mutter, also, ehrlich gesagt – so, nur zum Kaffee! Waaas, du übernachtest im Hotel, das ist ja das Allerneueste! – ach so, mit deiner Freundin – tja, das Dumme ist, Herberts Vater hat sich schon zum Kaffee angesagt. So, macht dir nichts. Ach ja, ihr habt euch ja bei Herberts 35. Geburts-

tag kennengelernt. Also dann – nein Mutter, dazu hab'
ich leider keine Zeit, ich muß ein Referat vorbereiten –
ich weiß, dir schmeckt <u>mein</u> Apfelkuchen am allerbesten
– jaja, ich weiß, du hast für mich auch immer Opfer –
jaja, back ich halt deinen Apfelkuchen – Also bis morgen
– ja, ich freu mich auch – Mutter, Servus.
Himmeldonnerwetter!

H   Gelt, gegen die kommst du einfach nicht an. Seltsam, bei mir konntest du immer deinen Willen durchsetzen!

S   Oh Gott, wenn sie hört, daß wir uns trennen, fällt sie mir unweigerlich auf den Wecker, daß ich wieder zu ihr ziehen soll – ihr Herumerziehen ist noch schlimmer als deine Pedanterie.

H   Da bin ich aber stolz, daß du mich ihr wenigstens in diesem Punkt vorziehst!

S   Ich mach' jetzt mein Referat.

H   Und ich packe meine Bücher ein. Willst du nicht doch deine Kochbücher *(Susanne packt eines und macht Anstalten, es ihm an den Kopf zu werfen – er nimmt Reißaus)*

(Nächster Tag, nachmittags. Herbert hängt seines Vaters Jacke auf einen Bügel)

H   So Vater, wie war die Ausstellung? Gibt's neue Hybriden?

V   Viele! Hier, stell mal den Champagner in den Kühlschrank, den trinken wir nachher zusammen – oh, schönste aller Schwiegertöchter in spe, du wirst immer hübscher. Und was du für einen Kuchen gebacken hast, köstlich sieht der aus. Mein lieber Sohn, was bist du doch für ein Glückspilz, deine Mutter konnte weder kochen noch backen –

H   Weswegen du dich hast scheiden lassen. Susanne kann prima backen und kochen und und was hab' ich davon? Sie verläßt mich. Was sagst du dazu? Die Männer unserer Familie haben einfach Pech mit den Frauen!

V   Dazu sag' ich erstmal gar nichts – ich bin sprachlos! Das haut mich glatt um! So 'ne Schwiegertochter find ich nie wieder –
Aber ehrlich gesagt, hab' ich mich schon immer gewundert, wie ihr es miteinander aushaltet, so verschieden wie ihr seid. Besser vor der Hochzeit getrennt als nachher.

H   Da bin ich aber froh, daß du das so locker nimmst! ich hab gefürchtet – weil du doch immer gesagt hast – ich meine, wegen der Enkelkinder –

V   Ach, in der heutigen Zeit, mit diesen miesen Zukunftsaussichten, und diese Kosten, die da auf einen zukommen –

(*es läutet*)
S   Meine Mutter hat sich eingeladen, ich mach mal schnell auf –

M   Grüß euch Gott, alle mitsammen! Gut schaust du aus, lieber Schwiegersohn!

V   Mutter, du hast doch Herberts Vater beim Geburtstag kennengelernt –

M   Ja, Herberts Vater und ich, wir kennen uns.

V   Ich bin entzückt!

M   Wie überaus reizend! – Wie köstlich es duftet! Kind, hast du also doch gebacken. Herbert, du kannst wirklich froh sein, eine so perfekte Hausfrau zu bekommen. Ich muß gestehen –

S   Mir hängt das Lobgehudel zum Hals heraus! Herbert bekommt keine perfekte Hausfrau, er bekommt gar keine: Schluß – Ende – Finito: wir trennen uns!

M   Waaas?

H   Susanne hat festgestellt, daß unsere beiden Charaktere nicht kompatibel sind, sie wirft mir Pedanterie vor!

S   Herbert will pünktlich sein Frühstück, sein Mittagessen, sein Abendessen, er will den Urlaub bis aufs i-Tüpfelchen planen und genau wissen, mit was er am Mittwoch in zwei Monaten zu rechnen hat – ich will am Sonntag ausschlafen und zu Mittag genügt mir ein Salamibrot – wir gehen uns immer mehr auf den Wecker. Kurz, wir halten's miteinander nicht mehr aus und deshalb trennen wir uns.

H Außerdem hofft Susanne auf einen neuen Job, in dem sie viel reisen muß; damit sie die verheiratete Konkurrentin ausstechen kann, trennt sie sich vorher von mir.

M Aber das ist ja ganz schrecklich! Das geht doch nicht! Allen meinen Freudinnen hab' ich erzählt, daß ihr bald heiratet und ein Kleid zu eurer Hochzeit hab' ich mir auch schon gekauft –

S Buchst halt ganz einfach 'ne Kreuzfahrt, dann kannst den Fummel zum Kapitänsdinner tragen, machst Furore und vergißt dabei deine unverheiratete Tochter!

V Sagt mal, was macht ihr mit eurer Wohnung? Wer von euch behält die denn?

H Die werden wir verkaufen. Sie gehört uns ja zu gleichen Teilen.

V Die ist besonders schön geschnitten. Ich hab' schon länger rumgesucht und dabei immer festgestellt, ich möchte so eine Wohnung wie die Eure. Ich werd' sie euch abkaufen.

H Du? Aber wozu brauchst du denn eine Vierzimmer-Wohnung für dich allein?

V Ich bin bald nicht mehr allein. Herbert, hol mal den Champagner aus dem Kühlschrank, damit wir anstoßen können: Wir werden nämlich heiraten – Susannes Mutter und ich!

Vierjahreszeiten

Es war zu der Zeit, als Immas Mann noch nicht ihr Mann war und als sie beschlossen, ihr dreijähriges Kennenlernjubiläum gebührend zu feiern, und zwar im Restaurant des Hotels „Vierjahreszeiten", dem damals besten der Stadt.
Entsagungsvoll sparten sie auf dieses Ereignis.
Schließlich hatten sie ausreichend Geld beisammen, um sich ein nicht zu teures Menu leisten zu können.

Am Festtag warfen sie sich in ihre beste Garderobe und fuhren mit der Trambahn in die Stadt.

Sie betraten das ehrfurchtheischende Vestibül des Hotels, wurden devot von einem Schwarzbefrackten zu einem Tisch im Restaurant geleitet – verschwenderisch bestückt mit Kristall, Porzellan, Silber, Damast, Blumen, Kerzen – sehr stilvoll, sehr elegant.
Imma fühlte sich auserwählt.
Je ein Schwarzbefrackter legte ihnen die Speisekarte vor – nein, keine Speisekarte – einen ledergebundenen Folianten mit Pergamentblättern, auf denen erlesene Speisen mit wohlklingenden Namen verzeichnet waren. Das Paar bestellte zwei Hauptgerichte mittlerer Preislage und eine halbe Flasche Rotwein der unteren. Mit betont unbeteiligten Mienen räumten die Schwarzbefrackten die Aperitif-, Wasser-, Weißwein-, Süßwein- und Champagnergläser fort.
Nach einer vornehmen Wartezeit rollten sie mit dem Servierwagen heran, hoben in geübter Choreographie die Dome von den Silberschüsseln, drapierten das Lammcarré auf den vorgewärmten Teller neben die Kartoffelschneepyramide, welche von einem Hain aus Gewürzsträußchen gekrönt war. Von

rosigen Schinkenstreifen gebändigte Prinzessbohnenbündelchen stellten den farblichen Kontrast her.
Mit elegantem Schwung träufelten die Oberstkellner cremige Soße aus silbernem Kännchen über ihr Kunstwerk.

Köstlich mundete das Essen, letzte der Wein die Zungen. Was wäre das für ein genußvolles Mahl gewesen – wenn – ja wenn die beiden Schwarzbefrackten nicht in unmittelbarer Nähe verweilt hätten. Mit unbewegten Mienen, in der Haltung von Lords, blickten sie ins Leere, dennoch das Gefühl vermittelnd, jeden kleinsten Fehler ihrer Untertanen, in dem Fall des observierten Paares, unnachsichtig ahnden zu wollen. Eingeschüchtert beließ Imma zu viel Fleisch an den Knochen – unvorstellbar, hier die Rippchen in die Finger zu nehmen!
Nein, das Essen stellte keine ungetrübte Freude dar!
Wenigstens geruhten die Schwarzbefrackten ein Trinkgeld anzunehmen.

Die Jahre vergingen.

Inzwischen war er ihr Mann geworden und Vater ihrer Kinder. Für ein Essen in den Vierjahreszeiten verschwendeten sie kein Geld.

Zum siebenten Kennenlerntag schenkte er ihr das Kochbuch „Die Küchenkunst des Vierjahreszeiten-Kochs". Wie sich jeder Bäcker freut, wenn er einen Teigroller geschenkt bekommt und jeder Tischler über einen Hobel, so zeigte auch Imma sich äußerst beglückt.

Sie las in dem Werk, daß dieser Koch die Großen der Welt mit seiner Kunst beehrt hatte und welche Lobeshymnen diese auf ihn verfaßten. Aber man konnte auch erfahren, wie ein Hummer fachgerecht zubereitet wird oder daß man den Soßenfond aus Ochsenschwanz, Geflügelhälsen, Schinkenknochen, Zwiebeln, Knoblauchzehen, Tomaten, Weißwein und verschiedenen Gewürzen drei Stunden lang köcheln lassen muß, ehe er mit dunklem Mehl eingedickt wird und weitere vier Stunden kochen soll, ehe er unter ständigem Rühren abkühlt.
Imma stellte das Buch ins Regal.

Dort blieb es lange Zeit unbeachtet, bis sie eines Tages beim Abstauben daran erinnert wurde und dachte, ob nicht wenigstens ein Gericht für normale Esser brauchbar wäre. Nach längerem Blättern fand sie die „Crêpes Vierjahreszeiten" mit 6 Eiern, 250 gr. Mehl, 100 gr. Puderzucker und ¾ l Milch. Die würden ihren Söhnen schmecken, auch wenn sie nicht mit „klarifizierter Butter", sondern mit Aldi-Butterschmalz ausgebacken werden würden. Aber sie waren schließlich keine Edelknaben.

Die „Crêpes Vierjahreszeiten" wurden nach dem „Apfelstrudel nach Mutters Art" zur Lieblingsspeise der Kinder.

Weitere Jahre verrannen.

Er ging in Pension. Als er den ersten Tag zu Hause blieb, sagte sie: „Mein lieber Mann, jahrelang war ich Trösterin, Chauffeuse, Köchin, Wäscherin, Nachhilfelehrerin deiner Söhne.
Jahrelang habe ich als die Frau an deiner Seite die Gattinnen deiner Geschäftsfreunde herumgeführt, die Amerikanerinnen nach Neuschwanstein, die Japanerinnen ins Berliner KaDeWe,

die Französinnen zur Berchtesgadener Kapelle, wo ich mich übrigens im – natürlich selbstgenähten – Dirndl halbtot schwitzte. Den Amerikanern tischte ich Schweinsbraten auf, den Japanern Pfifferlinge mit Semmelknödeln.
Urlaube wurden grundsätzlich um Dienstreisen drapiert.
Es war selbstverständlich, daß ich meine Pflichten erfüllte, um dir die Karriere zu ermöglichen, die mir zugegebenermaßen ein sorgenfreies Leben bescherte.

Aber jetzt braucht's das nicht mehr, jetzt will ich endlich ich sein. Ab morgen studiere ich Kunstgeschichte und Psychologie. Die Tiefkühltruhe ist voll und Guiseppe freut sich, wenn er an dich seine Tintenfischnudeln verfüttern darf.
Und dann ist da noch das Kochbuch „Vierjahreszeiten", du darfst damit experimentieren.

Nach dem ersten Schock, dem ersten Protest, den ersten Ehekrächen, der ersten chaotischen Zeit sagte er eines Abends: „Ich weiß nicht, was ich mit dem Kochbuch anfangen soll, ich will doch keinen Hummer kochen oder sieben Stunden für ein bißchen Soße verplempern – als Rentner habe ich für sowas keine Zeit! Das einzig brauchbare Gericht scheinen die „Crêpes Vierjahreszeiten" zu sein. Aber wo nehme ich die ‚klarifizierte Butter' her!"
„Mein Schatz, wir sind gewöhnliche Leute, für uns tut's Butterschmalz!" beruhigte sie ihn.

Ab da gab's jeden Freitag „Pfannkuchen Dreijahreszeiten".

Katherine's Tagebuch

15. Januar
Jetzt sitze ich also tatsächlich im Zug. In irgend einer kleinen Stadt werde ich aussteigen. Als Serviererin in einem Restaurant könnte ich mich bewerben, oder als Haushälterin. Arbeiten bin ich schließlich gewohnt. Mit Gottes Hilfe finde ich etwas.
Was William wohl macht ohne mich? Aber es war schon richtig, daß ich ihn verlassen habe. Viel hat er sich aus mir nie gemacht, nur zum Arbeiten kam ich ihm recht, und um unsere drei Kinder aufzuziehen. Aus denen dann nichts geworden ist. Obwohl ich mir, weiß Gott, Mühe gegeben habe. Als Vater war William zu streng. Verständnis hat er auch keines gehabt. Er hat es einfach nicht merken wollen, daß Will nicht fürs Landleben geschaffen war. Bei der Army wird er es jetzt zwar nicht besser haben, und ob sein Vorgesetzter netter ist als sein Vater – Aber man darf mit dem Schicksal nicht hadern; wie es einem bestimmt ist, muß man es nehmen.
Obwohl Ron so begabt war, hätte ihn William nicht studieren lassen. Man soll nicht so hoch hinaus wollen, war seine Meinung. Wenn der Herr nicht gewollt hätte, daß Ron studiert, hätte er ihm nicht so viel Klugheit mitgegeben. Das war auch die Meinung der Lehrer. Jetzt lebt er in der großen Stadt und wir sind unseren Zweitältesten ebenfalls los. Und natürlich Mary. Ich fand's ja auch nicht richtig, daß sie sich unbedingt einen Katholiken eingebildet hat. Aber ich habe mir halt gedacht, vielleicht ist es der Wille des Herrn, daß sie ihn zum rechten Glauben bekehrt. William war nicht zu überzeugen. Deshalb hat er alle seine Kinder verloren.
Und mich. Es ist schon in Ordnung, daß ich ihn verlassen habe. Sein ständiges Klagen war nicht mehr zum Aushalten. „Immer

kriegt der Miller bessere Preise – schau dir nur die Kinder vom Smith an, aus denen ist was geworden – so einen wie Robert hätte unsere Mary heiraten sollen – dem Taylor geht es viel besser als mir, obwohl der selten beim Gottesdienst zu sehen ist – ich hätte eine reiche Frau heiraten sollen, und nicht eine arme Kirchenmaus!" Das war der Gipfel. Das konnte ich mir nicht mehr bieten lassen. Eine Scheidung verbietet uns ja die Religion, aber der Herr hat mir dafür genügend Unternehmungsgeist mitgegeben. Er wird mir auf meinem künftigen Weg beistehen.

16. Januar
Der Herr meint es wirklich gut mit mir! Gestern auf der Fahrt bin ich, als ich einem Abteilnachbarn ein Chickensandwich anbot, mit ihm ins Gespräch gekommen, mit Jimmy, einem Gemüsehändler aus Gulpeper. Was ist das doch für ein charmanter, lustiger, lebensfroher Mensch! Er braucht eine Hilfe in seinem Laden, und engagierte mich sofort! Nun habe ich also ein Dach über dem Kopf, Essen frei und, wenn ich mich bewähre, einen anständigen Lohn. Ich bin überglücklich!

25. Januar
Eine Woche bin ich nun Jimmy's Rechte Hand im Laden. Und mehr noch. Es ist unglaublich – da war ich vierundzwanzig Jahre verheiratet – aber von Liebe habe ich nie etwas kennengelernt! Nicht im Traum hätte ich mir vorstellen können, daß es in der Wirklichkeit einen Mann gibt wie in dem Roman, den mir Molly Taylor einmal geliehen hatte. Nun bin ich einem solchen begegnet! Und ihm mit Haut und Haaren verfallen. Noch immer kann ich es nicht fassen, daß ein so überwältigendes Gefühl möglich ist. Der Herr hat mir dieses Geschenk gemacht; ich bin ihm unendlich dankbar.

3. März

„Wiegen Sie sich nur nicht in Sicherheit, Kathy," hat heute die dicke Mrs. Hunter zu mir gesagt, und dabei recht hämisch gegrinst. „Er hat es noch mit keiner lange ausgehalten, Sie wären die erste!" Und dann ist sie kichernd gegangen. Das gemeine Weibsbild! Was für eine unverschämte Verdächtigung! Mein Jimmy, so etwas von ihm zu sagen! Wie ist die Welt doch schlecht! Ich habe es ihm abends gleich erzählt, da hat er gelacht und gemeint, die dicke Mrs. Hunter sei nur sauer, weil sie bei ihm nicht landen konnte!

15. Juni

Gestern war der schönste Tag meines Lebens! Jimmy ist mit mir ans Meer gefahren, wir haben einen Strandspaziergang gemacht, abends sind wir in ein Restaurant gegangen; ich habe Seezunge mit gemischtem Gemüse und zum Nachtisch Erdbeereis gegessen. Dann haben wir uns in unser Hotel direkt am Strand verzogen, auf dem Balkon gesessen und den Mond und die silbern glänzenden Wellen betrachtet. Es folgte eine unbeschreibliche Nacht, vor lauter Glück mußte ich weinen. Gemütlich haben wir um 9 Uhr auf der Terrasse gefrühstückt, mit Tee und Toast und Erdbeer- und Brombeermarmelade. Dann sind wir heimgefahren. Was für ein herrliches Wochenende! Dem Herrn sei Dank!

3. Juli

Heute früh ist eine junge Frau in den Laden gekommen, hat gesagt, sie kriegt ein Kind von Jimmy und ich muß ihn verlassen, damit er sie heiratet und das Kind einen Vater hat. Ich war außer mir vor Empörung und habe sie hinausgeworfen.

4. Juli
Wutschnaubend habe ich Jimmy davon erzählt, als er abends von einer Geschäftsreise zurückgekommen ist – da hat er mir gestanden, daß es wahr sei, daß er sie heiraten wolle, und er sich auf das Kind freue!

Nun sitze ich im Omnibus. Irgendwo werde ich aussteigen, und mir einen neuen Job suchen. Aber viel lieber würde ich sterben. Wie hart mich doch der Herr für mein gestohlenes Glück straft!

5. Juli
Bei einer Tankpause kam ich mit Mrs. Hollogan ins Gespräch und erwähnte, daß ich auf Jobsuche sei. Da sagte sie, das treffe sich gut, in ihrem Heimatort Shamokin suche Reverend Jonathan Smith eine Haushälterin. Ich stieg also mit ihr aus und stellte mich beim Reverend vor. Das ist ein sehr angenehmer Mann, kultiviert und seriös. Mit dem werde ich keine Pleite erleben! Komisch, daß er nicht verheiratet ist, vielleicht kennt er zu viele unglückliche Ehen! Ich habe ein hübsches Zimmer mit weißlackierten Möbeln im Obergeschoß, und soll für ihn und bei Bedarf für seine Gäste sorgen. Für die grobe Arbeit ist Emily da, eine junge Schwarze. Zwar ist mein Herz todwund, aber die Aussichten sind erfreulich. Hatte der Herr schließlich Mitleid mit mir?

13. August
Nun bin ich schon einen Monat bei Reverend Smith und es gefällt mir sehr gut. Ihm schmeckt, was ich koche, und seinen Gästen auch. Er hat viele, mal sind es Kollegen, mal ein Männerclub, mal ein Frauenverein; öfter besucht ihn Bill Baker zu einem Abendbrandy, ein fescher junger Mann, von dem ich noch nicht herausbekommen habe, was ihn mit dem Reverend

verbindet. Die Leute sind allesamt sehr nett zu mir. Am besten gefällt mir, daß ich im Kirchenchor mitsingen darf. Dort habe ich mich mit Nelly O'Connor angefreundet, zu der ich schon zweimal zum Ratschen gegangen bin. Viel Freizeit bleibt mir nicht, es ist immer viel zu tun. Emily hat in der Autoreparaturwerkstatt um die Ecke einen Freund, zu dem sie ständig rennt – ich verrate dem Reverend nichts, will dem jungen Glück nicht im Wege stehen!
Lohn bekam ich noch keinen, der Reverend sagte, im Moment habe er große Ausgaben wegen der Renovierung seines Bades. Er meint, es sei ja auch wohl nicht so dringend, schließlich hätte ich ein hübsches Zimmer und das ausgezeichnete Essen (das ich koche!) frei. Dazu ist mir nichts eingefallen.

15. September
Gestern abend war ich bei O'Connors. Die leben seit drei Generationen hier, der Großvater kam auch aus Irland! Da mußte ich alles von mir erzählen: daß ich in Kilforgin aufgewachsen bin, daß mein Vater Fischer war, daß meine Mutter bei ihrem siebenten Kind gestorben ist, daß mein Vater dann zu Trinken angefangen hat. Daß meine ältere Schwester geheiratet hat und ihr Mann zu uns gezogen ist, und ich von daheim abgehauen bin. Daß ich einem Restaurant an der Küste gearbeitet habe, bis ich genug Geld beieinander hatte, um die Überfahrt nach Amerika bezahlen zu können.
Wie ich auf dem Schiff William kennengelernt habe, den irischen Bauernsohn, der auch in den Staaten sein Glück machen wollte, mußte ich genau erzählen. Wie uns der Kapitän getraut, und das ganze Schiff mitgefeiert hat! Sie wollten sogar wissen, was ich angehabt habe, ob ich einen Schleier hatte, und ob's was Besonders zum Essen gab. Schließlich berichtete ich, daß wir uns in Cynthiana eine Farm aufgebaut, und drei Kinder groß-

gezogen haben.
Die Wahrheit traute ich mich dann nicht zu gestehen, so schwindelte ich, daß mein Mann an Blutvergiftung gestorben sei und ich es deshalb in Cynthiana nicht mehr ausgehalten hätte. Das mit der Blutvergiftung stimmte ja fast, nur daß er sie überlebt hat. Glücklicherweise interessierte die O'Connors viel mehr das Leben in Irland, und so unterhielt ich sie den ganzen Abend damit.

5. Oktober
Wiedermal fragte ich den Reverend, was mit meinem Lohn sei, da sagte er, ich solle mich ein paar Tage gedulden; im Moment müsse er noch die Rechnung begleichen, weil die Einladung für seine Amtsbrüder so viel gekostet hatte. Das stimmt schon, weil ich da gekocht und gebraten habe, was das Zeug hielt, und die kalifornischen Weine waren auch nicht billig! Ich sagte ihm aber, daß ich dringend eine Bluse brauche, da meine beste am Kragen abgeschabt sei und so könne ich mich doch nicht bei seinen Gästen sehen lassen. Da gab er mir 25 Dollar.

17. November
Gestern abend waren die Herren vom Kulturausschuß zu Besuch. Als alle gegangen waren, blieb Mr. Johnson, der eine Rinderfarm besitzt, noch da und schaute mir beim Geschirrspülen zu. Er sagte, daß er gern so eine Frau wie mich hätte, ob ich mir ein Leben mit ihm vorstellen könne! Natürlich kann ich das, und es wäre herrlich, reiche Farmersfrau zu sein und in dem großen Haus auf dem Hügel zu wohnen! Statt dessen mußte ich sagen, daß ich meinen armen William nicht vergesse und es deshalb mit uns beiden nichts werden könne. Warum zeigt mir der Herr ein bequemes, sorgenfreies Leben, wenn ich ein armseliges zu führen gezwungen bin?

10. Dezember
Heute sagte ich dem Reverend, daß ich dringend meinen Lohn brauche; Weihnachten steht vor der Tür, sicherlich bekomme ich Geschenke von meinen Freunden, und da darf ich nicht mit leeren Händen dastehen! Er sagte, natürlich, er würde zur Bank gehen, sobald es seine Zeit erlaube. Dabei hat er dem Vertreter ohne zu zögern eine Anzahlung von viertausend Dollar für einen neuen Chevy gegeben; ich habe das mitgekriegt, als ich den beiden den Tee brachte.

21. Dezember
Wiedermal bin ich davongelaufen, das heißt gefahren. Natürlich bekam ich kein Geld. Und die Schande, Geschenke zu bekommen, ohne mich revanchieren zu können, schien mir unerträglich. Als der Reverend seine Messe abhielt, lieh ich mir seinen alten Chevy und machte mich auf den Heimweg. Mir blieb nichts anderes übrig, hatte ich doch kein Geld für den Bus. Die paar Dollars, die er mir fürs Einkaufen dagelassen hatte, brauchte ich zum Nachtanken.
Ich werde zu William zurückkehren. Der Herr hat mir gezeigt, daß andere Männer auch nicht besser sind, da kann ich gleich bei meinem alten bleiben.

Den O'Connors steckte ich den Abschiedsbrief in den Kasten:
Liebe Freunde, ich verlasse Euch und den mir liebgewordenen Ort Shamokin mit schwerem Herzen. Aber ich habe ein halbes Jahr für den Reverend gearbeitet, ohne Lohn zu bekommen, und nun bin ich nicht einmal in der Lage, Geschenke für Euch, meine liebsten Freunde, zu kaufen. Das bricht mir das Herz. So leihe ich vom Reverend den alten Wagen (sein neuer wird demnächst geliefert) und werde nach Cynthiana zurückkehren. Behaltet mich in guter Erinnerung! Eure Katherine

Eine Kopie von diesem Schreiben habe ich auf den Schreibitsch des Reverend gelegt. Und einen Zettel: *Geehrter Reverend Smith, wenn Sie mir den ausstehenden Lohn zahlen, erhalten Sie Ihren Wagen zurück, den ich mir leider ausleihen mußte, da mir das Geld für die Busfahrt fehlte.*

30. Dezember

Nun bin ich seit einer Woche wieder in Cynthiana. William hat von meiner Heimkehr keinerlei Aufhebens gemacht. Über das Auto hat er sich gefreut. Von meinen Jobs interessierte ihn nur, wie hoch die Marktpreise in den beiden Orten gewesen seien. Aber er meckert nicht mehr – bis jetzt.

Mit meinem Schicksal bin ich ausgesöhnt. Der Herr hat mich diese Flucht unternehmen lassen, damit ich erkenne, wo mein Platz ist. Ich danke ihm für die schönen Stunden und sehe ein, daß die schweren zu meinem Besten waren.

Schade, daß er mich das Leben einer reichen Farmersfrau nicht auch einmal hat führen lassen.

Mein Traummann

„Ja, mein lieber Georg – natürlich – wie immer es Dir paßt – "
So lauteten stets die Worte meiner Mutter. Nein, ich würde solch einen Mann nie heiraten! Aber die Suche nach einem anderen gestaltete sich schwierig: alle von mir ins Auge Gefaßten verfuhren nach einer Weile nach dem gleichen Schema: „Ich habe – ich denke – ich will – ", so daß ich schließlich beschloß, Single zu bleiben, mich aufs Geldverdienen zu konzentrieren, und mir ein schönes Leben zu machen, allein.

Regelmäßig fuhr ich mit der S 8 in die Innenstadt, um 7.59 Uhr. Eines Tages fiel mir ein junger Mann auf, der mich unentwegt anschaute, ein junger Mann mit krausem Blondhaar, braunen Augen und blasser Gesichtsfarbe. Als ich zurückschaute, blickte er zu Boden. Jeden Tag fuhr er mit der selben S-Bahn, im selben Abteil. Er schaute mich an, ich schaute ihn an, er senkte den Blick. Am fünften Tag lächelte ich. Er strahlte, sein ganzes Wesen schien zu strahlen. Ab da lächelten wir uns jeden Morgen an.
Am neunten Tag stieg er mit mir am Marienplatz aus. „Sie arbeiten auch in der Stadt?" brachte ich unser Kennenlernen in Schwung.
„Eigentlich muß ich bis Ostbahnhof fahren, aber da Sie immer am Marienplatz aussteigen – " Er wurde rot: „Ich würde Sie gern ein Stück begleiten."
„Das empfehle ich Ihnen nicht, ich pflege nämlich zu rennen, weil ich immer sehr knapp dran bin. Was halten Sie davon, wenn wir uns nach Dienstschluß treffen, bei Rischart zum Beispiel, vielleicht um sechs?"
„Oh das wäre, ich meine, das ist ganz – "

„Gut, also um sechs, auf Wiedersehen!" Ich wedelte mit der Hand und eilte ins Büro.
Nun trafen wir uns jeden Abend um 6 Uhr bei Rischart, tranken Tee mit Zitrone, aßen Baguette mit Salami und plauderten. Sein Vater besaß eine Elektrofirma, er und seine zwei Brüder arbeiteten dort. Er wiegte den Kopf: „Das heißt, Ali und Bert haben meist was anderes im Kopf, Ali ist begeisterter Schifahrer und daher im Winter kaum im Büro, dafür macht Bert im Sommer sämtliche Segelregatten mit, und kommt während dieser Zeit selten. Als der Älteste fühle ich mich für den Betrieb verantwortlich. Abgesehen davon," er beugte sich zu mir, „bin ich leidenschaftlicher Bastler, zur Zeit arbeite ich an einem treppensteigenden Staubsauger!" Erwartungsvoll schaute er mich an.
„Das ist eine großartige Idee, wenn man in einem Haus mit Split level wohnt! Haben Sie noch andere Hobbies außer Elektrogerätebasteln?"
„Radeln tu ich zum Ausgleich, am liebsten an einen See. Und was machen Sie?"
„Ich bin Abteilungsleiterin in einem Büroartikelhaus, habe ein Abonnement fürs Nationaltheater und reise gern; Sie sehen, nichts Besonderes."
„Leben Sie – ich meine – haben Sie – sind Sie – wohnen Sie allein?"
„Ja, ich hab' eine Eigentumswohnung in Langwied. Und Sie?"
„Ich leb' bei meinen Eltern, im Haus meines Urgroßvaters."
Ich zeigte mich beeindruckt.
Nach dem Essen bummelten wir durch die Straßen, nahmen dann die S-Bahn, fuhren bis Langwied zusammen, dort stieg ich aus und er setzte die Fahrt bis Lochhausen fort.

Nach vierzehn Tagen fragte ich ihn, ob er mit mir ins Ballett gehen wolle, ich könne eine zweite Karte bekommen.
„Ich muß gestehen, daß ich noch nie im Ballett war, und ich würde es mir gern einmal anschauen. Es ist ganz reizend, daß Sie mich fragen."
Ich putzte mich heraus, er sah in seinem dunkelblauen Anzug sehr fesch aus. Er war begeistert, und wußte sich nicht zu lassen vor Dankbarkeit. Dafür führte er mich zum Essen in die Ratsstuben aus, ich lud ihn zu einer Tasse Kaffee zu mir ein. Und verführte ihn.
Er betete mich an.
Ein wenig später nahm ich eine Woche Urlaub, er ließ seine Elektrogeräte im Stich, und wir flogen nach Mallorca, mieteten uns in einem luxuriösen Landhaus ein, verbrachten eine herrliche Zeit mit Wandern, Schwimmen, Besichtigen, und Faulenzen. Er trug mich auf Händen.
Am letzten Tag fragte ich ihn: „Was hältst Du von einer Hochzeit auf einer der Cook-Inseln? Ohne Familie, ohne Tamtam, nur wir beide und zwei Eingeborene als Trauzeugen?"
Er weinte vor Glück.

Bei der Trauung kamen auch mir die Tränen, endlich hatte ich den Mann meiner Träume gefunden.

Nach einer Woche kehrten wir zurück, er zog bei mir ein. Meinen Beruf behielt ich bei: „Ich will unabhängig sein. Sonst meint man, ich hätte dich wegen deines Geldes geheiratet."
„Schön, wenn es dein Wille ist – Jetzt können meine Brüder mal was für die Firma tun. Ich kümmere mich um den Haushalt, damit du es gemütlich hast, wenn du heimkommst!"

Jeden Wunsch las er mir von den Augen ab; blieben wir vor einem Juwelierladen stehen und ich sagte; „Ist das Armband nicht hübsch?" kaufte er es mir. Sagte ich, „das ist aber ein originelles Kleid," mußte ich es anprobieren, und wenn es paßte, erstand er es. Ich bekam Pelze, Schuhe, Handtaschen, Ohrringe, Ansteckblumen, Swarovski- Tiere, Parker- Kugelschreiber, Mokkatassen – Wenn ich fand „was für ein herrlicher Strand" hatte ich Mühe, ihn davon zu überzeugen, daß ich nicht am übernächsten Tag mit ihm in die Südsee fahren könne, und daß das schnuckelige Häuschen am See zu abgelegen sei, als daß ich dort hinziehen möchte. Schließlich hörte ich auf, laut etwas schön zu finden.

Morgens machte er Frühstück, holte frische Semmeln, preßte Orangensaft. Er fragte, was ich zum Abendessen wolle, und kochte und briet, was immer ich mir gewünscht hatte. Wenn ich heimkam, stand das Essen auf dem sorgfältig gedeckten Tisch, die Wohnung blitzte. Am Wochenende erkundigte er sich, was ich tun, wohin ich fahren wolle. Fürs Radeln fand er keine Zeit mehr.

Dann mußte ich wegen einer Dienstreise nach London, er machte ein unglückliches Gesicht.
Ich versuchte, ihn zu trösten: „Es gehört nun mal zu meinen Pflichten! Wenn ich zurück bin, gehen wir übers Wochenende in ein Romantikhotel, einverstanden?"
„Mir ist alles recht, was Du tust!"

Ab da verreiste ich öfter; allerdings erfuhr Georg nicht, daß es keine diestlichen Angelegenheiten waren, ich ging zum Malen, zu einem Literaturworkshop, zum Squaredance, zum Töpfern und Kalligraphiekurs. Während dieser Woche fand ich zu innerer

Ruhe, löste sich meine Gereiztheit.
Meine Firma wurde umstrukturiert, ich hatte den Kopf voll.
Er strich mir über die Haare: „Und was willst du heute abend zum Essen, mein Schätzchen?"
„Irgendwas, ist mir ganz egal!"
„Aber ich möchte doch, daß es Dir schmeckt, wenn Du schon im Geschäft den Ärger hast!"
„Koch Spinat mit Ei, und jetzt muß ich los!" Fluchtartig verließ ich die Wohnung.

Abends war ich noch gereizter, wußte mich nicht zu beherrschen, als ich die Schüsseln auf dem Tisch sah. „Mein Gott, Spinat, so ein labbriges Zeug; 'ne Pizza wär' jetzt recht!"
Stumm räumte er den Tisch ab, schüttete den Spinat in den Ausguß, tat die Eier in den Kühlschrank, holte aus der Tiefkühltruhe eine Salamipizza, buk sie auf. Wohl oder übel mußte ich sie essen.
„Ausnahmsweise muß ich in die Firma," sagte ich am nächsten Morgen.
„Was heute, am Sonntag? Du bist mit den Nerven völlig fertig, so kann es nicht weiter – jaja, ich bin ja schon still!"
Ich atmete tief durch und eilte davon.

Gegen drei Uhr kehrte ich heim. Er bügelte meine Seidenblusen.
„Die Fenster sind streifig," murrte ich.
„Gestern hab` ich sie erst geputzt," er stellte das Bügeleisen ab.
„Ich werd` mal das Tuch holen!" Mit dem Tritthocker kam er zurück, stieg auf das Fensterbrett und rieb an den Scheiben herum.
Ich gab ihm einen Stoß.
Wir wohnen im 13. Stock.
Endlich kann ich wieder ruhig schlafen.

Dreißig Jahre, und immer noch keinen Mann

"Bettinchen,

du wirst es kaum glauben, aber wir haben beschlossen zu heiraten! Da unser zweites Kind unterwegs ist – es wird ein Junge – wollen wir uns zu einer echten Familie mausern und am 13. Mai – wie man so romantisch sagt – den Bund fürs Leben schließen.

Dazu bist du ganz herzlich eingeladen. Komm also mitsamt deinem Freund um 11 Uhr zur Hochzeitsfeier ins Hotel „Weitblick" am Burger See.
Es umarmt dich deine alte, nun überglückliche Freundin Gerdi"

Einen ganz schönen Schrecken hat mir dieser Brief verpaßt; hab ich doch im Moment keinen Freund. Überhaupt haben meine letzten eine Woche nicht überdauert. Sowas wie die große Liebe mit Fred hab' ich nicht wieder erlebt, und damals war ich sechzehn. Aber als das Kind kam, hat er sich verdrückt. Naja, meine Begeisterung über das süße Baby hat ja ebenfalls bald nachgelassen, als es nachts immer schrie. Ich war erleichtert, als ich es zur Adoption freigegeben hatte. Obwohl 's oft auch ganz puppig gewesen war, und es mir nachher schon manchmal ein bißchen leid tat.
Die nächste große Liebe war ebenfalls eine Pleite gewesen; endlich hatte ich meinen Chef mit List und Tücke verführt – bei einer Betriebsfeier. Aber anstatt mir seine Leidenschaft zu gestehen, hat er mich in die Zweigstelle nach Bogenhausen versetzt. Seitdem hab' ich bloß so rumvagabundiert. Jetzt bin ich dreißig und suche eine dauerhafte Beziehung.
Zu Gerdis Hochzeit brauch' ich einen Partner, kann doch nicht

eingestehen, daß sich niemand für mich interessiert. Werd ich wohl auf diesen Vermittler zurückgreifen müssen: wenn ich einen Asylbewerber heirate, kriege ich sechstausend Euro. Kein schlechtes Angebot. Werd' morgen mal hingehen und mir die Kerle ansehen.

Der Mohammed gefiel mir am besten, aber der spricht kaum deutsch, kann ich nicht brauchen. Der Fikri sah auch nicht schlecht aus, besonders gefallen hat mir sein sinnlicher Mund, und mit dem könnte man sich verständigen. Bei Herrn Gürtler, dem Vermittler, war eine junge Frau, Sonja, die hat ganz begeistert berichtet, daß sie mit einem Iraker verheiratet ist, der sei ganz reizend, nicht so langweilig wie die Deutschen, und seine Familie habe sie mit offenen Armen empfangen. Sie sei sehr glücklich und würde mir behilflich sein, wenn ich irgendwelche Fragen hätte. Das klang alles sehr verlockend, und so sagte ich ja. Herr Gürtler machte gleich einen Kennenlerntermin aus.
Der Fikri kam; ich fand ihn recht nett. Natürlich waren der Vermittler und Sonja auch da, schließlich darf ein Mann nicht mit seiner Zukünftigen allein sein, das ist unsittlich. Ich erklärte mich bereit, ihn zu heiraten. Als Anzahlung überreichte mir Herr Gürtler ein Kuvert mit tausend Euro. Damit gingen ich, Fikri und Sonja zum Juwelier und kauften Ringe. Da war mir direkt ein bißchen feierlich zumute. Fikri wollte welche mit Brillanten, aber ich sagte, ich brauche noch ein Kleid für die Hochzeit meiner Freundin. Deswegen sind wir anschließend zusammen einkaufen gegangen; Fikri sagte, er müsse schon sehen, was seine Braut anzieht. Das fand ich aufmerksam, welcher normale Mann interessiert sich sonst für die Klamotten seiner Freundin? Die Kleider, die mir gefielen, durfte ich nicht kaufen, alle zu unzüchtig. Schließlich einigten wir uns auf einen langen dunkel-

blauen Rock und eine langärmlige Jacke mit Stehkragen. Die Verkäuferin brachte mir noch ein ausgeschnittenes, paillettenverziertes Top in die Kabine „Ziehen's das drunter, wenn's zu warm wird, können's die Jacke ja ausziehen!" Diese Idee fand ich gut. Fikri und Sonja wollten dann mit mir noch in einem feinen Restaurant die Verlobung feiern, aber ich behauptete, ich sei nach einem langen Arbeitstag müde. Da konnten sie nichts dagegen sagen; das Essen hätte mich eine Menge Geld gekostet.

Ich fuhr am Tag von Gerdis Hochzeit pünktlich mit meinem kleinen Nissan beim Hotel „Weitblick" vor, Fikri war schon da, recht elegant in Schwarz gekleidet. Er war sehr höflich und ich stolz auf ihn. Ich stellte ihn der Hochzeitsgesellschaft vor und erntete Beifall; „Einen feschen Verlobten hast du dir da ausgesucht!"

Das Wetter war sonnig, die Stimmung gelöst, das Essen hervorragend. Braut und Bräutigam machten einen glücklichen Eindruck, sehr ermutigend!

Gottseidank gab es kein Schweinefleisch. Als ich Fikri empfahl, statt des Weines Mineralwasser zu bestellen, sagte er, daß er die Sitten des Gastlandes respektiere, er bestellte Wein und trank davon erstaunliche Mengen.

Dann wurde getanzt; Fikri sagte, dabei mache er nicht mit, daß Männer und Frauen zusammen tanzten, das sei bei ihnen nicht üblich. Mir machte das nichts aus; ich tanzte mit Bertl, einem Jugendfreund. Fikri machte ein finsteres Gesicht. Dann holte mich Michael, Gerdis Bruder, zum Samba. Fikri sagte: „Nein, du darfst das nicht, das – " Wir aber waren schon auf der Tanzfläche. Michael ist ein tempramentvoller Tänzer, mir wurde recht warm, und ich zog die Jacke aus. Fikri sah sehr zornig aus, machte den Mund auf, aber da kam Jens und forderte mich zum Rumba auf. Ohne Vorwarnung verpaßte Fikri Jens einen gewaltigen Kinnhaken, anschließend mir ein paar schallende

Ohrfeigen, worauf meine Nase theatralisch zu bluten begann. Eifersucht ist ja eine ganz schmeichelhafte Sache, aber die ging entschieden zu weit. Etliche der jungen Männer stürzten sich auf Fikri, prügelten auf ihn ein und warfen ihn hinaus. Das war mir nur recht, denn auf einen so gewalttätigen Ehemann kann ich gern verzichten! Um mich kümmerte sich Aslak; diesen norwegischen Schiffssteward hatte sich Franka, eine Freundin Gerdis, aus Oslo mitgebracht. Er war rührend um mich besorgt und brachte mich nach Hause, da ich von oben bis unten blutbesudelt war. Ich duschte, zog mich um, und dann leerten wir zusammen eine Flasche Sekt auf das Wohl des Brautpaares.
Fikri rief mich am nächsten Tag an und erklärte, er sei bereit, den Vorfall zu vergessen und mir zu verzeihen.
Als ich Herrn Gürtler telefonisch mitteilte, ich würde vom Vertrag zurücktreten, meinte er kühl, er werde mich verklagen. Aslak und ich suchten ihn daraufhin auf, mit einem Videofilm und mehreren Fotos von Gästen, die den Vorfall akribisch festgehalten hatten – Gerdis Vetter zoomte mein bluttriefendes Gesicht heran – ja, und ich drohte mit einer Anzeige wegen Körperverletzung „ – und dann kann Ihr sauberer Klient ja sehen, wo er eine Aufenthaltsgenehmigung herbekommt! Es ist nicht meine Schuld, wenn der Vertrag nicht erfüllt wird sondern ausschließlich die Ihres kriminellen Klienten Fikri, und deshalb bestehe ich auf Bezahlung der vereinbarten Summe!" Fluchend stellte Herr Gürtler einen Scheck über fünftausend Euro aus und gab ihn mir, verbunden mit dem Wunsch, mich nie wieder zu sehen.
Dieser Vorfall hat die Bande zwischen mir und Aslak weiter gefestigt. Mir tut zwar Franka leid, aber darauf kann ich keine Rücksicht nehmen – schließlich bin ich Dreißig und muß endlich ans Heiraten denken!

Das Brautpaar

Er So, Mimi, hast as g'schafft. Hast mich endlich zum Traualtar 'zerrt.

Sie Willile, ist doch schön, daß wir jetz vor Gott und den Menschen z'amm g'hör'n. Meine Kinder haben schon die . . .

Er Ich hab' Hunger. Geh'n ma endlich ins Wirtshaus. Du hast doch was G'scheit's' bestellt – net so an Krankenpapp?

Sie Ich kenn' doch deinen G'schmack, Willile. „Schwäbische Hochzeitssuppe", gibt's, hört si doch guat o, findst net, Willile?

Er Wie's hoaßt, ist ma Wurscht, Hauptsach, 's schmeckt. Und dann gibt's hoffentlich an ordentlich'n Brat'n. Kein Kalbfleisch, so a lätschats Zeig – du hast doch koan Kalbsbraten b'stellt?

Sie Mei, Willile, de Kinder sind auch nimmer die Jüngsten, der Dagobert hat's mit de Zähn, er is halt auch scho 67 – na, wart mal, 65; 67 is die Magda . . .

Er Wer hat jetz Hochzeit, deine Schraz'n oder mia?

Sie   Ich red' glei mit 'm Koch, Willile, der hat bestimmt auch was anders für dich. Und dann hab' ich an Apfelstrudel bestellt, den magst doch so gern, Apfelstrudel mit Vanilleis und ...

Er   Vanilleis – wie kommst denn auf die Schnapsidee? Bei meiner Elli – Gott hab sie selig – hat's zum Apfelstrudel nie a Vanilleis braucht! Mei, der Apfelstrudel von der, der hat g'schmeckt . . .

Sie   Mußt du mir wieder deine Elli vorhalten! Ich hab' g'moant, jetz wo ich dei Frau bin . .

Er   Frau hin, Frau her, de Elli war a erstklassige Köchin, da kann ma nix sag'n. Und das Haus hat's in Schuß g'halten, da könnt sich gar manche ein Beispiel dran nehmen!

Sie   Als sie noch g'lebt hat, hast's ja net so g'lobt. I woaß no guat, wie'd allaweil g'jammert hast, wie grantig sie ist. Aber des is auf einmal vergessen. Jetzt brauchst mich nimmer als Seelentrösterin, jetz, wo ich deine Frau bin!

Er   Hast's ja unbedingt werden woll'n, ich hab' mi net ums Heirat'n g'rissen!

Sie   Meinst, es war angenehm, von den eigenen Kindern und Enkeln und Urenkeln immer auf das g'schlamperte Verhältnis ang'redet zu werd'n?
      Und wenn's d' wiedermal an Gichtanfall g'habt hast, ging's ja auch nich schnell genug, daß ich kommen bin!

Er Jetzt geht's mir gut und ich brauch' koa Krankenschwester net.

Sie Aber als Köchin und Putzfrau bin ich dir scho recht!

Er Dazu braucht s' koa Ehefrau. A Junge aus 'm Ostblock taat's aa. Vielleicht no besser. Jaja, so `a Junge, Hübsche, das wär' scho was . . .

Sie Du alter Depp, was willst denn mit der? Die nimmt dich aus wia a Weihnachtsgans und dann lasst's dich mitsamt deiner Gicht im Regen sitz'n!

Er Jetzt tust g'rad, als ob du kerngesund wärst! Neue Hüften hast braucht und a falsche Herzklapp'n hast aa. Die Zähn' mußt dir richten lassen – so kann man sich mit dir ja nich seh'n lass'n!

Sie Was bist du doch für ein gemeines Mannbild, Wilhelm! Warum hab' ich dich bloß g'heirat?

Er Wegen de Leut, hast g`sagt. Mir war's eh net recht.

Sie Koa Wunder, daß dir dei' arme Elli wegg`storben is! Aber so weit kommt's bei mir net: ich laß' mich scheiden!

Schluß, endgültig!

in Knarren, ein Pfeifen, ein Rütteln, ein Stoßen und das Flugzeug hebt ab vom Lissaboner Flughafen.
Botho lächelt: endlich. Er atmet tief ein, erleichtert. All die Zweifel, die Fragen, die Schuldgefühle sind abgefallen. Er hat einen Entschluß gefaßt, hat ihn durchgeführt. Basta.

Es war für ihn immer dasselbe, stets machte er den gleichen Fehler. Sein Helfersyndrom ließ ihn jedes Mal die falsche Partnerin wählen. Mit Gerda war er ein dreiviertel Jahr liiert gewesen – er hatte sie gegen ihre herrschsüchtige Mutter beschützt. Dann kam Susi, frisch geschieden von einem Türken-Macho. Mit Maria dauerte es ein Vierteljahr – da hatte sie die Mobberei in ihrer Firma überwunden und einen neuen Job gefunden.
Bei Marietta hat es nun fast zwei Jahre gedauert. Sie war anders gewesen, anders als die anderen: fröhlich, unternehmungslustig, unkompliziert. Er brauchte nicht zu trösten, zu unterstützen, zu raten. Daß das allerdings nur die Oberfläche war, merkte er erst im Laufe ihrer Beziehung. Tief im Inneren hatte sie die Scheidung von ihren Eltern nie verwunden. Sie glaubte, selbständig zu sein, einen Vater nicht zu brauchen, so wie die Mutter ihren Mann nicht vermißte.
Daß Botho für sie den lange insgeheim entbehrten Vater ersetzte, wurde ihr nie bewußt. Botho kam allmählich dahinter. Sie lud bei ihm unbekümmert alle Probleme ab und erwartete Lob und Zustimmung. Aber hauptsächlich verlangte sie von ihm Pläne für die Freizeitgestaltung, er sollte Restaurants ausfindig machen, Kino- Museen- und Theaterbesuche vorschlagen, Reisen ausarbeiten – kurz, er sollte die Leitung ihres abwechs-

lungsreichen Lebens übernehmen. Sie folgte ihm freudig. Zuerst hatte es ihn stolz gemacht. Dann fand er Freude daran, sie zufrieden und glücklich zu sehen. Aber irgendwann begannen ihm ihre Anforderungen lästig zu werden. Unbewußt versuchte er sie abzuschütteln, manchmal wurde er grob, oder ungerecht. Sie litt und weinte, wenn er ihr Unselbständigkeit und Vergnügungssucht vorwarf. Es gab üble Szenen.

Nein, es hat keinen Zweck, weiterzumachen, oder neu zu beginnen, wie sie es vorschlug. Sie konnte sich nicht ändern, und er hatte es satt, auf sie einzugehen.

Er wird ganz von vorn anfangen, versuchen, eine normale Partnerin zu finden, eine, bei der er endlich einmal seine ureigensten Wünsche und Bedürfnisse ausleben kann, eine Partnerin, gleichberechtigt, und kein Anhängsel. Da gibt es doch die Exkollegin, Sybille, wenn er sich recht erinnert, mit der hatte er hervorragend zusammengearbeitet, sie war Single gewesen damals, er würde gleich, wenn er in Berlin angekommen war mit ihr -
„Aaaauuuh!" Das Stöhnen läßt ihn den Blick lösen, der an einer lilablauen Wolkenformation hing und an der Person zu seiner Rechten festmachen; einer jungen Frau mit kastanienbraunen, glatten Haaren, zugekniffenen Augen und einem schmerzverzerrten Mund.
„Was ist mit Ihnen – was haben Sie – kann ich Ihnen helfen?"
Die Augen öffnen sich, aus dem verkniffenen Mund kommt stoßweise: „Mein Fuß, ich hab' mir den Fuß an meinem Kosmetikkoffer angestoßen, den ich unter dem Vordersitz abgestellt hab'. Mein Fuß – aaaau – mein Fuß, der ist nämlich total lädiert, den hab' ich mir nämlich verstaucht."

„Ach, Sie Arme, ja, das kenn ich, das tut scheußlich weh! Und ist obendrein recht langwierig! Warten Sie, ich stell' Ihr Köfferchen unter meinen Sitz, da kommen Sie nicht mehr in Gefahr, sich zu stoßen, so, legen Sie den Fuß ganz locker hin!"
Sie hat wieder die Augen geschlossen, lächelt: „Sehr gut, so ist's viel besser. Ich danke Ihnen!" Nun blickt sie ihn an: „Entschuldigen Sie, daß ich so 'n Theater gemacht hab', ist eigentlich bloß 'ne Lappalie, war aber im Moment sehr schmerzhaft!" Dann nach einer Pause schüttelt sie den Kopf, „Ich hab' im Büro 'ne Stufe übersehen, zigmal bin ich da schon rauf- und runtergegangen, und vorgestern überseh' ich sie einfach, nicht zu glauben. Gestern mußte ich nach Lissabon, hab' mir 'ne Spritze geben lassen, und die hat prima gewirkt, aber jetzt – jetzt werd' ich mal erst 'ne Tablette schlucken!"
Sie fingert aus ihrer flaschengrünen Kostümjacke eine Tablettenlage, löst eine Pille heraus und schluckt sie hinunter. „So, ist zwar 'ne Bombe, hilft wenigstens!"
Nun folgt eine angeregte Unterhaltung über die Notwendigkeit des Gebrauchs von Drogen, deren Zweckmäßigkeit, Nutzen und Nebenwirkungen, woran sich ein Gedankenaustausch über die Nützlichkeit der Ärzte anschließt, deren Effizienz, Ausbildungsstand, ethisches Verständnis, deren Unfähigkeit und Überlastung – Die Zeit vergeht im Fluge, und noch ehe das Kapitel der Krankheiten auch nur halbwegs abgeschlossen ist, landet die Maschine in Berlin. „Lassen Sie die anderen Passagiere erst aussteigen, dann können wir als Letzte in Ruhe die Maschine verlassen, Sie hängen sich bei mir ein, und brauchen Ihren Fuß nicht so zu belasten!"
„Sie sind wirklich sehr liebenswürdig, ich danke Ihnen!"
„Aber es ist doch selbstverständlich, daß man einem Mitmenschen in einer Notlage hilft!!"

Fürsorglich geleitet er sie hinaus, die Treppen hinunter und hinauf, trägt ihren Koffer, besorgt ein Caddy, stützt sie bis zum Taxistand, hebt ihr Gepäck in den Kofferraum, hilft ihr in den Wagen. „Kommen Sie jetzt zurecht?" fragt er besorgt.
Sie blickt ihn an, lächelt verführerisch: „Sie hätten keine Zeit mitzufahren?"
Er lächelt zurück:, schließt die Tür, geht ums Taxi herum, steigt an der anderen Seite ein.
„Schillerstraße 21," sagt sie zum Fahrer und lehnt sich zufrieden im Polster zurück.

Die Verwitwete

„Wie konnte er mir das nur antun?" Die junge Frau in Schwarz schob schluchzend den Teller mit dem Rest Spargelcremesuppe von sich und beugte den Kopf über den Tisch, so daß die silberblonden Locken auf die damastene Tischdecke fielen und den Tellerrand streiften. „Er wußte doch, daß ich ihn brauche!"
Die Schwarzgekleidete mit dem hageren Gesicht rechts neben ihr blickte sie finster an: „Du hast deinen Teil dazu getan, daß mein Bruder den Herzinfarkt kriegte, hast den Armen total überfordert mit deinen Parties, deinen Reisewünschen und wer weiß was sonst noch alles. Und ihn zu allem Überfluß ins Fitnessstudio gejagt!" Eine Zornesfalte zeigte sich auf der niedrigen Stirn.
„Und das alles in seinem Alter," fügte die linkssitzende Schwarzgekleidete mit dem Vollmondgesicht hinzu. „Das war das reinste Gift. Sein stressiger Beruf, die sportlichen Strapazen und deine Anforderungen, Margit – glatter Selbstmord. Armer Bruder! Aber er mußte ja unbedingt dich heiraten!"
„Ich mag nun mal bloß fitte Männer," trotzig reckte Margit den Kopf hoch. „Wie du sehr richtig sagst, meine liebe Schwägerin, er wollte mich unbedingt, da mußte er auch was dafür tun!"
Die beiden Schwestern warfen sich verstehende Blicke zu, widmeten sich dann weiter ihren Kalbsfilets.
„Schließlich konnte ich nicht wissen, daß ihn das bißchen Sport umbringt," murmelte Margit, „das habe wirklich nicht gewollt!" Von neuem flossen die Tränen, „Wo ich doch ohne ihn so hilflos bin!"
Etwa zwanzig Trauergäste waren in dem mit weißen Chrysanthemen und schwarzen Satinschleifen geschmückten Raum versammelt, der süßherbe Duft der Blumen mischte sich mit

dem würzigen des gebratenen Fleisches. Gedämpft raunte die Unterhaltung, gelegentlich steckten zwei die Köpfe zusammen, flüsterten und warfen fragende, spöttische oder gehässige Blicke zu der Witwe, die in einem schwarzsamtenen, hochgeschlossenen, einseitig gerafften Kleid am Kopfende der Tafel thronte.

Nach dem Cassis-Sorbet stand ein graumelierter Fünfziger auf, ging auf die Trauernde zu, beugte sich zu ihr nieder: „Gnädige Frau, darf ich mich vorstellen, Braugerber, Dr. Michael Braugerber, ich bin – Verzeihung – ich war der Steuerberater Ihres Gatten. Darf ich Ihnen mein allerherzlichstes Bei- "
„Oh, das ist gut, wissen Sie, ich verstehe von dem ganzen Papierkram rein gar nichts, ich hab' mir schon solche Gedanken gemacht, da bin ich doch heilfroh, daß es Sie gibt! Bitte, Susanne, tausche doch mal Platz mit dem Herrn Doktor, wir haben Geschäftliches zu besprechen!"
„Wenn du meinst, es ist schicklich, bei der Trauerfeier über Geschäfte zu reden – bitte sehr!" Sie stand auf und marschierte mit beleidigter Miene zum leeren Platz.
„Gnädige Frau, darf ich Ihnen versichern, wie sehr ich Ihren Gatten geschätzt habe! Er war ein so patenter Mensch! Und wie er Sie liebte! Immer hatte ich Mühe, auf den Punkt zu kommen, dauernd schwärmte er von Ihnen, seiner jungen, schönen, munteren Frau! Und wie recht er hatte!" Er blickte sie schmachtend an.
„Ja, er war ein liebevoller Ehemann!" Sie tupfte sich das rechte Auge.
„Wie gut ich Ihren Schmerz verstehe," des Steuerberaters Rechte legte sich über ihre Linke, an deren Ringfinger zwei breite brillantgespickte Eheringe steckten, „ich bin nämlich ebenfalls alleinstehend, seit einem halben Jahr!"

„Oh, auch ein Todesfall?" Sie riß ihre kunstvoll ummalten Augen auf.
„Nein, meine Frau hat mich verlassen. Wegen eines Jüngeren. Eines Schauspielers, eines Schauspielers zweitklassiger Rollen in drittklassigen Fernsehfilmen – es ist – es ist – es ist einfach beschämend!" Seine Mundwinkel zogen sich nach unten.
„Oh, das tut mir aber leid. Verlassenwerden ist schlimmer als der Tod. Mich hat einmal ein Freund verlassen, das hat mich auch furchtbar gegiftet."
„Genau, das Gefühl des Versagens, der Unzulänglichkeit überkommt einen da. Wenn auch völlig zu Unrecht." Er lachte gekünstelt auf, was die gesamte Trauergemeinde offenbar mit Befremden zur Kenntnis nahm. Die beiden bemerkten es nicht.
Er fuhr fort: „Aber nun wieder zu Ihnen, kann ich Ihnen irgendwie helfen?"
„Oh, Sie sind ein Engel." Ihre Augen füllten sich von neuem mit Tränen, „Sie glauben nicht, wie hilflos ich bin. Nun all diese schrecklichen Formalitäten! Ich bin so unselbständig!"
„Nun, nun," er streichelte ihre Hand, „ich bin glücklich, wenn ich Ihnen, meine sehr verehrte, liebe, gnädige Frau, wenn ich Ihnen behilflich sein kann. Zusammen werden wir mit den Schwierigkeiten schon fertig, nur Mut!"
Dankbar blickte sie ihn an, der Anflug eines Lächelns umspielte ihre Lippen: „Ich darf Sie doch zu einem Abendessen einladen? Wann könnten Sie vorbeikommen? So bald als möglich, bitte!"
„Nun, leider erst nach zwei Wochen, morgen vormittag geht mein Flug nach Mallorca, vierzehn Tage Urlaub auf meiner Finca habe ich mir genehmigt – aber dann – "
„Das ist ja schrecklich! Zwei Wochen! Ich hatte gehofft – ich meine – "
Er blickte sie nachdenklich an: „Mir kommt da gerade eine Idee, hätten Sie nicht Lust mitzukommen? Ich denke, Ablenkung

würde Ihnen guttun, wir könnten dabei auch so dies und das besprechen! Mein Haus ist groß, es hat mehrere Gästezimmer, es liegt übrigens sehr schön, oben auf der Steilküste, mit eigenem Zugang zum Meer, damals war es ein Glücksfall, daß ich es kaufen konnte – was halten Sie davon?"
„Morgen, sagen Sie?"
„Ja, morgen, 9.35 Uhr."
„Da bleibt nicht viel Zeit zum Packen. Und einen schwarzen Badeanzug müßte ich mir auch noch kaufen. Oh, es ist eine Menge zu tun. Kommen Sie, lassen Sie uns gehen. Die können hier auch ohne mich trauern!" Sie stand auf, setzte eine Leidensmiene auf und wankte theatralisch zur Tür. Eilends erhob er sich und geleitete die gramgebeugte Witwe hinaus.

Die Verlassene

Margit sah aus dem Fenster des anfahrenden Zuges. Sie hob ihre rechte Hand, aber Michael, dem dieser Gruß galt, hatte sich schon umgedreht und eilte dem Ausgang zu.

„Es ist nicht zu fassen, läßt er mich doch tatsächlich allein nach Berlin fahren!" Sie schüttelte den Kopf, verstand die Welt nicht mehr. „Bringt es fertig, mich zu verlassen!" Sie drehte sich vom Fenster weg, betrat ihr Erste Klasse Abteil. Es war leer bis auf ein hinter einer Sportzeitung verborgenes Individuum.

Margit holte aus ihrer geräumigen Escada-Tasche eine verschnörkelte Silberdose, öffnete sie. entnahm eine rosafarbene Praline und steckte sie in den Mund. „Hier, meine Liebe", hatte Michael gesagt, „für die Fahrt. Betrachte es als Abschiedsgeschenk. Vom Feinsten natürlich, wie es deinem Naturell entspricht!" Dabei hatte er spöttisch gegrinst.

Früher hätte er da ein ganz anderes Gesicht gemacht – ja früher! Da war er der zärtlichste, aufmerksamste, großzügigste Liebhaber, den man sich denken konnte. Im Laufe der Zeit hatte sich das geändert: „Muß es nach New York unbedingt Erste Klasse sein, genügt nicht auch Business Class?" oder „Ich versteh' nicht, weshalb dir ausschließlich Designer Hosen passen, die sind doch auch nicht anders als normale!" Wollte sie auf eine Party gehen, hatte er in der Kanzlei einen wichtigen Kunden, wollte sie einen Städtetrip machen, mußte er zu einer Tagung. Und wenn sie im Restaurant Champagner bestellte, machte er ein Gesicht, und als sie neulich Trüffelpastete wollte, meckerte er: „Mein liebes Kind, das Geld fällt nicht vom Himmel, ich muß es sauer verdienen!" Widerlich, diese Krämerseele. Dabei brauchte er für sie gar nicht alles zu zahlen, erst neulich war der gesamte Unterwäschekauf von ihrer Kreditkarte runtergegangen; schließlich hatte ihr verstorbener Mann ihr genug hinterlassen.

Ja, eigentlich zeichnete sich das Ende schon länger ab: wenn sie sich auf Parties glänzend amüsierte, langweilte er sich zu Tode, während er anfangs so stolz gewesen war, sie im Mittelpunkt der Gesellschaft zu sehen. Und als sie letzte Woche nach dem Abendessen mit ihren neuen Dessous – entzückend, die pinkfarbene Spitze mit den schwarzen Schleifen – als sie also mit diesen Dessous um ihn herumtänzelte, hatte er gepoltert: „Ist denn gar nichts in deinem Spatzenhirn außer Sex und Klamotten!" Dann war er aus dem Raum gestürmt; später hörte sie aus seinem Zimmer das Geballere eines Fernsehfilms. Nein, es wäre mit ihm nichts mehr geworden, eigentlich sollte sie froh sein, diesen Langweiler vom Hals zu haben. Zu alt war er obendrein für sie. Zu alt – das war es! Er konnte einfach nicht mehr Schritt halten mit seiner jungen, munteren Partnerin! Während ihr Mann an Stress gestorben war, hatte er rechtzeitig die Flucht ergriffen – das war's!
Sie mußte lachen.

Die Zeitung ihres Gegenübers senkte sich, ein erstauntes Gesicht kam zum Vorschein. Das Gesicht eines gutaussehenden jungen Mannes mit gewellten blonden Haaren und braunen Augen.
„Mir fiel gerade so was Lustiges ein!" erklärte sie, ein wenig errötend.
„Det is jut, lustich is imma jut," lächelte der Gutaussehende.
„Oh, Sie sind Berliner," strahlte Margit, „das trifft sich gut, ich fahre nämlich nach Berlin und habe keine Ahnung, was man da so unternehmen kann, ich hatte gedacht, mein Freund hat einen Plan, aber mein Freund hat mich gerade verlassen!" Sie wischte mit ihrem rechten Mittelfinger an ihrem Augenwinkel herum.

„Sie valassn, det jibt's doch nich! So'n Esel, Vazeihung, Madame, ick werd' einspringen, könn' sich drauf valass'n. Willy Kranicke, wenn ick ma voastell'n darf!" Er sprang auf, machte eine zackige Verbeugung.
„Margit Hornberger, es wäre ganz reizend, wenn Sie mir ein wenig Ihrer Zeit opfern würden!" Diesem ihrem strahlenden Lächeln hatte noch kein Mann widerstehen können . . .

Der gute Rat

Konrad steht vor dem Schaufenster der Fotohandlung und betrachtet die neuesten Modelle der Digitalkameras. „Hallo, Konrad," tönt hinter ihm eine Stimme und eine Hand legt sich auf seine rechte Schulter. Er dreht sich um: „Werner, na sowas – das trifft sich gut, ich wollte dich schon immer mal anrufen – dein Rat mit dem Seniorenstift war wirklich Gold wert – hast du ein bißchen Zeit? Ich würde dir gern berichten – "
„Ja, das interessiert mich, geh'n wir zum Paulaner auf eine Halbe, der ist ja gleich in der Nähe."

Kurz darauf sitzen sie an einem Ecktisch, haben sich zugeprostet und Konrad beginnt: „Also, als du uns so vorgeschwärmt hast vom „Seeschlößl", hab' ich gleich mit Lotte drüber gesprochen und wir haben gedacht, schaun wir's uns mal an. Wir haben uns einen schönen Tag rausgesucht und da war natürlich alles super, der Park, der See, die Bäume herbstlich belaubt, bilderbuchmäßig. Und die Leiterin, Frau von Gerbhausen, ist ja auch ganz reizend, eine richtige Dame, dabei so freundlich und herzlich. Also wir waren sehr angetan." Er langt in den Brotkorb, nimmt sich eine Breze, bricht ein Stück ab; „Natürlich haben wir uns noch ein paar andere Häuser angeschaut!" Ein wenig schuldbewußt blickt er zu seinem Freund, doch der nickt zustimmend: „Freilich, man muß Vergleichsmöglichkeiten haben, schließlich ist es ja nicht nur der Kauf von – von einem Sack Kartoffeln!"
Konrad dreht das Brezenstück zwischen den Fingern: „Wir statteten deshalb dem ‚Waldfrieden' einen Besuch ab, ich sag Dir, sowas von idyllisch, am Waldrand gelegen, mit einem kleinen Teich, im Sommer sogar beschwimmbar – "

„Aber der Waldfrieden hatte einen Haken?" Interessiert lehnt sich Werner vor.

„Naja, der Waldfrieden direkt nicht, aber – " Nun zieht Konrad eine Grimasse. „Also Lotte schaut sich den Rosengarten an und ich steh' an der Rezeption und hole mir Prospekte, da sehe ich, wie ein Mann durch den Raum geht und mir gibt's 'nen Stich: es ist Ferdl, mit dem hatte Lotte mal was, irgendwie ist's damals auseinandergegangen, aber so ganz hat sie's nie verwunden. Und immer noch schaut der Kerl widerlich gut aus, schreitet kerzengerade einher und hat seinen vollen Haarschopf, grau, aber füllig, das muß ihm der Neid lassen." Seufzend fährt sich Konrad über sein sorgsam drapiertes Haardutzend.

„Und so ist der romantische Waldfrieden an einer Lockenmähne gescheitert," lacht Werner. „Hat Lotte ihren Verehrer auch gesehen?"

„Neinnein, ich hab' mich gehütet, ihn zu erwähnen!"

„Und wie hast du ihr beigebracht, daß der idyllische Waldfrieden nichts für euch ist?"

„Mit dem Argument der Abgeschiedenheit, nur Bäume und Wasser seien auf die Dauer nicht genug für unseren ganzen Lebensabend. Das hat sie eingesehen. Und so sind wir wieder aufs ‚Seeschlößl' zurückgekommen – und stell dir vor, vor vierzehn Tagen sind wir hingezogen!"

„Na, das ging aber schnell! Es ist letztendlich ein schwerer Entschluß, noch dazu, wo ihr doch mitten in der Stadt ganz glücklich wart!"

„Ja, das hat uns zuerst Kopfschmerzen bereitet, aber es ist nur eine Viertelstunde zur S-Bahn, und ein Bus geht ebenfalls, also, wir sind sehr zufrieden! Und was das Schönste ist, die Leute dort sind so aufgeschlossen, natürlich auch alles Rentner, aber meist mit wachem Geist, Lotte hat gleich ein paar Bridge-Damen gefunden und mit einer kann sie sich über Aquarellmalerei austauschen – und ich geh' mit drei rüstigen Herren zum Wandern und mit anderen spiele ich Schach. Sogar einen Tanzabend haben sie einmal die Woche, da haben wir gleich ein bißchen Fitness!"

„Und kein Verehrer für Lotte als dräuende Gefahr?" grinst Werner.

„Sie hat einen Scrabble-Partner gefunden – mir liegt das nicht – aber der ist plattert und ein staubtrockener ehemaliger Sinologie-Professor, absolut keine Gefahr im Anzug", strahlt Konrad.

„Also alles perfekt".

„Das klingt ja ganz prima, ich freue mich, daß mein Rat gut war. Ich werd' euch mal besuchen!"

„Ja, herzlich gern, komm doch gleich am Sonntag mit Friedel zum Mittagessen, auch das ist im Seeschlößl empfehlenswert!"

„Das tun wir mit Vergnügen! Ich freu' mich wirklich, daß alles hundertprozentig gelungen ist".

„Naja, sagen wir fünfundsiebzigprozentig, wir haben ein Problem, das uns zu schaffen macht: meine Mutter hat doch die Stadtwohnung neben unserer ehemaligen und wir dachten natürlich, sie geht mit uns ins Seniorenstift. Sie aber weigert sich strikt, sie sagt, für so einen Gruftischuppen sei sie wirklich nicht alt genug!"

Die Detektivin

Naja, eigentlich ist Detektivin nicht mein Traumberuf gewesen, aber irgendwie bin ich da reingerutscht; mein Bruder hatte gemeint, das wär' was für mich, wo ich doch so ein Krimifan bin und den schwarzen Karate-Gürtel hab'. Und der Job in der Gemeinde war ja nun wirklich so was von langweilig!
Zuerst hab' ich in der Detektei Schmid Bürokram erledigt, dann ging ich mit Erfolg auf die Suche nach einer abgehauenen Göre und nun hat mich der Chef eingeteilt für 'ne Recherche: Ich soll den Ehemann der Frau Wohlert beschatten, ob er fremdgeht. Die Frau Wohlert ist eine – nein, ich werd' mich über eine Kundin nicht äußern.
Ich selbst mach' auf graue Maus, das heißt blaue Maus in Jeans, Jeansjacke und Turnschuhen. Postiere mich vor dem Bürogebäude, in dem Herr Wohlert Chef ist. Ich schlendere auf und ab, gestikuliere und tue so, als hätte ich ein wichtiges Gespräch mit einem Handy-Partner. Schließlich kommt eine Person aus dem Gebäude, auf die Frau Wohlerts Beschreibung paßt: 1.85 groß, dichtes angegrautes Haar, schlacksig, dunkel-grauer Anzug, graugetupfte Krawatte. Er geht mit langen Schritten die Straße entlang und steuert zielstrebig auf das Café „Mokkakanne" zu. Ich schlendere hinterher, suche im Café einen Fenstertisch und als ich Platz genommen habe, suche ich ihn. Da sitzt er! Er hat Ähnlichkeit mit George Clooney ohne Kinngrübchen. Ich bestelle ein Kännchen Schwarzen Tee und bezahle gleich, damit ich nicht aufgehalten bin wenn's pressiert. Dann ziehe ich mein Notizbuch heraus und notiere Notierenswertes. Dabei habe ich die Tür im Auge: Zwei kichernde Teenager drücken sich herein – die kommen nicht in Frage. Die junge Mutter mit Kinderwagen nimmt von meinem George

Clooney keine Notiz, also auch nichts. Die junge Frau, die an eine ältere hinredet, kommt ebenfalls nicht in Betracht. Doch dann tritt eine Frau rasch ein, Anfang Vierzig, in einem Hosenanzug mit einer umgehängten Laptoptasche, blickt sich um, und steuert zielbewußt auf Herrn Wohlert zu. Der steht auf – ich schaue genau hin – sie geben sich die Hand. Sie setzt sich, bestellt was, und dann beugen sich beide über so etwas wie Prospekte. Ein Espresso wird gebracht, er zahlt, sie trinkt ihn, und beide stehen auf und verlassen das Café. Also – ein Liebespaar benimmt sich anders!

Ich stehe auf und verlasse ebenfalls das Café. Draußen will ich die Zeit notieren – ich hab' meinen Kugelschreiber offensichtlich auf dem Tisch liegengelassen. Ich gehe zurück. Der Kugelschreiber ist unter den Tisch gefallen, ich bücke mich, hebe ihn auf und als ich unter dem Tisch auftauche, wen sehe ich? Frau Wohlert: Ende Vierzig, roter kurzer weitschwingender Rock, schwarzes Shirt mit tiefem Ausschnitt, Goldschmuck allüberall, hellblonde Locken, stark geschminkt, und beneidenswert schicke high heels. Ein wesentlich jüngerer Mann hat besitzergreifend seinen Arm um sie gelegt. Sportliche Figur, blonde, gesträhnte Haare, sehr enge weiße Seidenhose, schwarzes, vorn offenes Hemd, Goldkettchen um Hals und Handgelenk – notiere ich draußen in mein Büchlein – man kann nie wissen.

Meine zu Observierenden sind inzwischen die Straße entlanggegangen, vor einem Schaufenster stehengeblieben. Sie gehen in den Laden hinein, ich komme nach und stelle fest, daß es ein Computerladen ist. Wenig romantisch! Drinnen beiben sie vor dem Regal mit Laptops stehen. Ich betrete ebenfalls den Laden; in der Nähe meiner beiden ist das Regal mit Tablets, die ich nun angestrengt betrachte, ohne sie wahrzunehmen. Das Gespräch der beiden dreht sich tatsächlich um Laptops: „Was meinen Sie zu dem?" fragt er. Sie antwortet und ich vernehme

eine Menge technischer Ausdrücke, die mir nichts sagen. Ein Verkäufer gesellt sich hinzu, mit dem fachsimpelt sie. Schließlich sagt der Verkäufer zu Herrn Wohlert etwas, der nickt, schaut sie fragend an, sie nickt auch. Sie gehen zur Kasse, Herr Wohlert nimmt ein Paket in Empfang und zahlt. Durch das Schaufenster sehe ich, wie sie sich mit Handschlag verabschieden. Ich verlasse den Laden und höre noch, wie er „vielen Dank auch," sagt. Sie geht in Richtung S-Bahn, er dreht sich noch einmal zum Schaufenster. Ich hole meinen Notizblock aus der Jackentasche und notiere. Und fahre vor Schreck zusammen, neben mir steht e r und lacht: „Detektivin, rate ich mal, ziemlich neu im Geschäft?"
Ich fühle, wie ich feuerrot werde. Nicht mal was zu Stammeln fällt mir ein. „Ich habe – " fange ich schließlich an.
Er legt den Kopf schief und sagt: „Ich rate weiter, meine Frau hat Sie engagiert, will rauskriegen, ob ich 'ne Freundin habe. Aber, wie Sie ja sicher registriert haben, war das ein dienstliches Treffen, eine Angestellte meiner Firma, EDV-Spezialistin. Ich bat sie, mir einen Rat zu geben, ich wollte einen Laptop, da ich wenig davon verstehe – wie Sie sich denken können, habe ich eine Sekretärin. Also, deshalb haben wir zusammen den Laptop gekauft.
Um Ihnen die Arbeit zu erleichtern, mein Name ist Patrick Wohlert, wie Sie wahrscheinlich von meiner Frau wissen, und die Laptopdame heißt Notger, Frau Notger, glücklich verheiratet, zwei schulpflichtige Kinder." Er grinst: „Ich will Ihnen noch weiter die Arbeit erleichtern, morgen gegen sieben treffe ich mich mit Freunden – männlichen Freunden wohlgemerkt – zum Billard-Spielen im Pic-Dame-Club – dort ist ein ganz gemütliches Nebenzimmer, wo Sie sich aufhalten und Ihre Beobachtungen machen können. Und übermorgen um die gleiche Zeit bin ich beim Schwimmen in der Fitness-Oase – ich weiß

nicht, ob Sie mitschwimmen wollen? In der Caféteria können Sie bequem Ihre Notizen machen! So, ich gehe jetzt zurück ins Büro, bleibe heute etwas länger dort, weil viel zu tun ist und fahre dann – mit meinem weißen Mercedes PW 123 übrigens – nach Hause, zu meiner geliebten Gemahlin. Also, viel Vergnügen bei Ihrer Arbeit, hat mich sehr gefreut, Ihre Bekanntschaft zu machen!" Er nickt, lacht, und geht pfeifend die Straße zurück.

Ach, wie ist mir das peinlich! In der Detektei brauchen sie's nicht zu wissen, ich zeig' ihnen bloß meine Notizen.

Ich setzt' mich in meinen Nissan, warte kreuzworträtselnd vor der Tiefgarage, wo er seinen Mercedes geparkt hat, bis er rauskommt, fahre ihm nach bis zu seinem Haus, wo er aussteigt und hineingeht. Hinter dem Vorhang sehe ich zwei Personen, die Silhouette von ihm und die seiner Frau, kenntlich an dem weitschwingenden Rock. Ich fahre heim, tippe meinen Bericht in den Laptop. Bin die perfekte Detektivin, bis auf die kleine Panne.

Am nächsten Morgen warte ich samt Nissan ab 7 Uhr vor seinem Haus, fahre ihm nach zum Büro. Ab 18.30 Uhr stehe ich abermals vor dem Büro, folge ihm zum Pic-Dame-Club. Da ich keinen Grund angeben kann, warum ich in den Club will, muß ich im Auto draußen warten. Um 21.23 Uhr kommt er heraus, schaut kurz zu mir her, grinst, steigt ins Auto, fährt heim, verschwindet im Haus. Zwei Gestalten hinter dem Vorhang. Akribischer Bericht im Laptop.

Der dritte Tag läuft auf die gleiche Art ab, bis abends, wo ich ihm zur Fitness-Oase folge. Im Freizeit-Outfit lungere ich in der

Cafeteria herum und betrachte meinen George Clooney: sportlich, tolle Figur. Ach ja –
Wieder fahre ich hinter ihm her, same procedure –

Am nächsten Tag kommt Frau Wohlert in die Detektei; ich lese ihr mein Protokoll vor. Sie seufzt: „Also nichts!" Sie hat 'nen lover – ist mir ja nicht unbekannt – will sich scheiden lassen, ihm aber auch was anhängen. Und dann schenkt sie mir ein goldenes Armband, das sie von meinem George Clooney bekommen hat und zu jedem Anlaß einen Edelsteinanhänger dazu: Sie bedankt sich und stöckelt auf ihren tollen high heels hinaus.

Am Nachmittag ruft mich Herr Wohlert an: „Da ja jetzt die Geschäftsverbindung mit meiner Frau nicht mehr besteht, möchte ich Sie zum Abschluß unserer erfolgreichen Beziehung zum Essen einladen. Heute abend 19 Uhr im Four Seasons?"
„Ja, ja, ja gern," stottere ich.

Es wird ein wundervoller Abend, das Lokal ist schick, das Essen phantastisch und er – ach ja – Ich zeige ihm das Armband, er lacht, findet, daß es meinem schlanken Arm besser steht als „ihr" und verspricht mir einen zusätzlichen Stein. Wir fahren zu seinem Haus – da sehen wir eine Frau hinter dem Vorhang. Er seufzt: „Gern hätte ich Sie noch zu einer Tasse Kaffee zu mir eingeladen, aber Sie sehen – "
Ich lache gequält: „aber natürlich!" Er holt per Handy ein Taxi für mich und ich fahre heulend heim.

Ein paar Tage später: Patrick Wohlert ist angeklagt, eine polnische Wander-Masseuse erwürgt zu haben, am Abend unseres Abendessens.

Ich melde mich als Zeugin: „Er kann es nicht getan haben, denn er war mit mir beim Abendessen im Four Seasons, wo uns viele Leute gesehen haben, und gegen 22.30 Uhr ist er nach Hause gefahren, wo ihn seine Frau erwartete, was ich gesehen habe."
Seine Frau war es nicht, die hinter dem Vorhang, denn die weilte bei ihrem lover, was sie aber nicht sagte, da sie diesen nicht kompromittieren wollte, weil er sonst seiner steinreichen eifersüchtigen Mäzenin verlustig gegangen wäre.

So wurde die Schuld dem Vetter und Agenten der Masseuse, einem Anführer einer Autoschieberbande zugewiesen, der sowieso schon ein stattliches Strafregister, dafür kein Alibi vorweisen konnte.

Mir schickte mein George Clooney – ohne eine Zeile – einen goldgefaßten Mondstein in unschuldigem Weiß. Jedesmal, wenn ich ihn anschaue, kommen mir die Tränen.

Gewitter

An meinem kleinen Schreibtisch sitzend, schrieb ich. Am Nachmittag hatte uns die Kursleiterin das Thema „verkürzte Zeit" vorgegeben und nun wollte ich noch schnell den Schluß ausarbeiten, bevor im Fernsehen die Übertragung von „Traviata" mit der Netrebko gesendet werden würde. Mit mehreren Teilnehmern meines Schreibseminars hatte ich mich im Aufenthaltsraum verabredet, wo wir bei einer Flasche Sekt den Opernabend zu genießen gedachten.

Zum wiederholten Mal besuchte ich einen Kurs in dem altehrwürdigen ehemaligen Kloster, das archaische Ambiente und die Gesellschaft Gleichgesinnter schätzend.
Heute war das Wetter hochsommerlich heiß gewesen, lud während der Mittagspause zu einem ausgedehnten Spaziergang im schattigen Wald ein. Inzwischen hatte sich der Himmel verdunkelt, dichte schwarze Wolkenberge schoben sich zusammen. Die ersten Tropfen fielen. Ich ließ meinen PC im Stich, setzte mich auf das breite Fensterbrett und schaute zu, wie der Wind die Äste der Bäume peitschte, wie die Blumen sich schüttelten, wie die Fensterläden an ihren Angeln rüttelten. Die Tropfen fielen dichter, dann prasselten sie nieder und ließen den Kies des Weges aufhüpfen. Ein Wasservorhang schimmerte im Schein der Laterne. Ich beeilte mich, das Fenster zu schließen.

Der Donner begann zu grollen. Ein Blitz zuckte hernieder, meine Tischlampe verlöschte, alle Fensterausschnitte verdunkelten sich, die Laterne ging aus. Stockdunkel war's ringsum, ich saß in einer finsteren Höhle. Der Stromausfall wird nicht lange dauern, bis zur Fernsehübertragung wird's wieder hell sein, hoffte ich.

Die Minuten verrannen.
Meine Uhr war in der Finsternis nicht abzulesen.
Die Minuten verrannen.
Draußen tobte der Sturm, grollte der Donner, krachten die Blitze. Die Minuten verrannen.
Ich starrte auf mein Ziffernblatt, beim nächsten Blitz konnte ich's ablesen: die Traviata hatte ihren Alfred bereits kennengelernt.

Ich stand auf, tastete mich zur Tür, blickte hinaus auf den Gang; er war durch die Notbeleuchtung spärlich erhellt: keine Menschenseele. Da vernahm ich gedämpft Musik: Verdi. Na, so was! Die kam allerdings nicht aus dem Aufenthaltsraum, sondern aus einer der ehemaligen Nonnenzellen, welche nun als Hotelzimmer der Seminarteilnehmer dienten. Ich tastete mich in Richtung Musik, stand zögernd vor der Tür. Dann klopfte ich. Beim zweiten Mal die Aufforderung „Herein!" Ich öffnete die Tür, erblickte Finsternis, in der ein grünes Lämpchen leuchtete.
„Entschuldigen Sie vielmals", hub ich an: „ich hörte die Musik, auf die ich mich schon den ganzen Abend freute – und nun der Stromausfall – Ihr Radio ist offenbar batteriebetrieben – "
Eine Männerstimme antwortete; sie kam mir nicht bekannt vor, also mußte sie dem Teilnehmer eines Parallel-Kurses angehören: „Kommen Sie nur, setzen Sie sich, am bequemsten auf den Bettrand, der Holzstuhl ist recht hart!"
„Das ist furchtbar nett von Ihnen", sagte ich und tastete mich den Schrank entlang. Als mein Schienbein ans Bett stieß, setzte ich mich.
„Fabelhaft, diese Musik", flüsterte der Radiobesitzer und ich flüsterte zurück: „ja, richtig zu Herzen gehend".
Wir lauschten bis zu Violettas bitterem Ende.
„Es ist immer wieder schrecklich traurig", schluchzte ich.

„Ja", sagte er mit belegter Stimme, „aber es war so schön, mit Ihnen die Musik genießen zu können."
„Ganz herzlichen Dank, dies war die denkwürdigste Opernaufführung meines Lebens. Schlafen Sie gut!" wünschte ich und tastete mich aus dem Zimmer.

Am nächsten Morgen beim Frühstück ging ich von Tisch zu Tisch, um mich nach dem Radiobesitzer zu erkundigen. Bei den Teilnehmern der „Pflanzenwelt im Donautal" wurde ich fündig und lernte den Opernliebhaber kennen: einen sportlichen Herrn mit Lachfältchen um die braunen Augen.
Die verbleibenden drei Abende verbrachten wir angeregt plaudernd bei Spaziergängen.

Nun sind wir verheiratet und haben miteinander ein Seminar im Kloster gebucht: einen Jazztanzkurs.

Familiäres

Onkel Otto

Die Vier saßen nach dem Silvester-Fondue gemütlich bei einem Glas Rotwein zusammen, umwabert vom Duft von Orangen, Bienenwachskerzen und Tannenzweigen, als Hetty ihren Mann stirnrunzelnd anblickte: „Sag mal, Heribert, habt ihr eigentlich schon mal dran gedacht, daß Onkel Otto nächstes Jahr, das heißt nach 12h dieses Jahr, seinen Achtzigsten hat?"

Heribert schaute seinen Bruder Jochen an, der zuckte die Schultern: „Ehrlich gesagt, nein!"

„Typisch," schüttelte Karla den Kopf, „da haben wir in der Familie einen steinreichen, kinderlosen Erbonkel und was tun die beiden Neffen – nichts! Ich bin überzeugt, daß eure Kusine Renate sich schon längst den Kopf zerbricht, wie sie sich bei ihm Liebkind machen kann. Ich hab`sowas von `Bild malen lassen` läuten hören."

„Ja, was sollen wir denn tun," fragte Heribert ratlos. „Wie wär's mit einer Kiste Zigarren, erstklassigen natürlich!"

„Quatsch, fantasieloser Quatsch! – Männer!" Energisch fuhr Hetty fort: „ Also, er ist doch mit Tante Emilie so viel gereist und seit sie tot ist, hockt er zu Hause herum. Ladet ihn zu einer Reise ein!"

„Zu einer Reise," entsetzte sich Heribert, "meine Liebe, was uns die kosten würde!"

„Mit Speck fängt man Mäuse, schlagt ihm jeder was vor, etwas wird ihm gefallen und dann . . . wird man sehen!"

Nun wurde so viel diskutiert, dass sie fast das Zwölfuhrläuten versäumt hätten.

Zwei Wochen darauf besuchten sie Onkel Otto. Onkel Otto war ein rundlicher Herr mit Apfelbäckchen, waagrecht wuchernden Augenbrauen und weißen struppigen Haaren. Stets umhüllte ihn eine Wolke süßlichen Zigarrenrauches. Er öffnete eine Flasche Rheinwein und eine Packung Salzstangen: „Na, was wollt ihr mir denn Wichtiges sagen?"

„Onkel Otto," hub Jochen eifrig an, „du hast deinen achtzigsten Geburtstag, da haben wir uns ein besonderes Geschenk für dich ausgedacht. Du bist doch immer so gern gereist, als Tante Emilie noch lebte . . "

Onkel Otto streichelte träumerisch die Armlehne: „Ach ja, meine gute Emily, die hat mich überallhin mitgeschleift. Meist wollte ich gar nicht, aber darauf hat sie keine Rücksicht genommen, und ich muß sagen, das war gut so; wir haben eine Menge gesehen, Interessantes sage ich euch – wenn ich allein an Amerika denke, diese Nationalparks, sogar einen Schneesturm in Jackson haben wir erlebt, und eine Gletscherwanderung bei Lake Louise, aber das könnte ich heute gar nicht mehr, das wäre mir nun viel zu anstrengend. . ."

Heribert fiel ein: „Das brauchst du ja glücklicherweise auch nicht mehr, aber was hältst du von einem gemütlichen, bequemen Aufenthalt in Mallorca, ich habe da ein gutes Hotel gefunden, in einer schönen, ruhigen Lage im Norden der Insel, wo es keine Eventtouristen gibt, dafür interessante Seniorenprogramme wie Vorträge, Ausflüge, Skatrunden . . ."

„Skatrunden sind gut, das würde mir gefallen. Erinnert ihr euch, früher hatte ich meine Skatfreunde, leidenschaftlich haben wir gespielt, ganze Nächte durch, Klaus-Peter war da unersättlich – ihr könnt euch sicher an Klaus-Peter erinnern? Jetzt ist er in einem Seniorenheim in Starnberg – nein, wartet mal, in Tegernsee, ja in Tegernsee, dort hat er auch eine Skatrunde, ich hab ihn ein paarmal besucht, aber er ist inzwischen richtig senil geworden, spricht hauptsächlich von sich und seiner Vergangenheit, andere Leute läßt er kaum zu Wort kommen, das ist das Ende einer ersprießlichen Unterhaltung. Schön, daß ihr euch an ihn erinnert, er war damals ein sehr netter Kumpel. Wo war doch gleich die Skatrunde?"

„Auf Mallorca. Ich bin sicher, Onkel Otto, daß du auf Mallorca in der Skatrunde einen passenden Partner finden würdest und obendrein werden Besichtigungsfahrten angeboten, auch mit Weinproben, für Wein hast du ja auch etwas übrig!"

„Aber nur für deutschen, da weiß man wenigstens, was drin ist, nicht so wie in den spanischen, wo sie Glykol reingemischt haben, nein, Weinprobe ist mir verdächtig, ich trinke nur deutschen Wein!"

„Onkel Otto, es waren die Österreicher, die Glykol reingemixt haben, aber die Mallorquiner werden sich hüten, ihre kostbaren deutschen Touristen zu verärgern. Also, was hältst du von einer Woche Mallorca?" Er beugte sich gespannt vor.

„Wenn ich's mir überlege – ich mag nicht mehr fliegen. Zu viele Leute, zu viel Betrieb am Flughafen – nein, Mallorca ist nichts für mich!"

Ratlos kniff Heribert die Augen zusammen, dann schlug er vor: „Ich könnte mich nach einer passenden Kreuzfahrt erkundigen, die ist komfortabel und nicht anstrengend . . . "

Aber Jochen unterbrach ihn „Onkel Otto, da hab' ich wohl das Richtige für dich ausgedacht; eine Woche Marienbad im Hotel Nové Lázné, das heißt auf deutsch Neubad, ist aber ein historisch einzigartiger Kurhotelkomplex mit 225 Luxuszimmern, Römischem Bad aus dem Jahre 1896, Königs- und Kaiserkabine für Mineralbäder – es ist das älteste Moorbad

Europas. Echte Schmuckstücke sind die Königskabine von Eduard VII. und die Kaiserkabine von Kaiser Franz Joseph. Dann bieten sie an Mineralbäder in original historischen Badekabinen, kurmedizinische Behandlungen mit naturreinem Kohlendioxid, Moorpackungen, Kryosauna, Vitasalin."

„Kohlendioxid mag ich nicht, da wenn jemand nicht aufpaßt bist mausetot, aber Kriptosauna und Vaselinbad klingt gut." Er nickte zustimmend.

„Ich fahre dich hin, mit dem Auto, nehme mir ein Zimmer neben deinem und wir machen Ausflüge. Für dich buche ich eine Suite, die Imperialsuite .. "

„Aber nicht vorne raus, nicht zur Straßenseite, das ist mir zu laut. Ich hatte mit Emily mal ein Hotel in Aukland – nein, es war in Toledo – da hatten wir ein sehr schönes Zimmer, wirklich sehr schön, kann man nichts sagen, wunderschöne handgeschnitzte Möbel, ich glaube, es war doch Toledo – aber zur Straßenseite, natürlich schön zu betrachten, vom Balkon aus, wir hatten einen schönen Balkon, mit Tisch und Stühlen und allem, wirklich sehr schön: hübsch, das Getümmel, aber ab früh 5 Uhr ein Lärm, Geschrei und Lieferfahrzeuge und die Straßenbahn..."

Jochen lachte gekünstelt: „In Marienbad gibt's keine Straßenbahn, keine Angst Onkel Otto, und vorsichtshalber werde ich extra eine Suite zur Parkseite bestellen. Was möchtest du denn lieber, mit Halbpension oder sollen wir uns die Restaurants selber aussuchen?"

„Naja, eigentlich ist's ganz gemütlich, wenn man nach dem Essen gleich aufs Zimmer gehen kann, das hatten wir auf Gran Canaria auch, das war sehr gemütlich, wie gesagt, da haben wir dann auf dem Balkon noch eine Flasche Rioja getrunken und dabei Mond und Sterne betrachtet, ja das war ungeheuer romantisch - andererseits haben wir in Lissabon sehr interessante Restaurants kennengelernt, und in einem – einen Hummer hatten die da – ich sage euch, sowas habt ihr euer Lebtag noch nicht gegessen, also einen Hummer – perfekt zubereitet und einen Reis, wundervoll blumig und dazu einen Wein, einfach unvergesslich – ich würde gern nach Lissabon fahren!"

Irritiert blickte Jochen Onkel Otto an: „Lissabon, aber Onkel Otto, du magst doch nicht mehr fliegen, deshalb hatte ich für dich Marienbad ausgesucht!"

„Ach ja, du sagtest irgendwas von Marienbad. Fahren wir auch nach Franzensbad?"

Jochen zwinkerte nervös mit den Augen: „Wenn du willst, fahren wir auch nach Franzensbad – ganz wie du willst . . ."

„Das ist nicht so berühmt wie andere, aber man kann sich ja erst ein Urteil erlauben, wenn man's gesehen hat. Ich hasse die Leute, die immer über alles urteilen und dabei haben sie keine Ahnung, Nein, man muß sich selber ein Urteil bilden, dann kann man drüber reden und deshalb möchte ich . . "

„Jawohl Onkel Otto, ich fahre dich nach Franzensbad und du machst dir dein Urteil, und wenn du willst auch von Karlsbad."

„Karlsbad? Da soll es doch von Russen so wimmeln und diese neureichen Russen sollen ja sowas von unangenehm sein, andererseits schreiben die Zeitungen, die Russen bleiben jetzt daheim, die Hotels jammern, daß ihre besten Kunden ausbleiben, das kann man schon verstehen, die haben ja eine Menge Geld dagelassen und ob die Chinesen so gern baden ist fraglich, die können ja nicht mal schwimmen, auf Hainan haben sie im Swimmingpool immer mit ihren Schwimmringen herumgealbert. . . "

„In Marienbad albern sicherlich keine Chinesen mit Schwimmringen herum, dort halten sich seriöse Senioren auf, also buche ich für eine Woche die Suite?"

„Ja, Junge, tu das, das klingt ja nicht schlecht!"

Einen Tag vor Onkel Ottos Geburtstag klingelte Jochen morgens an seiner Tür. Onkel Otto öffnete, reisefertig.

„Da bin ich," strahlte Jochen, „mit aufgetanktem. frisch gewaschenem Mercedes. Wo ist dein Gepäck, das werde ich gleich einmal . . . sag mal, fünf Koffer, für eine Woche, die sollen doch nicht etwa alle mit?"

„Nur zwei sind von mir, die drei anderen sind von Häschen!"

„Von Häs – chen?"

„Ach ja, meine Überraschung, ich hab sie kennengelernt, als ich im Krankenhaus wegen meines Schlaganfalls behandelt wurde, sie war meine Krankenschwester. Vor drei Tagen haben wir geheiratet, ich dachte mir, es macht sich im Hotel doch besser! Ah, da kommt sie ja!" Er strahlte übers ganze Gesicht.

Die Treppe herunter schwebte eine schicke Fünfzigjährige, umweht von einer Parfümwolke, streckte Jochen eine kräftige Hand mit perlmutgelackten Nägeln hin: „Ich bin Franziska!"

Joachim reichte ihr seine mit zittrigen Fingern: „A – a – angenehm . ."

Tante Rosaly

e-mail an Caroline

Hallo Caroline,
es tut mir leid, aber ich werd' am Samstag nicht mitkommen zur Party bei der Conny, weil ich – also, Du wirst es nicht glauben, statt dessen gehe ich zu einem Familientreffen!!!
Ich hab' nämlich eine Einladung von Tante Rosaly bekommen – das ist eine Schwester meines Vaters. Als meine Eltern noch nicht geschieden waren, hat mich Mami mal zu ihr – zu der überspanntenn Zicke, wie sie sagte – mitgenommen, in ein riesiges Haus, wo ich mich verlaufen habe, mit finsteren, verschnörkelten Möbeln und dunklen Vorhängen, und in dem überall so komische Figuren rumstanden; ich habe es als sehr scheußlich und unheimlich in Erinnerung.
Also, zuerst hab' ich gedacht, kommt gar nicht in Frage, Familie ist echt krätzig, und die alte Schachtel hat sich sonst auch nicht gekümmert und jetzt, wo sie auf die Sechzig zugeht, fällt ihr plötzlich ein, daß sie Verwandtschaft hat, wahrscheinlich zu ihrer Unterhaltung, weil sie nun nicht mehr in der Weltgeschichte rumgondeln kann. Es reicht, wenn Michaela und Jutta hingehen – Du weißt schon, meine Kusinen – die werden sich an sie hinwandeln, weil sie hoffen, sie könnten die Alte beerben; die hat nämlich keine eigene Familie, dafür reichlich Knete.
Also, ich war fest entschlossen, nicht hinzugehen – bis mir einfiel, daß Tante Rosaly bei der Hochzeit von Michaela zu einem (zugegebenermaßen schicken) Seiden-Ensemble ein Lalique-Collier trug, aus Familienbesitz – das schönste Schmuckstück, das ich je gesehen hab'. Mir wurde ganz übel,

als ich mir vorstellte, wie das die Michaela mit ihrem fetten Hals oder die Jutta erbt, die es dann zu ihrer Motorradkluft und dem Unterlippen-Piercing anlegt. Und nun werd' ich dem Lalique-Collier zuliebe zu diesem öden Kaffeeklatsch stiefeln.
Doch damit nicht genug: Tante Rosaly ist, wie gesagt, eine feine Dame, und wenn ich bei der mit Jeans, T-Shirt und Turnschuhen aufkreuze, erbe ich das Collier nie. Also hab' ich mich aufgebretzelt: sonnenuntergangsrotes Minikostüm, schwarze Lackpumps, schwarze Lacktasche – beim Breiter probierte ich sogar schwarze Strohhüte auf, die mir nicht schlecht gestanden haben, aber das hab' ich dann doch gelassen; ich fand mich auch so fesch genug. Und werd' meine Kusinen bei der aufgetakelten Alten ausstechen.
Verstehst Du, daß ich nicht mitkommen kann? Euch allen viel Vergnügen! (;-)=B

e-mail an Caroline

Hallo Caroline,
Du willst wissen, wie's bei Tante Rosaly war –
Also, ich bin hingekommen, in ihre neue Eigentumswohnung am Englischen Garten. Ich möchte ja nicht wissen, was die gekostet hat, Jugendstil, tiptop hergerichtet, mit Parkettboden und Stuckverzierung. Dazu Möbelstücke, erlesen sag' ich Dir. Altrosa Seidenvorhänge, Perser. Vom großen Balkon genießt man den Ausblick auf einen süßen kleinen Innenhof, efeubewachsen, mit Brünnlein, Steinfiguren und zwei schmiedeeisernen Bänken, echt romantisch! (Rosaly lädt mich im Sommer zu einem Balkon-Bowlen-Abend ein, für den ich mir extra einen Batikkaftan zulegen werde!) Rosaly trug einen weißen Seidenanzug, sie sah aus, wie „Vogue" entsprungen.

Michaela in Jeans mit Streifenpulli und Jutta in Lederkluft paßten wie die Faust aufs Auge, richtig peinlich zwischen den wunderschönen Möbeln. Mich hat Rosaly gleich umarmt und gesagt: „Wie hübsch du bist, und wie elegant"!!! Beim Kaffee – sie hatte Kuchen geholt vom Wertinger, irre gut, sag' ich Dir – quatschte Jutta bloß dauernd von ihrem blöden Motorradclub und Michaela von ihren einmaligen Kindern; Rosaly und ich haben uns tödlich gelangweilt. Sie hat einen Fernsehsessel vom Karstadt in der Ecke stehen – das teuerste Modell meiner Firma, wie ich ihr verriet. Da erkundigte sie sich, was ich als Einrichtungsberaterin dort so mache und ich erzählte ein paar interessante Vorfälle, wobei sich die anderen gelangweilt haben. Die sind bald gegangen. Rosaly hat mir ihre Wohnung gezeigt und die Herkunft der Möbel erklärt – ganze Romane könnte sie darüber schreiben! Nicht schlecht gestaunt hab' ich, als ich in ihrem Schlafzimmer einen Computer stehen sah. Den braucht sie, weil sie Reiseberichte verfaßt, hat sie gesagt. Ich durfte einen lesen, über Neuseeland, echt gut, ich war ganz begeistert. Und plötzlich hat sie mich gefragt, ob ich nicht nach Lanzarote mitkommen will, die Bauten von Manrique – das ist dort ein berühmter Architekt – gefielen mir sicherlich. Sie möchte gern einmal die ganze Insel besichtigen, mag aber nicht selbst rumfahren, und wenn ich die Chauffeursrolle übernehmen würde, wäre sie sehr glücklich. Natürlich lädt sie mich dazu ein, in ein tolles Fünfsternehotel , sie hat mir den Prospekt gezeigt.

Ja, meine liebe Caroline, so werdet Ihr diesmal ohne mich Euren Cluburlaub auf Djerba verbringen müssen – ich nehme meine Familienpflichten wahr und kümmere mich um meine Tante – ist das nicht vorbildlich?

Und bei der VHS hab' ich mich auch schon für einen Kurs in Spanisch angemeldet, damit ich nicht ganz dumm dastehe, sie spricht es nämlich fließend.

Was sagst Du dazu? Gehst Du mit mir zum 5-Sterne-tauglichen-Badeanzug-Aussuchen?
Bis bald <(:-o)=B

Hildes Weihnachtsabend

„So," sagt Mama, als sie die letzten Reste der Bayrischen Creme in den Kühlschrank und die letzten Silberplatten in die Vitrine geräumt hat, „das war das letzte Mal, daß Weihnachten bei uns gefeiert worden ist!"
„Hildchen, du bist ein wenig nervös, wahrscheinlich ist Föhn! Ich fand es wieder sehr gemütlich," lächelt Papa versonnen, „alle unsere vier Kinder daheim, mitsamt Partnern und Enkeln - es ist doch herrlich, wenn man eine so große Familie hat!"
„Und eine Frau, die kocht, bäckt und putzt, Geschenke einkauft und Baum schmückt. Nein, jetzt ist Schluß damit! Genoveva bekommt einen hysterischen Anfall, wenn sie beim Bratenschneiden ihren kostbaren Plastikfingernagel absäbelt, die herzigen Enkelchen trennen mein Norweger-Gestrick auf, Benjamin verräuchert mit seinen Virginias das ganze Haus, unsere Schwiegertochter rümpft über alles und jedes ihre vornehme Nase und du liegst dir mit Nathalies grünem Freund dauernd in den Haaren! Schluß damit - ich bin nächstes Jahr zu Weihnachten in Teneriffa!"
„Ja, Hildchen!"
„Mein lieber Fritz, du meinst, ich werde mich schon wieder beruhigen, aber das werde ich nicht, diesmal nicht!"

Als im Oktober Nathalie freudestrahlend telefonisch verkündet, sie habe einen neuen Freund, mit dem ihr Vater sich dieses Weihnachten sicherlich nicht streiten werde, erklärt ihr die Mutter, daß sie sich darüber nicht den Kopf zu zerbrechen brauche – sie und Papa verbrächten nämlich den Heiligen Abend in Teneriffa – die Tickets habe sie bereits bestellt.

Nathalie ist sprachlos. Anschließend laufen die Leitungen heiß, als sie gegenüber der einheitlich entsetzten, fassungslosen Familie ihrer Empörung Ausdruck verleiht – über diesen ungeheuerlichen Traditionsbruch.

Mama hatte ein Jahr Zeit gehabt, ihr schlechtes Gewissen zu beruhigen, so daß es im Dezember nur noch ganz sanft pocht. Bis zum Abreisetag ist es gänzlich verstummt.

Am Flughafen in Teneriffa warten sie und Papa gerade auf den Bus, der sie zu ihrem Viersternehotel „La Palomita" bringen soll, als lautes Geschrei sie aufschreckt: „Hallo, Bruderherz! Sei gegrüßt, charmante Schwägerin! Gelt, jetzt staunt ihr! Wir haben gehört, daß ihr unserer winterkalten Heimat entfliehen wolltet und gedacht, die sind gescheit, machen wir es ihnen nach! Und hier sind wir! Max und Greta mit ihren Kinderchen kommen morgen auch, wir können also ein gemütliches, deutsches Weihnachtsfest feiern. Ein kleiner Tannenbaum befindet sich ebenfalls im Gepäck! Weil wir viel Platz brauchen, haben wir eine Ferienwohnung gemietet, mit Küche und allen Schikanen. Die drei Damen dürfen darin hemmungslos ihre kulinarischen Phantasien austoben. Bei dem Gedanken an Hildes Gratin Dauphinois läuft uns jetzt schon das Wasser im Munde zusammen!
Und damit wir ungeschickten Männer nicht bei der Kochorgie stören, können wir inzwischen zum Angeln gehen, was meinst du, Fritz?"
„Klingt äußerst verlockend. Weißt du, Franz, eigentlich wollte meine liebe Frau ja dem Trubel entfliehen, aber ich bin sicher, am Heiligen Abend wäre sie doch recht unglücklich gewesen, mit mir allein."
„Na klar, Weihnachten ist ein Familienfest, so will's nun mal der

Brauch. Also, wir erwarten euch um fünf Uhr! Franz, gib doch mal deinem Bruder den Prospekt von unserer Ferienanlage! Ah, dort kommt unser Bus – bis bald!" Übermütig winkt Laura mit ihrem Strohhut.

Am 24. halten Hilde und Fritz landesübliche Siesta.

Um halb vier wacht Fritz auf, Hilde ist nicht da. Auf ihrem Kopfkissen liegt ein Zettel: „Ich bin viertausend Kilometer gereist, um meine Ruhe zu haben und nicht, um in den Krakenarmen von Deines Bruders Klan zu landen. Genieße ihn, wenn Dein Herz dran hängt – aber ohne mich!"

Zuerst denkt Fritz, das ist ein Scherz. Dann sucht er seine Frau im ganzen Hotel, am Pool, am Strand. Sie ist nirgends zu entdecken. Schließlich macht er sich wütend zu Franz und Familie auf, allein.

Bis halb zwölf hält er es dort aus, endlich fährt er ins Hotel zurück. Er kommt in die Eingangshalle, da sieht er seine Gattin (Donnerwetter, hat die sich fesch herausgeputzt!) neben einem stattlichen, sportlichen, graumelierten Herrn stehen. Fritz schleicht sich in die Nähe der zwei und versteckt sich hinter einem der riesigen Christbäume, die weihnachtlich herumstehen.

„Gnädige Frau, Ihre ebenso charmante wie geistreiche Gesellschaft habe ich außerordentlich genossen!" (Wie lange küßt dieser Laffe ihr jetzt noch die Hand?)

„Mein lieber Herr Soller, Sie dürfen mir glauben, daß auch ich seit Jahren kein so heiteres, unbeschwertes Weihnachtsfest erlebt habe!" Beide blicken sich tief in die Augen, dann schreiten sie Arm in Arm in die frühlingswarme, sternenfunkelnde Nacht hinaus –

Am nächsten Morgen ruft Fritz seinen Bruder an, daß er den Familienausflug nach Masca nicht mitmachen werde, weil er den restlichen Urlaub ganz seiner Eheliebsten zu widmen gedächte, deren so mutterseelenallein verbrachter Weihnachtsabend ihm doch schwer im Magen liege!

Opa und Enkel

Das Telefon den Opa schreckt,
er wird vom Klingeln aufgeweckt:
„Hi, Opa, wollt' dich wieder hören
und in der Einsamkeit mal stören –
Du hast so viel Familiensinn
und kennst mich, weißt doch, wer ich bin?"
„Ja freilich, Max, aus Rosenheim
wie geht' denn so bei euch daheim?"
„Ach danke gut, so allgemein,
doch ich fiel kürzlich furchtbar rein:
ich schaute mal zum Smartphone hin
und schon stak ich im Porsche drin,
im Kofferraum vom Vordermann.
Sofort kam die Polente an
um dieses Auto abzuschleppen,
notierten meine Schuld, die Deppen.
Weil ich die Aufmerksamkeit geteilt,
mich nun die Strafe voll ereilt.
Gut dreißigtausend muß ich löhnen,
es ist zum Heulen, ist zum Stöhnen,
auf meinem Konto ist nichts drauf,
Am besten hänge ich mich auf!
Ach Opa, lasse dich erweichen
und mir die Hand zur Rettung reichen,
geh' gleich zur Bank und hebe ab,
was mir erspart ein frühes Grab!"

„Ja freilich, teurer Tochtersohn,
geh` ich zur Bank, ich eile schon!"
Nach kurzer Zeit sieht man fürwahr,
der Opa in der Bank drin war.
Gar mühsam ist sein schwerer Tritt,
und mühsam tapst der Gehstock mit,
er geht gebückt, er humpelt sehr,
doch in der Hand hält er's Kuvert.

Ein junger Mann steht schon parat
und schreitet unverseh'ns zur Tat,
er streckt die Hand begehrlich aus -
doch leider wird da nichts daraus:
Der Opa, der wird flugs mobil
hat Maxens Hinterteil zum Ziel
drischt wütend mit dem Stock drauflos,
nur wenig Schutz bietet die Hos'!
„Ein Enkel Max ist unbekannt,
da hast du leider dich verrannt!"
Es hagelt Hiebe ohne Zahl
der Max, der windet sich vor Qual,
er will entflieh'n, er kommt nicht weit,
zwei Kriminaler steh'n bereit
doch ließen sie sich reichlich Zeit,
den Opa von dem Max zu trennen -
sie hindern ihn, davonzurennen. . .
„Herr Winter, danke für den Tip,
den Typen nehmen wir gleich mit
zum Zeiserlwagen in der Näh!"
Der Max der winselt „jemineh"!

Der Opa ist der Held der Stunde,
sein Tun macht landkreisweit die Runde;
der Enkeltrick ging voll daneben;
mehr solche Opas sollt' es geben!

Zeitnahes

Ja, damals -

Ja, ich trauere ihnen nach, den gemütlichen gelben Telefonhäuschen!

Als ich sie häufig benutzte, damals, war meine große Liebe Dagobert.
Seine Mutter konnte mich nicht ausstehen; da er bei ihr lebte, waren die Gelegenheiten, uns zu sehen, sehr begrenzt, zumal es am nötigen Kleingeld fehlte, uns in Cafés oder anderen angenehmen Örtlichkeiten zu treffen. Und so bestand unsere Hauptkommunikation aus Ferngesprächen, insbesondere während der Zeit, in der er Bereitschaftsdienst in seiner Versicherung hatte. Ich machte es mir im Telefonhäuschen bequem, während wir uns unserer immerwährenden Liebe versicherten. Leider wurde die Idylle zu oft von Ungeduldigen unterbrochen, die unbedingt jemandem etwas Banales mitteilen wollten –

Dann kam der graugelockte Ron Sommer und ließ meine gelben Telefonhäuschen durch graupink ersetzen. Zwar erfreuten sie mich als schönheitsliebende Frau, als gebührenzahlende Telefoniererin erbosten sie mich jedoch; hatte man in den gelben für zwanzig Pfennige ohne Zeitbeschränkung plaudern dürfen, so wurde man in den graupinkfarbenen für jede Minute gnadenlos zur Kasse gebeten. Daher waren nun meine Gespräche kürzer: meine große Liebe hieß Hänschen. Ich konnte ihn nur mittags anrufen, während seine Sekretärin, die fatalerweise zudem seine Ehefrau war, also wenn die beim Essen war. Oftmals reichte die Zeit nicht, um uns unserer immerwährenden Liebe zu versichern.

Auch die Tage der graupinken Telefonzellen waren gezählt; sie wurden von blauen dachlosen Säulen abgelöst. Das betraf mich nun nicht mehr so sehr, inzwischen war ich mit Ferdl zusammengezogen und es brauchten nur noch alltägliche Dinge geklärt zu werden: soll ich eine Pizza mitbringen? Oder: ich komme etwas später, weil ich noch einen Bericht fertigmachen muß. Gelegentlich gab es Mißverständnisse, wenn die Akustik gestört wurde von vorbeiratternden Lastwagen, und so brachte ich Wurst mit, weil ich das statt Durst verstanden hatte, oder ich glaubte, seine Mutter sei auf Besuch gekommen, dabei hätte ich Butter mitbringen sollen!

Zuguterletzt war es Zeit, auf ein Handy umzusteigen. Ferdl hat mich verlassen und ich brauche jemanden, bei dem ich Herz und Frust ausschütten kann. Meine Freundin Mona ist dazu wie geschaffen, wenngleich sie wohl eher aus Neugierde denn aus Mitleid meinem Klagelied lauscht.
Eine günstige Zeit fürs Telefonat ist die, welche ich nach Arbeitsschluß in der S-Bahn verbringe, zwischen Hackerbrücke und Pasing. Danach fühle ich mich wohler.
Gestern allerdings die totale Ernüchterung: Kommt da doch so eine dickliche Mittelalterliche am Bahnsteig auf mich zu: „Hallo, Sie glauben gar nicht, wie uns Ihre Telefonate interessieren, uns, die Stammfahrer. Und nun haben wir eine Bitte, könnten Sie nicht mal die rote Spitzenwäsche mitbringen, Sie wissen schon, die, mit der Sie ihrem Ferdl einheizen wollten und wo er Sie so beleidigt hat mit dem Kommentar – warten Sie, ich hab's mir genau gemerkt, ja, genau so hat er's gesagt: „bleib mir bloß vom Leibe mit deinem Beate-Uhse-Kram, der reißt's auch nicht mehr raus!" Wir alle waren ja so empört über diesen Unmenschen, aber uns würde brennend interessieren . . . "

Ich fühlte, daß ich rot wurde wie die Spitzenunterwäsche, ließ die Dicke einfach stehen und rannte die Treppe hinunter.

Es ist unglaublich, wie manche Leute meinen, die Privatsphäre anderer verletzen zu dürfen! Ab morgen fahre ich eine S-Bahn später und hoffe, daß die Leute da drinnen nicht so indiskret sind.

Ach, wie trauere ich den verschwiegenen gelben Telefonhäuschen nach!

Hollermoor

„Ich will was mit Natur, mit Ursprünglichkeit, Sie verstehen." Der junge Mann in den abgerissenen Jeans ließ sich auf den Stuhl gegenüber der Reisekauffrau plumpsen.
„Hm," machte die und ruzelte die Stirn. „Da hättte ich was, Natur pur, kompromisslos." Skeptisch blickte sie ihn an.
„Ja, optimal," strahlte Johannes, „lassen Sie hören!"
Sie stand auf, holte aus der Stellage einen schmalen Prospekt: „Hollermoor, eine Gemeinde von 800 Einwohnern, total öko. Gasthof „Zur Post" mit Vollpension, Vollwertküche, regionale Produkte, fair trade. See, Wald, Natur."
„Klingt optimal. Kostet?"
„€ 250 pro Nacht" sagte sie ein wenig verlegen.
„Oh, das ist – na ja, ziemlich – mit Vollpension!"
„N-nein. Nur Übernachtung, Frühstück extra, aber je nach Wunsch kuhwarme Milch, hausgemachte Marmeladen, selbstgeräucherte Forellen und so. Alles öko halt, Bioprodukte sind ja auch immer etwas teuer." Beschwörend blickte sie ihn an.
Er seufzte: „Na schön, dann eben nur eine Woche statt zwei, wenn's der Umwelt nützt!" Er fingerte an seinem T-Shirt herum, das die Aufschrift „zurück zur natur" trug.

Johannes hält vor dem Schild „Willkommen im Öko-Dorf Hollermoor. Autofrei. Laßt euer Fahrzeug auf dem Parkplatz. Pro Tag € 15. Zahlbar beim Wirt „Zur Post".
„Autofrei!", murmelt Johannes anerkennend. Er fährt seinen VW auf den großen Parkplatz, hebt den Trolley aus dem Kofferraum und rollt ihn durch die schmale Pforte im Weidezaun. Ein Schild „Gasthof zur Post" weist einen ungeteerten Weg entlang, auf dem ein paar Kopftuchfrauen in langen Kleidern Unkraut zupfen.

Im Gasthof „Zur Post" läutet er am Empfangstresen mit der Kuhglocke. Aus dem Hintergrund erscheint ein freundlicher Bärtiger in lederner Kniebundhose und grünkariertem Hemd und heißt ihn überschwänglich willkommen.
„Ich hab' noch Gepäck im Kofferraum", erklärt Johannes.
„Wird gleich erledigt!" strahlt der Postwirt; „Abdul," schreit er durch die Tür. Ein grinsender Schwarzer in kurzer Lederhose mit grünem T-Shirt erscheint. „Koffer – Kofferraum – Schubkarre!" erläutert der Bärtige. „Kohfa, Kohfarahm, Kahre;" nickt Abdul und geht nach draußen. Der Bärtige bedeutet Johannes, ihm zu folgen. Das tut er, geht neben Abdul her, der die Schubkarre schiebt, dabei ein irgendwie disharmonisches Lied singend.
Zurück im Gasthof trägt Abdul die beiden Koffer in den ersten Stock, öffnet die erste Tür: „Hier Zimmer." Es ist ein rustikal eingerichteter Raum mit einem kleinen Sprossenfenster und einem schmalen Bett, auf dem ein voluminöses Federbett prangt. In dem düsteren Raum will Johannes das Licht einschalten. Es geht nicht. „Öko," grinst Abdul und hält die Hand auf.
„Ach ja," murmelt Johannes und legt 50 Cent hinein.
„Merde," kommentiert Abdul und verläßt das Zimmer.
Johannes geht nach unten, findet den Bärtigen beim Gläserpolieren. „Das Licht geht in meinem Zimmer nicht," beschwert sich der Gast.
Der Bärtige lacht schallend: „ Strom! Ja, guter Mann, wissen Sie denn nicht, wo Sie sind? Strom gibt's bei uns nicht! Kerzen sind im Zimmer in ausreichender Anzahl vorhanden."
„Moment mal, Sie haben keinen Strom?" ungläubig starrt Johannes ihn an.
„Mann, ich seh' schon, ich muß Sie erst mal aufklären!" Er deutet auf die Eckbank, holt zwei Bierkrüge, leert eine Flasche hinein und stellt die Krüge auf den Tisch. Während er sich setzt, bedeutet er Johannes, das selbe zu tun. Dann hebt er an, als habe

er es mit einem begriffsstutzigen Schüler zu tun: „Wir sind eine total bürgernahe Gemeinde, die bürgernaheste – äh, die bürgernächste – ich meine die Gemeinde, bei der die Bürger das Sagen haben, unbedingt. Die erste Bürgerbefragung ergab, wir wollen keine Windräder, zu viel Lärm, zu viel Beschattung, häßliche Dinger. Also keine Windräder. Und nachdem ein paar Solaranlagen zertrümmert worden waren – die Leute, die keine hatten, wollten nicht für die anderen die hohen Vergütungen bezahlen – also, da haben wir eine Bürgerbefragung gemacht und danach gab's keine Solaranlagen mehr. Jetzt sind die Leute auf den Geschmack gekommen, haben nochmal eine Bürgerbefragung gemacht und deshalb gab's keine Mobilfunkanlage, und deshalb funktionieren bei uns die Handys nicht. Eine Frau starb an Krebs, hervorgerufen durch die Strahlen der Telefonleitungen, das hat die hiesige Ärztin zweifelsfrei geklärt und deshalb wurden die abgebaut nach der nächsten Befragung."

„Das gibt's doch nicht!" entfährt es Johannes.

„Doch, das gibt's," stolz streicht sich der Bärtige den Bart. „Es ist wirklich toll, was des Volkes Wille alles so bewerkstelligt!"

„Faszinierend," Johannes nimmt einen tiefen Schluck. „Und, geht's noch weiter?"

„Ja, mit dem Projekt des Pumpspeicherwerkes des Nachbarlandkreises: Die Unseren haben beschlossen, auf Strom zu verzichten, weil die Drüberen nachts Atomstrom hernehmen, um die Speicher aufzufüllen." Stolz reckt der Bärtige den Kopf hoch.

„Ich verstehe," Johannes nimmt einen Schluck, wischt sich den Mund mit der Hand, „und was machen Sie – wie funktioniert's bei Euch – ich meine, so ganz ohne Strom. . ." Er schaut etwas ratlos drein.

„Jahrtausende ist's ohne gegangen, weshalb sollte da heute die Welt untergehen? Wir haben die Asylanten," setzt er hinzu.

Johannes macht den Mund auf, schaut fragend.
Wieder setzt der Bärtige seine unterbemittelte-Schüler-Erläuterungs-Miene auf: „Wir geben Asylanten eine Perspektive. Etliche Bewohner unserer Gemeinde sind abgewandert – die einen wollten auf ihren Luxus nicht verzichten, die anderen sind ausgezogen, um zu missionieren, auf deutsch: um anderen unsere Lebensweise schmackhaft zu machen. Also, wir haben etlichen Wohnraum frei – und die Afrikaner sind ja große Lebensgemeinschaften gewohnt. Und so geben wir ihnen Arbeit als Landarbeiter, Wäscher, Bügler, Müllmänner, Boten, Straßenarbeiter, Hausmänner, Handwerker und so. Viele Berufe kommen wieder zu Ehren, die schon ausgestorben waren."
„Hübschlerinnen?" fragt Johannes und schiebt den Kopf vor.
„Wir haben einen sehr strengen Pfarrer, aber ich könnte Ihnen da schon behilflich sein, wenn's Ihnen auf ein paar Euro nicht ankommt . . ."
Johannes streckt abwehrend die Hände aus; „nein, ich hab' Spaß gemacht, mir gefällt die Bezeichnung bloß so gut und sie paßt so hervorragend zu Ihrer Lebensweise. Außerdem brauch' ich meine Euro für Wichtigeres!"
Enttäuscht hält der Bärtige den Bierkrug hoch: „Na dann prost! Übrigens," er stellt den Krug wieder auf den Tisch, „nächstes Wochenende ist Holztag, da haben Sie Glück. Wir brauchen natürlich viel Holz zum Heizen und so, und der Holzwirt in unserer Gemeinde verlangt inzwischen ein Vermögen für seine Ware. Deshalb haben wir einen Vertrag mit einer Nachbargemeinde, einmal im Jahr wird eine Fuhre auf unserem Parkplatz angeliefert und jeder holt sich, was er braucht. Derjenige, welcher am meisten schafft mit eigener Körperkraft, wird Holzkönig, Sie können auch mitmachen!" strahlt ihn der Bärtige an.

„Mhm, ja gern," lächelt Johannes gequält. „Übrigens, ich möchte mir euer Paradies gern näher anschauen, muß ich das zu Fuß machen?"
„Neinnein, beileibe nicht, Sie können bei mir ein Fahrrad mieten oder beim Rößlbauern ein Pferd."
„Ein Pferd," erschrocken blickt Johannes den Bärtigen an. „Noch nie in meinem Leben bin ich auf einem Gaul gesessen!"
„Na, dann wird's aber Zeit, mein lieber Mann, Pferde sind die Fortbewegungsmittel der Zukunft, brauchen kein Benzin, stoßen keine Schadstoffe aus, kurz ideal. Lernen Sie reiten, die Rößlbäuerin bietet Reitstunden an."
Johannes steht auf, „Reitstunden hab' ich mir ja in meinem Urlaub nicht vorgestellt, aber warum nicht. Wo ist der Rößlbauer?"
Eine Stunde später sitzt Johannes etwas unglücklich auf einer graugesprenkelten Mähre und wird gemaßregelt von einer energischen Grauhaarigen, die ihren rundlichen Leib in Reithosen gequetscht hat: „Nicht so krumm, junger Mann, locker, locker, die Zügel nicht so krampfhaft, die Schenkel fest andrücken!" So geht's eine Stunde lang. Nach Verlauf dieser plumpst Johannes wie ein nasser Sack vom Pferd.
„Das war ja schon sehr vielversprechend," tätschelt die Grauhaarige erst das Pferd, dann Johannes. „Morgen Vormittag machen wir weiter, von zehn bis elf." Sie dreht sich um und verschwindet im Stall. Breitbeinig humpelt Johannes zur neben der Koppel stehenden Bank und sinkt darauf nieder.

Am Nachmittag hat er sich so weit erholt, daß er den halbstündigen Fußmarsch zur Mühle unternehmen kann. „Das sind Aussteiger aus Norddeutschland," hat ihm der Postwirt erklärt, „die hatten keine Ahnung von einer Mühle, haben sich die Kenntnis mühsam angeeignet. Sie mahlen Mehl für die ganze

Gemeinde und sind mächtig stolz drauf. Daß zu wenig Wasser fließt und daß die Ausbeute zu gering ist, davon haben sie keine Ahnung, diese Hobbymüller. Machen Sie ihnen einen Besuch, die freuen sich."

Und das tun sie denn auch, der Müller in weißer Schürze mit weißem Käppchen, wie man's von Illustrationen kennt und die Müllerin in einem leinenen Kittel. Man setzt sich auf die Bank mit Blick auf das Mühlrad und plaudert, das heißt der Mann schwärmt unentwegt von Umwelt und Öko und Natur und Nachhaltigkeit. Johannes nickt unentwegt und trinkt mit kleinen Schlucken den bitteren Kräutertee. Wofür er dann fünf Euro zu berappen hat. Und genötigt wird, zu versprechen, bald wiederzukommen.

Zum Abendessen in der „Post" bestellt er sich zwei weiche Eier, eine Scheibe Brot und einen Krug Bier. Nach dem zweiten Bissen fühlt er einen harten Brösel und ein Stück Zahn im Mund; auf seinen Schreckensschrei hin kommt der Bärtige an seinen Tisch. Anklagend hält ihm Johannes den Zahn und den Brösel hin. Der Bärtige nickt; „Ja, das ist unser Original Wassermühlen-Brot, bei dem ist manchmal vom Mahlstein was abgegangen. Ist aber nicht gesundheitsschädlich, alles Natur." Damit schlurft er zu der Gesellschaft am Nachbartisch zurück. Mit äußerster Vorsicht beendet Johannes sein Mahl.

Der nächste Morgen präsentiert sich mit strahlendem Sonnenschein. Der Bärtige begrüßt Johannes: „Prima Badewetter heute. Nehmen Sie ein Fahrrad und fahren Sie zum See. Wird Ihnen gefallen!" Auf jeden Fall gefällt es Johannes besser als der Reitunterricht und so nimmt er ein Rad, legt eine Flasche Streuobstwiesen-Apfelschorle hinein und radelt drauf los. Die Sonne scheint von einem strahlend blauen Himmel, den ein paar

aufgeplusterte Wolken beleben. Auf den Feldern herrscht reges Treiben, gelb wogt das Korn; Korblumen, Margariten, roter Mohn tupfen bunte Farbflecken hinein. Gestalten mit malerischen Strohhüten machen sich emsig zu schaffen. Pferdefuhrwerke, Eselswagen und Ochsenkarren stauben auf dem Fahrweg dahin. Fröhlich schwenkt Johannes seine Baseballkappe, gelegentlich wird sein Gruß erwidert. Wie herrlich doch die Natur ist, wenn man sie ungehindert Natur sein läßt, denkt Johannes und ist glücklich und zufrieden wie schon lange nicht mehr. Nach einer Dreiviertelstunde erreicht er den See. Glasklar blinkt sein Wasser im Sonnenlicht, Sträucher, Schilf und Wildblumen säumen das Ufer. In seiner Mitte thront ein Inselchen, bestanden mit einer kleinen, krumm gewachsenen Weide. „Unfaßbar," murmelt Johannes, „kein Auto, kein Parkplatz, keine herumalbernden Quietschies, kein Radio, kein Handy. Das Paradies! Hier möchte ich ein Häuschen haben!" Er setzt sich ins hohe Gras, betrachtet die Idylle und hörte nicht auf zu Staunen. Dann zieht er die Badehose an und springt ins Wasser. Wie ein König fühlt er sich, ganz allein im See, ihm ganz allein gehört die Natur ringsumher. Er schwimmt auf dem Rücken, paddelt wie ein Hund, krault wie ein Weltmeister. Glücklich steigt er aus dem Wasser, legt sich aufs Handtuch und schließt die Augen. Duselt ein. Ein schönes junges Mädchen schwebt am Uferrand entlang, auf ihn zu. Die goldblonden Haare umwehen ihren Körper bis zu den Kniekehlen. Anmutig läßt sie sich neben ihm nieder, ihre Haare streicheln sein Gesicht, kitzeln seine Nase. Und sie küßt ihn, auf die Stirn, auf die Wangen, auf die Haare. Ihre Küsse sind kühl. Und feucht. Irgendwie unangenehm.
Johannes öffnet die Augen: ein feiner Regen fällt. Ein leichter Wind weht und läßt die langen Grashalme sein Gesicht streicheln. Johannes springt auf, zieht sich an, schwingt sich aufs

Rad und strampelt drauflos. Der Regen fällt stärker, der Wind bläst heftiger; natürlich kommt er von vorn. Kalte Böen fegen über die Ebene. Der Regen prasselt hernieder. Klatschnaß kämpft Johannes gegen Sturm und Kälte. „Da steht mein VW nutzlos rum, drinnen würde ich warm sitzen und unbehelligt durch den Sturm preschen. Ich Depp!"
Am Gasthof angekommen, lehnt er das Fahrrad an die Mauer und springt hinauf zu seinem Zimmer, eine feuchte Spur hinterlassend. Er zieht die nassen Sachen aus und wirft sie ins Waschbecken. In der Dusche dreht er den Hahn voll auf, sich auf einen wärmenden Schauer freuend. Und springt mit einem Schrei hinaus; das Wasser ist eiskalt. Er wickelte sich ins Badehandtuch, reibt sich trocken und flüchtet sich ins Bett, zähneklappernd.
Nach einiger Zeit ist ihm warm und er verspürt Hunger. Er zieht sich an und geht in die Gaststube. „Ah, da sind Sie ja. Da können wir Ihnen ja das Abendessen servieren. Miriam, das Essen!" ruft er zur Küche. Sogleich erscheint eine hübsche Dunkelhäutige im Dirndl, und stellt Johannes lächelnd einen Teller hin. „Was ist das?" fragend blickt er den Wirt an.
„Dinkelklopse mit Löwenzahntunke an gesottenen Pastinaken!"
„Hab' ich nicht bestellt!" Johannes schiebt mit angewiderter Miene den Teller beiseite.
„Mein lieber Herr, heute ist Grün-Tag, heute gibt's kein Fleisch!"
„Ach! Und gibt's bei Ihnen noch mehr Tage mit Zwangsernährung?" Finster blickt er sein Gegenüber an.
Der seufzt: „Naja, die Frau des Bürgermeisters hat durchgesetzt, daß der Samstag zum Süßtag erklärt wurde. Eine Psychologin hat bemängelt, daß die Gemütslage der Dorfbewohner unverhältnismäßig zur trübsinnigen Seite neigt, was durch süße Speisen kompensiert werden müßte, die die Lebensfreude

erhöhen würden. Einige behaupten, daß Bestechung im Spiel war; der Konditor ist ihr Vetter. Und nicht nur das, behaupten einige!"
„Und jetzt müssen sich alle Bürger am Samstag von Negerküssen – äh – Afrikanerküssen – äh Aborigineşküssen – "
„Hollermoorküsse! Ich koch' halt Milchreis." Er räumt den Teller weg, stellt einen Krug Bier hin: „Bier sättigt auch!"
„Kann ich wenigstens ein Stück Brot dazu haben?" Wortlos stellt der Bärtige den Korb auf den Tisch. Vorsichtig beißt Johannes davon ab.

Am nächsten Tag ist Holzfest. Der Postwirt drückt Johannes eine Schubkarre in die Hände und bedeutete ihm, Holz für die Wirtsstube herbeizuschaffen. Am Parkplatz herrscht Volksfeststimmung. Ein Karussell ist aufgebaut, ringsherum stehen Buden, an denen es Würstel, Hendl, Kuchen und allerlei Tand zu kaufen gibt. In der Mitte steht der Holzlaster mit Meterstücken. Rundherum lassen sich die Männer auf ihre Schubkarren Hölzer aufladen, während die Umstehenden laut mitzählen. Unter Gejohle setzt sich der Beladene dann in Bewegung. Man kann leicht erkennen, daß er schwer zu schleppen hat. Johannes hätte nach drei Hölzern schon genug gehabt, aber er beißt die Zähne zusammen und läßt sich drei weitere aufladen. Dann winkt er energisch ab; soll ein anderer die Ehre einheimsen! Er beißt die Zähne zusammen, der Schweiß rinnt übers Gesicht, nach der Hälfte des Weges muß er absetzen; umständlich fingert er ein Tempotaschentuch aus der Tasche und wischt sich ausdauernd übers Gesicht. Mit Mühe und Überwindung bringt er seine Schubkarre zur „Post".
„Na, viel ist's ja nicht." Der Bärtige runzelt die Stirn. „Aber 'ne Halbe werd' ich dir trotzdem spendieren!"

Abends ist Tanz auf einem freigeräumten Stück des Marktplatzes. Johannes setzt sich an einen der Tische, die ringsherum aufgestellt sind. Er ist neugierig auf die Mädchen; ob wohl eine davon seiner Seejungfrau gleicht? Der Platz füllt sich, hauptsächlich mit Älteren.

„Wo ist denn eure Jugend?" fragt Johannes seinen Nachbarn, einen jungen Mann mit strohblondem Stiftenkopf und Brille. „'S gibt nur wenige. Die meisten sind in die Stadt gegangen. Dafür sind ein paar aus Norddeutschland gekommen, der Lamplbauer hat ihnen sein Austragshäuserl vermietet. Das sind so Aussteiger, machen auf Bauern, halten Hühner und Gänse und beernten den Obstgarten. Da, man hört sie schon, die müssen sich immer bemerkbar machen!" Etwa ein Dutzend junge Leute, die Mädchen mit offenen Haaren und Blumenkränzen darauf, die Männer mit offenen Hemden und Schlabberhosen, alle barfuß, lärmen herbei und nehmen einen Tisch in Beschlag. Als die drei Musiker zu Spielen beginnen, hüpfen sie auf die Tanzfläche und beginnen einen ekstatischen Tanz, ungeachtet der behäbigen Melodie der Spieler.

„Gefällt' s dir?" hört er neben sich. Er dreht sich zu der Stimme; sie gehört zu einer hübschen jungen Frau in einem karierten Dirndl.

„Ungewöhnlich, nicht ganz – passend, finde ich."

Sie betrachtet ihn: „Du bist also unser derzeitiger Gast. Wie find's du's bei uns?"

Er grinst: „Ich find's total int'ressant, total anders. Die Natur, unverfälscht – gestern hab' ich den See entdeckt – unglaublich, alles Natur, reine Natur!"

Sie lächelt stolz: „Ja, das war meine Absicht. Ich bin Lena, die Tochter vom Post-Wirt."

„Aha, hat er dich von seiner Lebensweise überzeugen können!"

„Umgekehrt, ich hab' ihn überzeugt. Und die gesamte Dorfgemeinschaft dazu!" Sie schaut in die Runde wie ein Souverän, der seine Untertanen überblickt.

„Du hast sie überzeugt?" Ungläubig blickt Johannes sie an.

Sie zieht verächtlich den linken Mundwinkel nach unten: „Man glaubt es nicht, wie leicht sich die Leute überzeugen lassen. Schmiere ihnen Honig ums Maul, überzeuge sie, daß man sie für hochintelligent hält, wenn sie deiner Meinung sind, schon hast du sie in der Tasche. Alle Bürgerbefragungen sind so ausgegangen, wie ich wollte. Ich bin sehr stolz auf das Ergebnis."

„So stolz schaust du aber gar nicht aus, ich glaube, du bist bescheidener, als du tust!"

„Komm, tanzen wir!" Sie ist aufgesprungen und zieht ihn am Arm.

„Ich kann nicht tanzen!"

„Aber ich!" Sie schiebt ihn vor sich her, legt seinen Arm um ihre Taille, ergreift seine Hand und kommandiert: „Walzer. Laß dich nur von mir führen." Energisch dreht sie ihn um sich herum. „Na also, stellst dich ja ganz geschickt an," grinst sie ihn an.

„Ich bin ganz erstaunt, daß ich Walzer kann," grinst er zurück.

Es wird ein wunderschöner Abend.

„Was tust du eigentlich, ich hab' dich noch nie in der Wirtschaft geseh'n!" fragt er in einer Tanzpause.

„Ich beschaffe das Zeug."

„Mit Pferd und Wagen?"

„Mit zwei Pferden. Ein anstrengener Job," sie seufzt: „ich handle wie auf einem orientalischen Basar. Da sagt der Huberbauer seinen Preis fürs Kraut. Ich lache ihn aus. Da ist er beleidigt und versucht, mich zu überzeugen: du weißt doch, die Erträge sind viel niedriger, wenn man keine künstlichen Düngemittel nimmt und von irgendwas müssen wir Bauern schließlich auch leben. Ich bin hart, aber irgendwann gebe ich nach. Wenn ich heimkomme, schimpft Vater, daß ich so viel

bezahlt habe. So geht's bei Fleisch, bei Butter, bei allem. Die Hobbybauern da hinten" – sie deutet auf die ausgelassene Gruppe der Aussteiger – „die sind billig, aber deren Äpfel sind verschrumpelt und die Kirschen voller Würmer!" Sie seufzt und er drückt sie mitfühlend an sich. „Wenn's Wetter schön ist," fährt sie fort, „ist's herrlich. Ich fahre in den Wald, wo wir unsere Vorratshöhlen haben und ..."
„Vorratshöhlen?" Verständnislos schaut sie Johannes an.
„Ach ja, das muß ich erklären. Also, die wurden schon im Mittelalter angelegt, die Bauern versteckten dort ihre Vorräte. Im letzten Krieg versteckten die Pfarrer dort ihre Kirchenschätze. Nun haben wir sie wieder hergerichtet und erweitert und bewahren unsere Lebensmittel auf. Ideal, immer die gleiche Temperatur."
„Und da fährst du hin und holst ein Pfund Butter und ein Kilo Mehl, wenn's gebraucht wird!"
„Wenn das Wetter schön ist, fahre ich auch wegen eines halben Pfundes!" lacht sie.
„Aha", er nickt versonnen. Dann fragte er: „Wie lang sind eigentlich deine Haare, gehen sie bis zu den Kniekehlen?"
„Wenn ich sie nicht aufstecke, gehen sie bis zur Mitte des Rückens. Genügt das?"
„Vollkommen. Würde ich gern mal sehen!"
„Du wirst sie sehen, eher als du denkst. Aber jetzt muß ich gehen, hab' noch eine Menge zu tun. Bis morgen dann!" Sie küßt ihn auf die Wange.
„Ja, sehen wir uns morgen? Ich fahre schon früh ab!"
Sie nickt, lächelt, winkt und eilt davon.

Am nächsten Morgen steht er früh auf, macht Katzenwäsche mit kaltem Wasser, nimmt ein bescheidenes Frühstück zu sich und bezahlt die unbescheidene Rechnung.

„Komm mal wieder," der Bärtige klopft ihm auf die Schulter, „und erzähl deinen Freunden von uns, wir können Gäste brauchen."

„Mach' ich," verspricht Johannes und rollt mit seinem Trolley zum Parkplatz. Dort trippelt Lena ungeduldig auf ihren Stöckelschuhen herum: „Kommst du endlich!"

„Ja, bin schon da. Was machst du hier? Und so elegant - willst du mir Aufwiedersehen sagen?"

„Ich komme mit!"

„Ah so, aha. Na sowas!"

Er öffnet die Türen, steigt ein, startet den Motor. Schaut seine Beifahrerin an, die sich angeschnallt und die Augen geschlossen hat. Sie lächelt selig: „Weg, nur weg von hier!"

Die Kreativen

„Herrlich!" Daniela räkelt sich wohlig im Liegestuhl und blinzelt in die Sonne. „Wenn ich dran denke, wie ich noch vor ein paar Monaten bei solch schönem Wetter schuften musste!" Sie genießt den warmen Frühlingstag in dem Gärtchen, das vor ihrer Dreizimmer-Eigentumswohnung liegt.

Es war vor gar nicht so langer Zeit gewesen, als die „Partei der Kreativen" die Wahl gewonnen und darauf die gravierende Umwälzung der Gesellschaft vorgenommen hatte. Ihr Programm lautete: Jeder Staatsbürger hat Anspruch auf tausend Kreas monatlich; niemand solle mehr um des schnöden Mammons willen auf Kreativität oder Experimentierfreude verzichten müssen. Ungeahnte Kräfte würden freigesetzt, Lebensfreude, Effizienz gesteigert, innovative Ideen nur so sprudeln. Jedem, der einer noch zu bildenden Kommission eine kreative Idee vorweisen könne, würde der Betrag ausgezahlt werden.
Daniela hatte sie gewählt, war begeistert, als sie gewannen. Ihrem Chef, einem Apotheker, kündigte sie, zwei Kolleginnen taten es ihr gleich; sie vertauschten die Maloche mit der Freiheit zur Selbstfindung.
Am Morgen nach der Kündigung erwachte sie voller Neugierde: welche Art von Kreativität ist mir zugedacht? Irgendwie hatte sie das Gefühl, sie brauche sich nur hinzusetzen, einen Pinsel in die Hand zu nehmen und schon würden die schönsten Bilder entstehen – statt dessen gähnende Leere im Kopf. Ich brauche halt eine Anlaufzeit, dachte sie sich und nahm sich erst einmal den Hausputz vor.

Später traten ein paar unvorhergesehene Ärgernisse auf: Als sie ein Sonnenblumenbrot kaufen wollte, hat sich dessen Preis verdoppelt. Die Bäckersfrau zuckte die Schultern: „Ja mei, Frau, was soll'n wir machen? Sie ham ja keine Ahnung, was alles auf uns zukommen ist: die meisten Lieferanten ham dichtgemacht, das Mehl krieg'n' wir jetzt von den Polen, die sich's sauber zahlen lassen. Mein Mann holt die Gewürze aus Ingolstadt, mit dem Auto, mit dem man ewig rumkurven muß, bis man eine Tankstelle findet. Neulich hat was mit'm Motor nicht gestimmt, bis nach Tschechien mußte er fahren, bei uns gibt's ja fast keine Werkstätten mehr. Wenn wir nicht so an unserem Laden hängen würden, hätten wir auch schon längst zugemacht. Aber die Preise werden wir bald wieder erhöhen müssen, und zwar saftig!"
Daniela wurde ganz blaß; die Bäckerei war keine Ausnahme.
Die Lebensmittelketten mußten mangels Personal schließen, nur noch Tante Emmas hielten sich, und die nutzten die Notlage der Kunden schamlos aus.
Die Verkehrsbetriebe reduzierten ihren Betrieb gewaltig, dafür sprossen die Preise gewaltig hoch.
Daniela schränkte sich mit dem Essen ein – nur Torte war billig, da die Konditorin aus Liebe zu ihrem Beruf arbeitete und sie anders ihre kunstvollen Kreationen nicht losbrachte.

Nun, das ist zwar alles unangenehm, trotzdem genießt Daniela die Freiheit, und im Moment die warmen Sonnenstrahlen.
Zum Glück besucht Freddy, Danielas dreizehnjähriger Sohn, eine Ganztagsschule, und braucht nicht verköstigt zu werden. Denkt sie. Doch dann kommt er heim: es gibt nur noch vier Lehrer an der Schule: Der Direx erteilt Erdkunde und will seinen Posten nicht verlassen, die Mathelehrerin ist eine Sadistin und benötigt die Schüler zum Schikanieren, der Turnlehrer ist mit

einer zänkischen Frau verheiratet und die Französischlehrerin weiß sonst nichts mit sich anzufangen. Die Schüler brauchen nur noch montags und dienstags zu erscheinen. „So, Mam, da bin ich und kann jetzt genauso faulenzen wie du!" sagt er triumphierend und wirft die Schultasche in die Ecke.
„Ja um Himmels Willen, du musst doch was lernen, wie stellst du dir denn das vor?"
„Und wo, bitte? Der Peter zieht zu seiner Tante nach Frankreich und der Tom besucht eine neue Privatschule."
Daniela ist irritiert: „Ja, können sich seine Eltern denn die leisten?"
„Naja, das ist eine edukationale Kooperation, die Lehrer unterrichten und die Eltern kümmern sich um die Schule: einer ist für Reparaturen zuständig, der andere für neuen Anstrich, der dritte macht Hausmeisterdienste, dann gibt es Küchendienst und Kochdienst – Peters Vater unterhält noch ein Auto und fährt damit zu den Bauern Gemüse holen und so."
Daniela atmet tief durch: „Brauchen sie keine Apothekerin?"
„Nee nee, Corinas Vater ist Arzt, das langt. Aber sie brauche eine Putzfrau."
Daniela schnappt nach Luft: „Also nein, bei aller Liebe, ich geb' doch meinen ehrenwerten und gut bezahlten Apothekerberuf nicht auf, um dann zur Putzfrau degradiert zu werden!"
Er grinst; „Hab' ich mir schon gedacht – keine Schule, ist mir auch ganz recht. Was gibt's zu essen?'"
„Wir könnten ein paar Stück Torte kaufen!" schlägt sie eifrig vor.
„Uuah," schüttelt sich Freddy, „die mag ja ganz lecker sein, aber täglich Torte, uuah!"
„Gut, kauf ich zwei Semmeln und ein Stück Leberkäs', ein paar Kreas hab' ich ja noch, aber wie's dann weitergehen soll – "

Ein paar Tage später: Freddy geht auf die neue Privatschule, denn Daniela nahm den Job als Putzfrau an. Peters Vater bot an, auch sie mit landwirtschaftlichen Produkten zu versorgen, wenn sie ihn am Wochenende verköstige. Daniela schuftet an sieben Tagen in der Woche und hat weniger Geld als je zuvor. Aber sie redet sich ein, alles sei besser als Apothekendienst.

An Kreativität ist ihr nichts anderes eingefallen, als Malen zu lernen. Sie hörte von einer pensionierten Mathematiklehrerin, die einen Malkreis ins Leben rief – unentgeltlich. Daniela meldete sich mit sechs anderen Frauen an. Aber sie täuschte sich, wenn sie gedacht hatte, gelbe Tulpen oder grüne Hügel zu malen – Frau Gersenkorn bestand auf dem Erlernen der Grundbegriffe des Malens: Farbenlehre und Perspektive. Und so pinselt Daniela widerwillig ein Haus, von einem Hügel aus gesehen und eine verwelkende Blume in sämtlichen Blauschattierungen.
Die Gutachterin der Kreativ-Kommission schüttelt den Kopf: „Lassen Sie sich was Künstlerischeres einfallen!" Daniela verfällt ins Grübeln, aber nach einer Woche wird sie abermals bei der Gutachterin vorstellig, diesmal mit einem durch Haarspray konservierten Giersch, auf den sie eine Kugel mit sechs Beinen aus Draht platzierte. Mit dem Zeigefinger darauf deutend, doziert sie: „Dieses Objekt stellt die Metamorphose der belebten und unbelebten Natur dar als Konsequenz der unkontrollierten Intervention des fälschlich so genannten Homo Sapiens!" Die Gutachterin rückt das Kuvert mit den Kreas heraus, bemerkt jedoch streng: „Meine Liebe, ich hoffe Sie haben das nächste Mal Vernünftigeres zu bieten, können Sie nicht Stricken, Töpfern, Silberschmieden, Bücher schreiben – ?"
„Stricken kann ich," beteuert Daniela eifrig.

„Gut, dann kommen Sie das nächste Mal mit was Verwendbarem, sonst muß ich Sie aus der Liste streichen! – Der nächste bitte!"
Beim Heimweg geht Daniela im Kopf herum: Stricken – Jacke – Pullover – Socken – Handschuhe – mein Gott, was kann ich denn? Wo nehme ich die Wolle her?"
Daheim trennt sie eine Strickjacke auf, die sie eigentlich gern trug und versucht eine Kinderjacke: gerader Schnitt, Perlmuster, statt Knopflöchern Schlingen für Knöpfe, die sie in ihrer Knopfschachtel fand. Da ihr das Modell nach Fertigstellung zu schlicht scheint – das Stirnrunzeln der Gutachterin fürchtend – häkelt sie aus einem grünen Garnrest an Kragen und Ärmel eine Spitze. Mit Bangen legt sie ihr Werk vor, die Schalterdame runzelt die Stirn: „also ich persönlich find' die Zusammenstellung scheußlich, aber über Geschmack kann man streiten!"
Und sie händigt Daniela die Kreas aus.
Bei der nächsten Auszahlung freut sich die Schalterdame jedoch, Daniela eine neue Hiobsbotschaft übermitteln zu können: „Dienstleistungsberufe sind ausgestorben, dafür müssen leider die Kreativen einspringen; wollen Sie zur Feuerwehr, im Altenheim aushelfen oder Parkdienst machen, das heißt Unkraut zupfen und Hundehäufchen entfernen?"
Daniela reißt den Mund auf, sagt aber nichts.
„Also was ist, ich habe nicht den ganzen Tag Zeit, schließlich bin ich Teil der arbeitenden Bevölkerung!" Grimmig schaut sie Daniela an.
„Und sonst gibt's nichts?" fragt diese kleinlaut.
„Sie können auch die Aufsicht über die Müllmänner übernehmen, das sind Straftäter mit leichteren Vergehen," grinst die Schalterdame sie an.

„Feuerwehr," krächzt Daniela schließlich. Da wird ihr ein Packen Instruktionen in die Hand gedrückt und zu verstehen gegeben, daß ihre Zeit abgelaufen ist.

Das Leben ist hart – beschwerlich und teuer. Daniela schließt sich einer Demo-Gruppe an, die von der Regierung mehr Unterstützung verlangt. Diese verspricht, die monatlichen Zuwendungen um 20% zu erhöhen. Dafür muß die Steuer der arbeitenden Bevölkerung von 60 auf 65% angehoben werden.
Ein Generalstreik ist die Folge: alle Läden schließen, kein Bus fährt mehr, die Energiekonzerne liefern weder Strom noch Gas. Schlägereien sind an der Tagesordnung; keine Polizei schlichtet sie, denn Polizisten sind Mangelware, allenfalls interessieren sie Morde.
Nach zwei Wochen geben sich die Unterstützten geschlagen und verzichten. Die Arbeitenden triumphieren.

Eine Zweiklassengesellschaft bildet sich, die „Kreativisten" – von den Arbeitenden „Schmarotzkis" genannt – und die „Diligentisten" – von den Kreativisten „Streber" genannt. Die Diligentisten gründen Clubs, in denen sie unter sich bleiben, kreieren Anstecknadeln mit vergoldeten Bienen, die sie als Mitglieder ihrer elitären Kaste ausweisen.
Freddy lernt eifrig: als er sein Abi in der Tasche hat, verkündet er, er werde ins Ausland gehen, weil er überhaupt nicht einsähe, warum er einmal mit seinem sauer verdienten Geld Faulenzer und Schmarotzer finanzieren solle.
„Es geht nicht um Faulenzer und Schmarotzer, es geht um Freiheit und um Menschen mit Fantasie und Talenten!" empört sich Daniela.
„Ja Mam, solche wie dich. Das muß man dir schon lassen, den Giersch, den du mit Haarspray platt machst und die komischen

Drahtinsekten, die du draufpappst, zeugen von deiner ungeheuren Kreativität, ebenso wie deine kitschigen Kinderjäckchen – arme Kleine, die die tragen müssen!"
„Und zu meinem Beitrag für die Allgemeinheit sagst du nichts, mitten in der Nacht hat man mich wegen 'nem Zimmerbrand aus dem Bett geklingelt!"
„Ja, einmal durftest du ein bißchen rumpritscheln! Also, übermorgen verlaß ich dich und deine herrliche kreative Welt!"
Er küßt sie auf die Wange und verläßt pfeifend das Zimmer.
Fassungslos blickt sie ihm nach.
Nach einem halben Jahr hat Daniela ihr Dasein in der unterprivilegierten Kaste, den lästigen Feuerwehrdienst, besonders aber die Anfeindungen der Arbeitenden herzlich satt; sie bewirbt sich bei ihrem Apotheker, der sie hohnlachend abweist. Bei etlichen anderen bleibt ebenfalls der Erfolg aus. Schließlich erbarmt sich ihrer eine Drogerie; sie darf putzen und Regale auffüllen. Sie verfügt über kaum mehr Geld als vorher; hat sie doch nun 60% ihres Lohnes als Steuer abzuführen. Jedoch schreitet sie erhobenen Hauptes durch die Straßen: an ihrem Revers steckt die Bienennadel der Elitären. Jeder Schmarotzki zuckt unter ihrem grimmigen Blick zusammen.

Eine Stunde vor dem Fernseher

Die Fernsehzeitung hatte kommentiert: „Angélique, opulenter Kostümfilm". Ich liebe opulente Kostümfilme, mein Mann wollte ebenfalls den „Historienschinken" sehen und so machten wir's uns im Wohnzimmer gemütlich; ihm stellte ich ein Schälchen Nußmischung hin und mir genehmigte ich ein Gläschen Baileys. So.

Film ab: Eine junge Frau schaut sich gehetzt um, stürzt sich entschlossen in einen Teich. Meine Güte, mit so einem langen bauschigen Rock schwimmen, was für ein Blödsinn. Das Toulouser Symphonieorchester dröhnt dramatisch. Die junge Frau prustet, geht unter. Harfenklänge vermitteln Wässriges.

Nächste Szene: ein älterer Herr, aufwendig in Brokat gewandet mit wallender Allonge-Perücke, spricht eindringlich mit der jungen Frau vor ihm – ihr schlichtes Seidenkleid verdeutlicht ihren uneitlen Charakter. Die Schauspieler nuscheln, das macht aber nichts, denn das Symphonieorchester ist sowieso lauter „Angéli – Toch – Pflicht – Graf – Abmach – " sagt er, sie antwortet ungehalten : „Nicht – Graf – unbe – nicht – " Er schaut unzufrieden, sie rauscht zur Tür hinaus.

Ich frage meinen Mann: „Hast du was verstanden?" Er schüttelt den Kopf.

Nächste Szene: Angélique redet an einen jungen Mann hin; aufwendig brokatbekleidet mit wallender Allongeperücke: „Vett – Graf – nicht – hel – müss – " Er: „Pflicht – kann – eht – leid!" Dramatischer Orchestersound.

Ich frage meinen Mann: „Hast du eine Ahnung, von was die gesprochen haben?" Er: „nein."

Nächste Szene: Überdekorierte Barockkirche, graubärtiger Mann in Brokat, Angélique in roter Seide. Bischof: „Graf – traue – Gott – Pflicht – Geb – Gott – Mensch – Pflicht – Gott." Bärtiger Mann: „ja" Angélique denkt nach, denkt nach, denkt nach, flüstert offenbar Zustimmung. Großes Symphonieorchester, mit Orgelverstärkung.

„Dieser alte Mensch hat wohl die Angélique geheiratet," vermute ich.

„Sieht so aus," sekundiert mein Mann.

Nächste Szene: Angélique gehetzt zu einer jungen Frauensperson: „Nicht – sofort – komm – " Sie eilt zu einer Kutsche. Der Dirigent des großen Symphoneorchesters hetzt seine Bläser. Eine Explosion im Hintergrund, irgendwas in der Burg brennt, Angélique rafft ihr Kapuzencape, rennt zurück. Das große Symphonieorchester überdröhnt jedwede Silbe von Angéliques Kommentar.

Nächste Szene: Angélique beugt sich über den mit Bandagen verschnürten Graubärtigen. Tupft mit einem Tuch auf seiner Stirn herum. Die Geigen schluchzen.

Nächste Szene: Graubärtiger und Angélique wälzen sich nackt im Himmelbett, mal nach rechts, mal nach links, mal oben, mal unten. Die Geigen fiedeln, die Bratschen schrummen, die Klarinetten trillern, die Harfen zirpen was das Zeug hält. Ich halte mir die Ohren zu.

Nächste Szene: Graubärtiger Mann schubst Schaukel mit Angélique an. Geigengezwitscher. Nächste Szene: Gaubärtiger Mann schubst Schaukel mit Angélique und kleinem Kind an. Geigengezwitscher. Nächste Szene: Graubärtiger Mann schubst Schaukel mit Angélique und zwei kleinen Kindern an. Geigengezwitscher.

Das ist ausgezeichnet, raffinierte Zeitraffung. Muß ich mir merken, muß ich bei einer Geschichte auch mal verwenden.

Die erste Filmszene, die ich kapiere.

Nächste Szene, ein goldstrotzender Barocksaal. Wirklich sehr prächtig gekleidete Leute bilden ein Spalier. Das Symphonieorchester in kleiner Besetzung spielt höfische Barockmusik

Ein goldstrotzend Gekleideter schreitet durch das Spalier, die Männer verbeugen sich taillentief, die Damen versinken in Hofknickse, ihre Röcke zu seidenschimmernden Hügeln auftürmend. Der Goldstrotzende bleibt vor dem Graubärtigen stehen, Angélique versinkt im Hofknicks, ihren appetitlichen Busen fotogen den Zuschauern darbietend. Der Graubärtige sagt demütig „Gemah – Sire – Vergang – aufklä – Verrat". Der Goldstrotzende schaut unwillig, sagt: „Geheim – Minis – Vergang" und schreitet davon. Im großen Symphonieorchester protestieren Bässe und Posaunen gegen den autokratischen Regenten.

Nächste Szene: Ein Kellergewölbe, finster, fackelbeleuchtet, mit feuchtglänzenden Wänden. Das große Symphonieorchester verbreitet schaurige Stimmung, läßt gelegentliche Schreie durch.

Nächste Szene: Gemeines Volk in schäbiger Gewandung drängt sich auf einem Platz. Im Hintergrund lodert ein Scheiterhaufen. Ein Mann in zerfetzter Kleidung wird hingeführt. Eine Flamme züngelt gen Himmel. Das gemeine Volk bejubelt lautstark den Event, es schwenkt die Arme popkonzertgleich – was es grölt, versteht man nicht: das große Symphonieorchester mischt zu lautstark mit. Angélique bricht zusammen.

Nächste Szene: Angélique hetzt mit ihren beiden Kindern durch das Gewühl voll elender Gestalten – meine Güte, warum rennt sie denn so, das Kleine mit seinen Stummelbeinchen kommt doch gar nicht mit – Sie hält an bei einem Schwarzbärtigen mit strubbeligen Haaren, er grinst sie triumphierend an, sie blickt gottergeben. Im großen Symphonieorchester geben sämtliche Musiker finalmäßig ihr Bestes.

Ich frage meinen Mann: „Hast du das Ganze kapiert?" Er „nein".

In der Fernsehzeitung suche ich nach einem ausländischen Film mit Untertiteln, bei dem ich endlich einmal den Inhalt mitkriege. Und den Ton, den werde ich ausschalten, rigoros.

Utopisches

Rena

Das Flugzeug landet. Der Pilot hilft Rena die Treppe hinunter, wirft Rucksack und Reisetasche hinterher, legt grüßend die Hand an die Schirmmütze, steigt ein, setzt sich neben den Steuerknüppel. Der Propeller dreht sich, das Flugzeug hebt ab. In zwölf Tagen wird es Rena wieder abholen.
Sie schaut sich um: eine Ebene, bedeckt mit blauschimmernden Schiefersteinen, zwischen denen stacheliges Gras in orangeroter Färbung und krummes Gesträuch mit rostroten kreisrunden Blättern wuchert. In der Ferne Zuckerhutberge, lila bewachsen.
Dort hinten werden sie leben, denkt Rena, die Unbekannten, auf die ich so neugierig bin! Sie schnallt sich den Rucksack um, hängt die Tasche über die Schulter, steckt die Kamera in das Futteral am Gürtel und stülpt die Schirmmütze auf ihre blonden Haare. Endlich angekommen, endlich ist die Zukunft Gegenwart! Sie stapft über die Steine, weicht den großen scharfkantigen aus. Sie marschiert und marschiert, und fühlt sich so frei, entkommen der Tretmühle, entflohen der Zivilisation mit ihren Zwängen; sie braucht nicht mehr zuzusehen, wie die Natur Stück für Stück zubetoniert wird, wie Millionen von Fahrzeugen die Luft verpesten, wie Nahrungsmittel genmanipuliert werden, wie eine gedankenlose Menschheit Raubbau betreibt. Sie hat sie hinter sich gelassen und wendet sich Wesen zu, die in Einklang mit der Natur leben sollen, die noch nicht angefangen haben, ihre Umwelt zu zerstören.
Nach einer Weile erblickt sie niedrige Bäume, deren weitausladene Äste mit lila Früchten beladen sind, deren Schale wie gelackt glänzt, und die einen lieblichen himbeerartigen Duft ausströmen. Rena kann nicht widerstehen, pflückt eine ab, kostet vorsichtig – mmm – köstlich und erfrischend. Aber vorsichtshalber läßt sie es bei dieser einen bewenden.

Bisher hatte eine fahle, leicht grünlich gefärbte Sonne die Landschaft beleuchtet und die Steine zum Funkeln gebracht, nun wandelt sie sich in olivgrün und färbt die Gegend dunkelgrau. Zeit ist's zum Schlafengehen. Aber vorher will sich Rena noch ihre Fotoausbeute anschauen; zufriedenstellend ist sie und sicherlich wird es ihr Brotgeber auch sein! Rena ist rechtschaffen müde, sie angelt den leichten Schlafsack aus dem Rucksack und legt sich unter einem lila Baum nieder. Wie erholsam, den machohaften Alan nicht neben sich zu haben! Mit dem wohligen Gefühl, einem Abenteuer entgegenzugehen, einem Abenteuer, das ihr Befriedigung verschafft und das von ihrer Zeitung finanziert wird, schließt sie die Augen.
Rasch ist sie eingeschlafen. Wacht doch bald wieder auf: Ein dumpfes huhuhuhu ist zu hören, ein Klirren, als wenn Gläser aneinanderstoßen, ein Murmeln wie von einem Bach – aber in der Finsternis sieht sie nichts. Schon irgendwie unheimlich! Schließlich schläft sie wieder ein. Abermals weckt sie etwas, das an ihrem Schlafsack zupft, an ihrem Rucksack zerrt, den Reißverschluß ihrer Tasche aufzieht. Sie setzt sich auf, zittert vor dem Unsichtbaren. Sie sehnt die Morgendämmerung herbei, zu der sie ihren Weg fortsetzen kann, ihren Weg zu den Unbekannten, die sie sicherlich freudig begrüßen werden.
Endlich wird es heller, sie ißt zwei Vollkornkekse, lutscht eine halbe Zitrone. Aus ihrer Reisetasche fehlten die Pumpernickel, stellt sie kopfschüttelnd fest!
Rena bricht sich eine lila Frucht ab. Köstlich schmeckt sie! Einer zweiten kann sie nicht widerstehen. Da fühlt sie sich federleicht, lacht aus vollem Halse, hüpft um den Baum herum, tanzt mit ihrem Schlafsack im Arm, strauchelt, fällt – und kann nicht mehr aufstehen. Der Schweiß bricht ihr aus allen Poren, sie atmet schwer. Es scheint ihr, als schwebe ein Nebel über ihr, irgendetwas Gelatineartiges, das schließlich entschwindet. Reglos liegt

sie eine gefühlte Ewigkeit, endlich gehorchen ihr die Glieder wieder, sie steht ein wenig schwankend auf, rollt den Schlafsack zusammen und packt ihn in den Rucksack. Nachdenklich schaut sie die lila Früchte an – naja, eine schadet ja nicht und wer weiß, was sie sonst noch zum Essen findet – pflückt ein Plastiksäckchen voll, verstaut das in der Reisetasche, und setzt ihren Weg fort.

Bald werden die lila Bäume durch knorrige dunkelviolette ersetzt, die mit ihren Ästen die Erde fegen. Deren schwarze Früchte riechen nach Moder und schmecken ebenso. Kein Reiseproviant! Dünne schwarzweiß gestreifte Käfer bohren ihre Rüssel hinein. Fasziniert schaut Rena ihnen zu, macht ein paar Fotos.

Zur Mittagszeit ißt sie Kekse, lutscht die andere Hälfte der Zitrone aus und genehmigt sich als Nachtisch eine lila Frucht.

Sie wandert bis zum späten Abend, die Berge scheinen inzwischen näher gekommen – bald wird sie sie erreichen. Bevor sie sich zum Schlafen niederlegt, kramt sie das kleine Sicherheitsschloß aus der Reisetasche, mit dem sie sie verriegelt – diesmal würden die Diebe nicht an ihren Proviant kommen! Sie rollt sich in ihren Schlafsack und zieht ihn über ihrem Kopf zusammen, so daß keine Geräusche sie ängstigen können.

Der folgende Tag bringt nichts Neues, was die Gegend betrifft: Schiefergestein, knorrige Bäume. Aber dann bemerkt sie eine Bewegung: Im Schatten der Bäume erblickt sie Wesen, die aus drei knubbeligen Beinen bestehen, gleich Schusterschemeln, auf deren handbreitem Sitz orangenähnliche Kugeln mit drei Augen liegen. Die Augen haben Stiele und sind in Renas Richtung gedreht. Von dem Sitz hängen bis zum Boden drei aalgleiche Glieder mit Greifern am Ende. Rena nimmt ihren Fotoapparat und geht langsam auf sie zu. Als sie die Kamera an die Augen hebt, watscheln die Schusterschemel davon, verstecken sich

hinter den Bäumen. Waren das die Übeltäter, die nachts die unheimlichen Geräusche fabriziert hatten?
Sie folgen ihr den ganzen Nachmittag in einigem Abstand. Abends sucht sie einen dicken Baum, an den sie sich anlehnen kann; mühsam schneidet sie mit dem Taschenmesser einen Ast ab und legt ihn neben sich. Sitzend verbringt sie die Nacht. Als sie einmal eingeschlafen ist, weckt sie einheftiger Schmerz, irgendetwas hat ihr Haare ausgerissen. Schemenhaft erkennt sie ein Wesen, das sich an ihnen zu schaffen macht. Mit einem Aufschrei packt sie den Ast und schlägt damit wild um sich; sie hört, wie sich das Wesen davonmacht. Sie wünscht, Alan wäre bei ihr.
Wie zerschlagen erwacht sie aus der unbequemen Haltung; sie ist froh, weiterlaufen zu können.
Nach ein paar Stunden vernimmt sie Wasserrauschen. Dem geht sie nach und steht bald vor einem niedrigen, breiten Wasserfall, der sich in einen kleinen Teich ergießt. Was für eine Wohltat nach dem bisherigen Anblick harten Schiefers! Aus der Reisetasche zerrt sie einen kleinen Plastikbecher, füllt ihn mit Wasser und nippt vorsichtig; es ähnelt verdünnter Waldmeisterlimonade. Rena zieht sich aus, erfühlt mit der Zehe die angenehme Wassertemperatur und stürzt sich voller Wohlbehagen in den Teich. Dann legt sie sich auf den Rücken und treibt dahin, glücklich und zufrieden. Aber da erscheinen sie wieder, die rosa Nebel, die um sie herumwabern, ihr Haar streifen, ihre Haut berühren, was sich kratzig anfühlt. In Panik schwimmt Rena dem Ufer zu und stürzt aus dem Wasser; die Nebel wehen fort. Aus der offenen Reisetasche fehlt die Schachtel mit den Hustenbonbons.
Sie zieht sich an, setzt sich auf einen glatten dunkelroten Stein, trinkt zwei Becher voll Waldmeisterwasser und erholt sich von dem Schrecken. Dann steht sie auf, verschließt die Tasche, und

wandert am Ufer des Teiches entlang. Büsche mit Trauben von großen gelben Beeren wachsen dort, die saftig sind, jedoch bitter und ein wenig nach Fisch schmecken. Rena ißt drei Trauben – sie darf nicht wählerisch sein – und füllte auch von ihnen ein Plastiksäckchen voll. Am Rande des Wassers sprießen pfifferlingsähnliche Pilze empor. Rena kostet einen; er schmeckt tatsächlich nach Pfifferling. Auch davon sammelt sie etliche ein. Zufrieden setzte sie ihren Weg fort.
Gegen Nachmittag erreicht sie den Fuß des Berges, eine glatte Steilwand. Sie setzt sich auf ein Felsstück, betrachtet und fotografiert sie; wie aus Glas scheint das Gestein zu sein; in seinen schmalen Spalten klammert sich lila Gesträuch fest, dessen dünne Zweige lang herunterbaumeln. Ein Rinnsal plätschert herab und fließt in einem Bächlein dahin. Rena erhebt sich und folgte seinem Lauf. Nach einer Weile verteilt es sich und rinnt in drei Pfützen, in denen allerlei krautige Pflanzen wuchern. Nahe der Pfützen erheben sich Bäume, etwa zwei Meter hoch, mit einer glatten grauen Rinde, die sich wie Leder anfühlt. Ein Dutzend blätterlose Äste wachsen heraus, die am Ende in fingerartige Ästchen auslaufen. Den oberen Abschluß bildet eine kürbisartige Verdickung, aus der eine Unzahl Äste wuchern, die dichtbelaubt von feuerroten Blättern sind. Irgendwie sind diese Bäume Rena unheimlich. Sie sucht sich einen Schlafplatz ein Stück entfernt bei einem Felsstück, das ein Dach bildet, unter dem sie es sich bequem macht, ihre Kekse ißt, und eine fischige Traube. Die Pilze fühlen sich nun schwammig an; mit leichtem Widerwillen verzehrt sie einen. Dann schreibt sie in ihrem Reisetagebuch mehrere Seiten voll. Sie fühlt sich behütet und schläft gut.
Des Morgens fährt sie aus dem Schlaf: etwas kratzt ihr Gesicht und als sie die Augen öffnet, erblickt sie die rosa Nebel, die um sie herumwabern. Sie sind armeslang, handbreit, bewegen sich

schlängelnd in alle Richtungen und besitzen auf ihrer Oberfläche Dutzende wurmähnlicher Gebilde mit Häkchen, die das Kratzen verursachen. Sie stoßen Rena an, zupfen am Schlafsack und scheinen ihr zu verstehen zu geben, sie möge ihnen folgen. So steht Rena auf, rollt den Schlafsack zusammen, schnallt den Rucksack um und hängt die Tasche über die Schulter. Nebel wabern vor ihr her, andere neben und hinter ihr. Sie geleiten sie zu einem Platz, der von einem Dutzend lederartiger Bäume umstanden ist. Als sie in dessen Mitte steht, verschwinden die Nebel in den Blätterkronen der Bäume. Und plötzlich wird Rena klar, daß diese Bäume Lebewesen sind, die Äste sind die Arme, der kürbisartige Auswuchs der Kopf. Sollten das die ersehnten Unbekannten sein? Diese seltsamen Stangen? Aus dem Blätterdach des dicksten von ihnen löst sich nun ein etwas dickerer, bläulicher Nebel, schwebt auf Rena zu und drängt sie zu seinem Baum. Als Rena vor ihm steht, berühren seine Äste ihren Kopf, ihre Arme, ihre Brust und ihre Beine. Dann ihre Lippen „Laß den Blödsinn," schreit Rena und weicht dem Ast aus. Aber der Nebel schubst sie wieder hin, der Ast fährt abermals zu ihren Lippen, berührt sie aber nicht, wedelt nur heftig. Ratlos fragt Rena: „Was soll das, was soll ich denn tun, ihr scheint nicht reden zu können, wie sollen wir dann kommunizieren, frag' ich euch?" Da wedelt der dicke Baum mit allen Ästen und seine beblätterte Krone rauscht. Und der Ast zeigt wieder zu ihren Lippen. Da schnauft Rena und hebt an: „Also ich bin die Rena, komme aus Europa. Arbeite bei einer Illustrierten, in der Buchhaltung. Da hörte mein Chef von euch, in einer Fernsehsendung, das heißt, irgendwer hat von euch gehört, das heißt von Wesen, die anders sind als alles was man kennt, weiß auch nicht woher der das wußte, auf jeden Fall hat er gesagt, da muß mal einer hinfahren, da hab' ich mich gemeldet und weil's kein anderer wollte haben sie's mir erlaubt. Meine Illustrierte will einen Bericht und hat mir Urlaub gegeben und ich hab' mich auf die Socken gemacht. Zufrieden?" Die Äste wedeln, die Blätter rauschen und die Nebel wabern um sie herum. Hektisch fährt der Ast wieder zu ihren Lippen. „Weiter? Na, das kann ja heiter werden. Ich halte Monologe und erfahre selber nichts, so hatten wir nicht gewettet. Eigentlich wollte ich ja von euch was erfahren. Also was erzähl ich euch? Ist ja egal. Also ich komme aus einem Land, in dem es Computer gibt, und Autos und Waschmaschinen und die Menschen gehen zum Arbeiten und die Kinder in die Schule und dann hat man gelegentlich Urlaub und da kann man fortfahren und Besuche machen, so wie zu euch. Zufrieden?" Aber die Lederbäume sind nicht zufrieden und Rena muß weitererzählen und sie redet und redet was ihr gerade in den Sinn kommt, bis sie schließlich heiser ist. „So, jetzt hab' ich mir den Mund fusslig geredet und jetzt hab' ich Hunger und geh' zu meiner Tasche und hol' mir was zu essen." Da kommen alle Nebel von den Bäumen herunter und wabern zu Renas Gepäck, rollen sich zusammen und stoßen die Tasche vor Renas Füße. Dann lagern sie sich im Kreis um sie herum. Sie nimmt ihre Kekse und verspeist sie, während die Äste wedeln und die Baumkronen schwanken. Gern hätte sie sich zu ihrem Schlafplatz beim Felsen zurückgezogen, doch die Nebel schieben ihren Rucksack auf den Platz, so daß Rena inmitten der Lederbäume ihr Lager aufzuschlagen gezwungen ist.

Früh erwacht sie von einem seltsamen Geschlurfe: Die Bäume besitzen dicke, kurze Wurzeln, mit denen sie kleine Hopser machen und sich somit vorwärtsbewegen. Rena schält sich aus ihrem Schlafsack und folgt fasziniert den Hopsern. Nach einer Weile gelangen sie zu den flachen Teichen. Die Lederbäume hopsen hinein und bleiben unbeweglich stehen. Die Nebel haben sich zusammengerollt, über den Teichen rollen sie sich auseinander und lassen dabei Kräuter, Steine und Beeren hineinfallen. Düngemittel? Überlegt Rena. Und dann sieht sie, wie die Pumpernickelverpackung auf dem Wasser schwimmt – „aha, mit meinen Hustenbonbons haben sie auch die Teiche gedüngt?" lacht Rena. Die Bäume speichern offensichtlich das Wasser und werden von den Nebeln bedient. Um Rena kümmern sie sich nicht, so daß sie unbegleitet einen Erkundungsgang unternehmen kann.

Am Rand eines der Teiche wächst fleischiges Gras, welches türkisfarbene Ähren trägt. Rena probiert die Körner; sie schmecken nach Nuß. Sollten sie keine Nebenwirkungen haben, könnten sie meinen mageren Speisezettel bereichern, überlegt Rena. Ich muß mich hier wohl selbst versorgen, von den komischen Bäumen ist ja keine Verköstigung zu erwarten. Weiter geht sie und gelangt an einen See, der von einer Quelle mit roséfarbenem Wasser gespeist wird. Das sieht sehr einladend aus, sie probiert eine Handvoll – spuckt sie wieder aus – schmeckt leicht faulig. Aber beim Baden macht das ja nichts und so entledigt sich Rena ihrer Kleidung und tastet sich ins Wasser hinein. Angenehm ist's! Lustvoll platscht sie umher. Da sieht sie ein paar Holzstückchen auf sich zutreiben; bei näherem Hinsehen stellt sie fest, daß es Käfer sind; sie sehen etwa so aus wie die Bäume mit der grauen lederähnlichen Oberfläche, sind handbreit und auf dem kürbisähnlichen Kopf befinden sich statt der Zweige Tentakel. Diese seltsamen Wesen schwimmen auf Rena zu, setzen sich auf Kopf und Arme und fahren stechend ihre Tentakeln aus. Die Käfer können offensichtlich auch unter Wasser schwimmen; Rena fühlt Stiche an ihrem ganzen Körper. So schnell sie kann schwimmt sie zum Ufer, stürzt aus dem Wasser und schüttelt die Biester voll Grausen von sich. Sie besitzen sechs flossenartige Beine und zwischen den Tentakeln einen Maulschlitz. Auf Renas gesamtem Körper haben sich kleine schwarze Beulen gebildet. Wie soll sie nur dieses Zeug

behandeln? Sie hat nur Sonnencreme dabei. Soll sie einfach ihre Kleidung darüberziehen? Aber erst einmal stellt sie zu ihrem Entsetzen fest, daß sich die Käfer darin eingenistet haben. Bevor ich die Widerlinge rausschüttle, muß ich noch ein paar Fotos machen, überlegt Rena, wie der eine da aus dem Ärmel meiner Bluse rauslugt, ist schon festhaltenswert. Und so verknipst sie ein Dutzend Fotos. Dann nimmt sie Bluse und Hose mit spitzen Fingern auf und schüttelt heftig; ein Dutzend Käfer knallen auf die Erde, bleiben benommen liegen, rappeln sich schließlich auf und krabbeln in Richtung Teich davon.
Inzwischen haben sich die Lederbäume wieder zu ihrem Standplatz begeben. Rena nimmt in ihrer Mitte Platz, betrachtet zufrieden die Fotoausbeute und schreibt Reisebericht. Allerdings kommt sie nicht sehr weit, die Bäume wollen abermals unterhalten werden und Rena beginnt, die Skandalgeschichten ihrer Illustrierten sowie den Inhalt ihrer zuletzt gelesenen Bücher und Filme zu erzählen.
Es ist ein anstrengender Tag gewesen, Rena schläft, gequält von schaurigen Träumen. Morgens schaut sie zuerst nach ihren schwarzen Beulen; sie sind da, nun mit grünlichen Rändern. Irgendwie grauslich! Zum Frühstück holt sie sich ein paar von den türkisfarbenen Ähren, ißt eine gelbe Traube und wirft die schwammigen Pilze weg. Halbwegs gesättigt, macht sie sich zu einem Erkundungsgang auf. Allerdings darf sie den nicht allein unternehmen; Nebel folgen ihr, nachdem sie vergeblich versucht haben, Rena am Fortgehen zu hindern; sie hat sie entschlossen beiseite geschoben, ungeachtet der vielen Kratzer, die sie sich dabei zuzog.
Es gibt nichts Besonders zu erkunden; der schieferartige Berg zieht sich noch eine Weile hin, ein paar dünne Rinnsale plätschern herab, an deren Rand algenartiges Zeug wächst – was scheußlich nach Tran schmeckt – zwischen den Steinen krallt

sich dürres graublaues Gras in mageren Büscheln fest.

Da kommt Rena eine Idee: ich sollte mal versuchen, den Berg zu besteigen; sicherlich ist die Aussicht von oben interessant. Es gibt genügend Spalten, in denen die Füße Halt finden und die Pflanzen sind so fest verwurzelt, daß sie sich gelegentlich daran hochziehen kann. Es ist mühsam, aber sie kommt vorwärts – und die Nebel haben sich verzogen. Schließlich ist sie oben, aufseufzend hockt sie sich auf einen Vorsprung und läßt die Beine baumeln. Märchenhaft ist die Landschaft, wenn die Sonne die Schieferstücke aufglänzen läßt, wenn die Wassertropfen der Bäche funkeln. Es gibt noch andere Gruppen von Bäumen, ein wenig entfernt, auch sie stehen im Kreis. Es ist jammerschade, daß ich mit niemanden drüber reden kann, denkt sie. Ich könnte eine Reiseagentur dafür interessieren. Ja, das werde ich tun! Eine lohnende Strecke wäre auszukundschaften, Allradfahrzeuge sollten fahren, man käme dann weiter rum. Zum Bad der Lederbäume am Morgen fänden sich sicherlich viele Interessierte ein. Und auch das Schwimmen im Himbeerteich käme gut an, man müßte es natürlich von Nebeln freihalten, Wissenschaftlern fiele schon was ein. Ebenso gehörte der Roséteich von den Käfern befreit, man kann schließlich den Touristen nicht die schwarzen Beulen zumuten. Die gelben Beerentrauben fänden Anklang ohne den Fischgeschmack, sicherlich könnte man die entsprechend genmanipulieren. Ja, das wäre eine neue Destination! Und sie selbst würde davon profitieren, als Expertin!

Voller Ideen im Kopf klettert sie wieder hinab, darauf achtend, keinen Fehltritt zu tun: passieren darf mir nichts, sonst lande ich noch als Düngemittel im Teich!

Die Lederbäume waren interessant, die Nebel ungewöhnlich und die Käfer originell, aber sie hat gesehen, daß es nichts Neues zu entdecken gibt. Und so verkündet sie abends nach dem Verzehr einer Handvoll Körner, daß sie ihren Besuch morgen beenden und zurückwandern wolle, da das Flugzeug sie erwarte. Die Bäume rascheln mit ihren Baumkronen.

Am nächsten Morgen findet Rena ihre Leinenstiefel zerfetzt und die Schuhbänder entfernt. Sie tobt, was die Nebel offensichtlich erbost; sie setzen sich auf Kopf und Arme und kratzen, Rena schüttelt sie ab, will davonrennen, aber die spitzen Steine stechen in die Fußsohlen; sie ist Barfußlaufen nicht gewöhnt. Zur Strafe will sie nichts erzählen, aber die Baumäste kratzen ihre Lippen so lange, bis sie nachgibt und Schauergeschichten zum besten gibt. Die Baumkronen wedeln heftig.

Der Tag zieht sich dahin, Rena schreibt ein bißchen, aber hauptsächlich denkt sie nach. In der Reisetasche befindet sich noch ein Paar Sandalen, aber die würde sie erst bei ihrer Abreise anziehen und dann mit aller Kraft verteidigen. Morgen, wenn die Bäume im Wasser stehen, wird sie sich davonmachen. Mit diesem Entschluß schläft sie ruhig ein.

Früh stellt sie fest, daß die Kamera nicht in der Hülle am Gürtel steckt. Hat sie sie in die Tasche getan, oder in den Rucksack? Fieberhaft sucht sie, kann sie jedoch nicht finden. Schließlich windet sie sich zwei Plastiktüten um die Füße und humpelt zu den Teichen, in denen die Lederbäume ihr Lebenselixier aufsaugen. Und tatsächlich sieht sie auf dem Grund des einen Teiches ihre Kamera. Sie legt sich auf den Bauch und angelt sie heraus – Totalschaden. Mechanik – Batterie unbrauchbar. Nein, das ist zu viel. Sie humpelt zu ihrem Gepäck, zieht die Sandalen an, nimmt den Rucksack auf den Rücken und die Tasche über die Schultern und eilt davon, den Weg den sie gekommen ist. Immer wieder dreht sie sich um, nichts folgt ihr; die Nebel sind offenbar mit der Bedienung der Bäume beschäftigt. Gegen Mittag gönnt sie sich eine Rast, ißt ein paar Körner – und sieht sich umnebelt.

Nun sind sie ihr gefolgt und drängen sie wieder zurück.

Abermals versieht sie ihre Pflichten und erzählt pausenlos unsinniges Zeug. Später unternimmt sie, umwabert von den Nebeln, die kleine Wanderung zu den Teichen, wo sie Ähren erntet. Und dann wirft sie in jeden Teich fünf lila Früchte und betet, daß die ihre Wirkung entfalten mögen.

Abends legt sie sich bald in ihren Schlafsack; vorher hatte sie ihr Tagebuch und ihre Kleidung mitsamt den Sandalen in der Tasche eingeschlossen.

Am nächsten Morgen folgt sie den Lederbäumen in Abstand zu den Teichen. Als sie bereits anfängt, die Wirkung der Früchte zu bezweifeln, bemerkt sie, daß die Bäume schwanken, sich langsam um sich drehen und daß einer umfällt. Hektisch wabern die Nebel herum, drängen sich an der sich neigenden Seite der Bäume zusammen, um sie zu stützen. Andere versuchen, den umgestürzten an seinem Blätterkopf hochzuziehen – sie sind jedenfalls voll beschäftigt.

Rena stürzt zu ihrem Platz, nimmt Rucksack und Tasche und eilt abermals davon. Wieder gelangt sie zu ihrem gestrigen Rastplatz, diesmal wird sie nicht eingeholt. Beim Waldmeisterteich trinkt sie zwei Glas voll, erntet eine Tüte Trauben und setzt ihren Weg fort. Sie marschiert, bis die Dunkelheit sie zwingt, den Schlafsack auszupacken und sich niederzulegen. Keine Nebel stören sie.

Am nächsten Tag läßt sie sich Zeit, das Flugzeug würde erst morgen kommen.

Da sie nun das Gebiet der Schusterschemel betritt, schneidet sie vorsichtshalber einen dicken Ast ab, den sie drohend in der Luft herumschwenkt. In der Ferne erblickt sie ein paar von den Wesen. Sie kommen näher; bald umringt sie ein Dutzend, läßt sie nicht weitergehen. Ein Dutzend Aalarme strecken sich empor, stoßen die Schirmmütze herunter und reißen von Renas

Haaren Strähnen aus. Sie kreischt hysterisch, versucht hektisch, die Peiniger abzuwehren, aber die Greifer haben sich in ihre Haare verbissen. Zerren mit Gewalt daran. Doch ganz unvermittelt lösen sie sich, die Schemel watscheln davon; jeder schwenkt mit einem Aalarm ein Haarsträhne, wie triumphierend. Rena starrt ihnen nach, reibt sich die schmerzende Kopfhaut „Mistpack" murmelt sie.

Dann setzt sie ihren Weg fort; sie ist froh, sich nicht beeilen zu müssen, denn die Sandalen sind trotz der dicken Sohlen für eine Wanderung auf solch spitzen Steinen wenig geeignet und der rechte Riemen reibt an der Ferse. Ein geteerter Weg, ein Allradfahrzeug – das wäre ein Geschenk des Himmels! Und eine schöne, knusprige Semmel, was würde sie dafür geben! Und eine warme Dusche ohne Käfer! Und eine Kartoffelsuppe mit Würstchen – ihr läuft bei dem Gedanken das Wasser im Munde zusammen. Sie hat Wildnis, Beeren, Körner, lila Früchte und den Einklang mit der Natur gründlich satt.

Am nächsten Tag blutet die Ferse, unter den vorderen Riemen bilden sich Wasserblasen. Sie kommt nur langsam voran. Und der Weg zieht sich dahin. Die Steine scheinen spitzer geworden zu sein.

Noch weit ist sie vom Landeplatz des Flugzeugs entfernt, als sie es am Himmel auftauchen sieht. Trotz der Schmerzen eilt sie in seine Richtung. Es landet. Schließlich sieht sie, wie es sich wieder erhebt. Ihr scheint das Herz stehenzubleiben. „Nein" schreit sie und Tränen stürzen aus ihren Augen. Das Flugzeug kreist nun in einem weiten Bogen, sie wedelt mit beiden Armen, reißt die Schirmmütze herunter und schwenkt sie wild. Das Flugzeug entfernt sich. Rena winkt und schreit sich die Kehle heiser. Es dreht jedoch noch eine Runde, und da scheint der Pilot sie zu erblicken, er fliegt zu seinem Landeplatz.

Dort geht er nieder. Und wartet. Rena rennt darauf zu. Schluchzend fällt sie dem Piloten um den Hals.

Wieder daheim läßt sie den Arzt kommen, ihre eiternden Wunden versorgen, und eine leichte Blutvergiftung kurieren. Interessiert betrachtet er die schwarzen Flecken auf ihrem Körper, und verfaßt eine gelehrte Abhandlung darüber in einem Fachorgan. Schon am zweiten Tag schaut ihr Chef vorbei und will ihren Bericht, und vor allem die Bilder. „Ich hab' keine, die Nebel haben sie in den Teich geschmissen!" Skeptisch schaut er sie an, offensichtlich glaubt er ihr Abenteuer nicht, er vermutet, sie habe das erdichtet. Auch ihre schwarzen Flecken und die kahlen Stellen auf dem Kopf überzeugen ihn nicht. „Ohne Bilder kein Artikel, und ohne Artikel kein Geld!" Sie würde auf ihren Auslagen sitzenbleiben, einen Kredit aufnehmen müssen – und das alles nach dieser Strapaze!
Alan besucht sie, betrachtet angeekelt die Flecken, zeigt wenig Interesse für ihr Abenteuer; er ist nicht nur ein Macho, sondern auch ein widerlicher Egozentriker – sie macht endgültig Schluß.

Als sie sich nach ein paar Tagen erholt hat und ihren Rucksack ausräumt, da fällt aus einem Socken ein Stückchen Holz heraus, aber es ist kein Holz, es ist ein kleiner Lederkäfer! Er bewegt sich schwach, seine Beine zittern ein wenig. Rena starrt ihn an, ungläubig. Dann nimmt sie eine Käseschachtel, legt den Boden mit den Blättern ihres Weihnachtssterns aus, stößt ein paar Löcher in den Deckel, hebt den Käfer mittels eines Zettels auf und legt ihn in die Schachtel. Sie ruft ein Taxi und läßt sich ins Büro fahren. Dort zeigt sie ihren Fund. Endlich glaubt ihr der Chef.
Renas Notizen dienen als Grundlage für einen Reisebericht, der – bereichert durch Zeichnungen, angefertigt nach Renas Beschreibungen – ein sensationeller Erfolg wird und die Auflage

der Illustrierten in die Höhe schnellen läßt.

Mehrere Reiseagenturen interessieren sich für die neue Destination. Rena tritt in Verhandlungen. Der Käfer ist die Sensation des Verlages. Weiterhin erregt er in Kreisen einschlägiger Wissenschaftler höchstes Interesse. Er findet Eingang in die Fachliteratur unter dem Namen scarabaeus Renae.

Robofix

Eier, Zucker und Butter hatte sie pflichtbewußt zusammengerührt, dann streikte sie; ich brauchte eine neue Küchenmaschine. Fluchend schlug ich mit dem Schneebesen das Mehl unter die Masse bis mir die Hand wehtat, füllte den Teig in die Form und stellte sie in den Backofen. Während der Kuchen bräunte, zog ich mich um. Anschließend fuhr ich in die Stadt. Der „Elektro-Expert" hatte erfahrungsgemäß die größte Auswahl an Haushaltsgeräten.

Beim Eingang knäuelte sich ein Menschenauflauf zusammen – vielleicht gab es eine Sensation auf dem Bügel-Sektor oder eine rundliche Vorführdame verteilte Kostproben aus dem modernsten Superherd? Nein, ein smarter Herr mit asiatischen Zügen stellte seine Weltneuheit vor: Robofix, den Computerhund:

„Ist er nicht entzückend, meine Damen, unser Fififix? Kann irgendeine von Ihnen seinem treuherzigen Blick widerstehen? Er macht Männchen, gibt Pfötchen oder Küßchen, wackelt mit dem Kopf oder mit den Ohren – Fififix ist erhältlich in echtem Nerzfell oder pflegeleicht in Kunststoff-Nerzimitat. Sein Gebell kann programmiert werden – laut oder leise, fordernd oder jammervoll. Er sabbert nicht, bekommt keine Flöhe, macht keine Häufchen und muß nie zum Tierarzt. Ein Kunstwerk, ein Schmuckstück, etwas fürs Herz!

Hier hingegen haben wir einen Gebrauchshund, Shoppyfix; mit einem breiten Rücken, auf den ein Korb geschnallt werden kann – im Preis inbegriffen. Er trägt den Bestellzettel zu Tante Emma und Ihnen den Wochenendeinkauf nach Hause. Für den

Winterdienst bekommt er einen Sandbehälter mit regulierbarer Streuautomatik um den Bauch geschnallt, sie schicken ihn damit nach draußen – und noch vor sieben Uhr ist Ihr Gehweg vorschriftsmäßig gestreut. Oder Sie lassen Shoppyfix vor sich herlaufen – ohne Ausrutscher marschieren Sie sicher hinterdrein.

Für die einsame ältere Dame ist Gardefix gedacht – furchterregend mit seiner Schulterhöhe von 1,20 m; extra-funkelnde gelbe Augen, extragroße scharfe Zähne, integrierte Kamera, die jeden Übeltäter zur leichten Beute der Polizei werden läßt! Daheim jedoch ist er lammfromm und anschmieg-sam, holt den Strickkorb herbei und fegt mit seinem Mikrofaser-Schwanz den Fußboden.

Oder hier Walkyfix für das sportliche Herrchen oder Frauchen. Seine Laufgeschwindigkeit kann eingestellt werden von 1 bis 15; wobei 15 flottes Radfahrertempo ist und 1 das Tempo für den 90jährigen Opa mit Beinleiden. Ohne Aufpreis erhältlich sind Rollschuhe für den Besitzer, auf denen er von dem motorstarken Walkyfix mühelos selbst bei Tempo 15 gezogen werden kann."

Das ist es! Der Walkyfix! Mit dem kann ich unbehelligt durch den Wald oder auf einsamen Seeuferwegen wandern, kein Exhibitionist wird seine Ware feilbieten und kein Räuber ein begehrliches Auge auf meine Tasche werfen. Seit Edgar mich verlassen hat, bin ich nicht mehr zum Spazierengehen gekommen. Die Rollschuhe sind auch eine prima Sache: In zwanzig Minuten wäre ich im Büro. Und vielleicht ließe mich mit einem Robofix endlich der aufdringliche Herr Fechner in Ruhe!

Ich war begeistert. Ich entschied mich für einen Walkyfix mit weißem, graumeliertem Kunstfell, waschmaschinengeeignet, als Sonderausstattung beißscharfen Zähnen, dreistufig einstellbar, und einem Wägelchen für den Einkauf in der Fußgängerzone.
Am Kundendienst-Schalter wartete ich, daß mein Hund alle Chips eingebaut bekäme. Mit mir wartete ein Herr, der ebenfalls einen Walkyfix erstanden hatte: „Eine interessante Neuheit, finden Sie nicht auch?" strahlte er mich an.
„Äußerst interessant. Ich glaube, er wird sehr nützlich für mich sein. Wofür ist der Ihrige programmiert?"
„Ich bin begeisterter Radlfahrer, jeden Tag nach Büroschluß fahre ich fünfzig Kilometer: fünfundzwanzig hin, Brotzeit, fünfundzwanzig zurück. Und während der Brotzeit ist mir schon zweimal das Rad geklaut worden. Fünftausend Mark einfach weg! Mein 'Cerberus' wird das hoffentlich künftig verhindern. Außerdem kann er mir als Kuli dienen; manchmal wäre es praktisch, wenn man eine Windjacke oder eine Thermoskanne dabeihätte; Rennräder haben ja keinen Gepäckträger!"
„Faszinierend! Hoffentlich tun unsere Tierchen auch, was wir von ihnen erwarten!"
„Hätten Sie etwas dagegen, wenn wir uns zu einem Erfahrungsaustausch treffen würden? Vielleicht stellt sich heraus, daß der Einbau von dem einen oder anderen Chip nützlich wäre."
„Ja, das wäre nicht schlecht!"
Also tauschten wir Adressen und Telefonnummern aus.
Nach kurzer Wartezeit konnten wir unsere Hunde in Empfang nehmen und verließen den Laden: Ludwig Hofmeister, mein neuer Bekannter, mit der typisch männlichen Freude an technischen Spielzeugen, ich mit der typisch weiblichen Unsicherheit bezüglich unbekannter Technik.

Froh war ich, meinen Neuerwerb erstmal ins Auto verfrachten zu können; daheim, in aller Ruhe und ohne Zuschauer wollte ich die Gebrauchsanweisung lesen und ihn ausprobieren, und auch über einen individuellen Namen nachdenken. Außerdem mußte er dringend gründlich gebürstet werden; sein schönes, seidenweiches Fell war von den rohen Mechanikern völlig verstruwwelt worden.
Also bürstete ich ihn. Dabei entschloß ich mich, diese Schönheit „Olympia" zu nennen. Mit der Gebrauchsanleitung in der Hand testete ich Stufe 1, dann 2 und 3, ab da war meine Wohnung zu klein. Ich probierte den Hund mit angeschirrtem Wagen aus und versuchte, auf Stufe 1 mit Rollschuhen zurecht zu kommen. Alles klappte tadellos.

Am nächsten Morgen stand ich um halb sechs auf, zog mich in Windeseile an und verließ mit Olympia das Haus. Es war noch fast niemand auf der Straße. Ich eilte mit ihr zu unserer kleinen Anlage in der Nähe und ließ sie dort laufen bis Stufe 10. Sie sauste wie der Wind. Dann schnallte ich mir die Rollschuhe an und glitt über die asphaltierten Wege wie eine Elfe. Da niemand hinschaute, versuchte ich es auf einem Bein und machte eine Waage so anmutig ich nur konnte. Es war herrlich! Leider mußte ich meine lustvolle Tätigkeit unterbrechen; der Verlag wartete. Olympia mitzunehmen traute ich mich noch nicht, aber fast wäre ich an meinem Geheimnis geplatzt; am nächsten Tag würde ich sie mitnehmen, länger hielt ich es nicht aus.

Und tatsächlich rollte ich auf Rollschuhen, von Olympia gezogen, ins Büro und war die Sensation des Tages. Tamagotchi- und Handy-Besitzer sahen sich zu völliger Bedeutungslosigkeit degradiert. Ich mußte an die drei Dutzend Mal meine Waage vorführen – sie wurde von Mal zu Mal eleganter.

Verdrießlicherweise fand meine Einmaligkeit schon am nächsten Tag ihr Ende: zwei Kolleginnen und drei Kollegen warteten ebenfalls mit einem Robofix auf.

Alle Neuigkeiten teilte ich natürlich gleich Herrn Hofmeister mit. Der fand die Idee mit den Rollschuhen recht interessant und meinte, er würde sie auch einmal ausprobieren. Wenn er es geschafft habe, sich auf den Beinen zu halten, ob er dann mal mit mir einen Paarlauf versuchen dürfe?

Schon am kommenden Wochenende verursachten wir einen Menschenauflauf mit Olympia und Cerberus und unserer Rollschuhkür. Der Sportredakteur der FNN brachte einen langen Bildartikel über uns. Glücklicherweise hatte uns der Fotograf in einer fehlerfreien Pose erwischt, worauf wir sehr stolz waren.
Jeden Sonntag, wenn das Wetter mitmachte, rollten wir nun durch die Gegend; unsere Ausflüge dehnten sich immer weiter aus.

Inzwischen hatte der Robofix-Hersteller, die Firma Yume no Inu, in ihrer monatlich erscheinenden Kundenzeitschrift die letzten Programm-Neuheiten angepriesen: Ich ließ sofort den Literatur-Chip einbauen. Fürderhin las ich Olympia meine schriftstellerischen Produkte vor, bei Fehlern knurrte sie. Bald vermochte ich Grammatik-Knurren von Stil-Knurren einwandfrei zu unterscheiden.

Eines Tages ging ich mit ihr zum Einkaufen. Sie wartete draußen. Als ich mit Tüten bepackt aus dem Laden kam und die in das Wägelchen stapeln wollte, stand dieses allein da – meine Hündin war verschwunden: Offensichtlich hatte sie jemand mitgenommen und sie hatte sich gewehrt – eine Ölspur konnte

man etwa zwanzig Meter weit verfolgen, dann endete sie. Völlig aufgelöst eilte ich zur Polizei. Jedoch hatten sie dort nicht das richtige Verständnis für die Tragik des Geschehens – sie taten so, als sei etwas so Gewöhnliches wie ein Fahrrad gestohlen worden. Ich war außer mir. Und rief Ludwig an, den einzigen, von dem ich Verständnis erwarten konnte. Er kam sofort und suchte mich zu trösten. Aber es gelang ihm nicht. Was vermögen Worte bei dem Verlust des Wesens, dem man alle Sorgen und Nöte anvertrauen kann – des Wesens, das erholsame Fernsehabende und turbulente Büroalltage gleichermaßen teilt?
Da Ludwig mich in meinem Zustand nicht allein lassen wollte, blieb er über Nacht.

Von der Entführten kam die nächsten Tage immer noch kein Lebenszeichen; Ludwig zog zu mir.

Endlich, am siebten Tag, die Erlösung: Zeitungslesern war der Artikel über uns aufgefallen und als sie einen Fremden mit meiner Hündin sahen, verständigten sie die Polizei. So konnte ich Olympia wieder in die Arme schließen.
Ludwig blieb trotzdem bei mir.

Wir suchten alsbald das Robofix-Center auf, um uns nach effizienten Diebstahlsicherungen zu erkundigen. Es war eine Stinktierextrakt-Sprühdüse entwickelt worden; wir könnten den Hunden einen kleinen Tank implantieren lassen – jeglicher Dieb würde überführt. Natürlich ließen wir unsere Lieblinge sofort damit ausstatten.
Wir waren glücklich, und konnten uns nicht vorstellen, daß dieses Glück noch zu steigern sei.

Und doch – an einem Sonntagmorgen betraten wir das Wohnzimmer, um dort zu frühstücken – da kam uns Cerberus schweifwedelnd entgegen. Neben ihm Olympia, die zwischen den Zähnen die Nackenfalte eines winzigen Robofix hielt. Behutsam legte sie ihren Kleinen vor mir ab. Ich hob ihn auf, betrachtete ihn mit nassen Augen, drückte ihn ans Herz und flüsterte: „Ein Knuddelfix!"

Schwarze Blitze

„Ob's wohl recht kalt ist in seinem Schloß? Das fehlte mir gerade noch bei dieser Erkältung! Ich hätt' die graue Strickjacke mitnehmen sollen." Miranda seufzt, und kramt in ihrem Kosmetikköfferchen nach dem Schnupfenspray, sprüht zwei Stöße in die Nasenlöcher. Hoffentlich hilft's bald – eine rote Nase bei der Verlobung, eine Katastrophe! Ach, hab' ich Bammel vor seiner Mutter! Muß so 'ne richtig steife, arrogante Kuh sein, diese Gräfin. Obwohl sie froh sein muß, daß ihr Sohn in seinem Alter noch eine so Junge gefunden hat. Naja, ausschauen tut er ja recht gut. Trotz seiner vier Ehen, die er hinter sich hat!" Sie kichert vor sich hin, was den jungen, blondverstrubbelten Mann, der schräg gegenüber im 2.Klasse-Abteil sitzt, von seinem „Kicker" aufschauen läßt. Er hält mit Kaugummikauen inne, fingert eine Zigarette aus der Jackentasche, zündet sie an, und ein süßlicher Duft verbreitet sich. Miranda rümpft die Nase, er grinst: „Wollen'S auch eine? Danach ist man prima drauf, kann ich Ihnen versichern!"
Sie reckt das Kinn hoch, schüttelt indigniert den Kopf, verstaut umständlich die Sprayflasche im Kosmetikkoffer.
Ein erstickter Laut ihres Abteilgefährten läßt sie aufzucken: mit schreckgeweiteten Augen starrt er aus dem Fenster, dann auf seine Zigarette, und zurück zum Fenster. Sie folgt seinem Blick, stößt einen Schrei aus.
Draußen wabern dreimeterlange, ofenrohrdünne, rotgelb gestreifte Spiralen umher. Mit befingerten Tentakeln fahren sie die Scheiben entlang, mit rotstrahlenden, lidlosen Augen, die zu Dutzenden an der Spirale haften, glotzen sie herein.
Der Zug kommt mit einem Quietschen zum Halten. Miranda springt auf, quetscht sich ans Ende der Sitzbank.

Der Blonde rutscht neben sie, aneinandergedrängt starren sie aus dem Fenster.
Plötzlich ein leiser Luftzug, ein Geruch wie von Pfifferlingen, ein metallisch-schnarrendes Geräusch – ihre beiden Köpfe drehen sich zur Tür, die sich einen Spalt geöffnet hat: Eine Spirale hat ihre Spinnenfinger dazwischengeschoben, in anderen Fingern hält sie eine kleine grüne Röhre und sprüht daraus einen grünen Nebel ins Abteil. Dann gleitet sie davon.
„Machen wir, daß wir rauskommen, wer weiß, was dieser komische Spiralo gesprüht hat!" Der Blonde packt Miranda am Arm, sie greift nach ihrem Kosmetikkoffer und stolpert ihm nach in den Flur. „Was wohl bei den anderen Passagieren passiert ist?"
Vorsichtig lugen sie ins Nachbarabteil: vier Fahrgäste torkeln wie Betrunkene umher.
„Der grüne Nebel!" flüstert Miranda. „Aber wir torkeln doch nicht, oder?"
„Sie nicht,"
„und Sie auch nicht!"
Ein Schnarren ist zu vernehmen: Drei Spiralos erscheinen am Ende des Ganges, wabern auf und ab; wenn sie sich biegen, wird das kratzende Geräusch vernehmbar. Der Blonde zerrt Miranda zurück in ihr Abteil. Kurz danach späht er hinaus: Die Passagiere verlassen das Nachbarabteil, wanken hinter den Spiralos drein, bis zum Ende. Plötzlich werden Miranda und der Blonde von Tentakeln umschlungen, zu den anderen Passagieren geschoben. Drei Stufen geht's zum Boden hinunter; die Leute schwanken, knicken ein, raffen sich auf, wie in Trance. Ein ungeordneter Zug formiert sich, stolpert den Waggon entlang. Miranda befindet sich vorn, der Blonde irgendwo in der Mitte; sie sind den unheimlichen Gebilden ausgeliefert.

Plötzlich schert ein Mann aus, an seiner Mütze als Zugführer erkenntlich, rennt zurück. Ein Spiralo gleitet zu ihm, baut sich vor ihm auf. Sämtliche roten Augen erlöschen, nur eines in der Mitte von einem der Tentakeln leuchtet grell, sendet einen blauschwarzen Blitz gegen die Stirn des Mannes. Er fällt um. Bleibt liegen. Der Spiralo gleitet zurück. Willenslos folgen die Passagiere.
Die Spiralos treiben die Kolonne in einen Wald, zu roten Bauten gleich riesigen Termitenhügeln.

Eine Woche später. Sieben Männer und fünf Frauen sitzen stumpfsinnig auf dem Boden einer schmalen Höhle, die als Schlaf- und Speiseraum dient. Lediglich Miranda und Moritz, ihr Abteilgefährte, sind wach: sie rettet ihr Schnupfenspray, ihn seine Opiumzigarette. Man verzehrt Semmeln, Käse, Wurst und Milch – was der letzte Raubzug in einen Supermarkt erbracht hat.

Dies lief wie üblich ab: die Passagiere werden durch ein rotes Spray in die Lage versetzt, nach Ladenschluß einen Kombi zu stehlen, die Spiralos übernehmen das Öffnen der Türen und das Blitzen von Störenfrieden, einmal einem Polizisten, vier Gefangene raffen Eßbares zusammen und verschwinden im Nu wieder.

Der Tagesablauf gestaltet sich monoton: noch im Morgengrauen bauen die Entführten aus einem Stollen unter ihrem Termitenhügel Salzähnliches ab, laden es auf tiefe Schalen mit Rädern, fahren damit in eine weite Höhle. In einem Schacht kratzen sie eine Art blauen Quarz mit Spachteln von feuchten Wänden, transportieren ihn ebenfalls zur Höhle. Es ist Mittag, wenn sie Salz und Quarz auf Steinplatten mischen und Stücke mit Stößeln

zerstoßen. Die feine Mischung wird auf die Räderschalen gehäuft und zu Beeten gerollt, auf denen sie sorgfältig verteilt wird. Nach kurzer Zeit wachsen dort nudelähnliche weiße Gebilde, die nach Pfifferlingen riechen. In das Wasser einer nahen Quelle tauchen die Sklaven Schwämme, und drücken sie über den Beeten aus.
Die Gebilde wachsen schnell. Spiralos schweben zwischen den Beeten umher; sobald eine der weißen Nudeln eine Länge von fünf Zentimetern erreicht hat, wird sie von Tentakelfingern ausgerissen, und in einen schmalen Spalt im oberen Drittel der Spirale geschoben, in dem es mit einem Rülpsen verschwindet.
Die Nudeln sind knapp: wollen zwei Spiralos zur selben Zeit ernten, blitzt der Schnellere den Langsameren, dieser geht zu Boden, krümmt sich schneckengleich zusammen, schrumpft in den nächsten Stunden auf eine Handvoll zusammen, wobei sich Fischgeruch verbreitet, bleibt reglos liegen.

Die Pflichten der Entführten pflegen bis in den späten Abend zu gehen, nach gierig eingenommener Mahlzeit sinken sie erschöpft auf ihr Blätterlager.

Gleich am ersten Abend, als Miranda gerade ihr Schnupfenspray im Kosmetikkoffer verstaute, nebelte ein Spiralo die Höhle ein.
„Wir müssen uns was überlegen", Miranda stieß Moritz an, „mein Spray reicht nur eine Woche. Und deine Zigaretten?"
„Laß mich in Ruhe, störe nicht meine Träume," grunzte Moritz.
„Vollgekiffter Idiot!" Miranda drehte sich um, wälzte sich hin und her, aber ihr wollte keine Strategie einfallen.

Beim nächsten „Einkauf" lenkt sie den gestohlenen Kombi. Suchend geht sie die Regale des Supermarkts entlang, und bleibt schließlich vor den Salz- und Zuckerpaketen stehen. Ob Zucker das Salz neutralisieren kann? Einen Versuch ist es wert. Sie nimmt drei Pakete Würfelzucker mit.

Am kommenden Tag steckt sie ein Dutzend Stückchen in die Brusttasche ihrer Bluse. Als sie nachmittags die Quarzbrocken zerkleinert, zerkleinert sie auch den Würfelzucker und läßt ihn unauffällig darauffallen.

Das wiederholt sie drei Tage. Die Spiralos beginnen zu schwanken, ihre Augen werden trübe, flackern unruhig. Am fünften Tag schlingern die Gestalten nur noch, manche haben sich schneckenförmig zusammengerollt und rutschen langsam am Boden dahin. Dann bleiben die ersten regungslos liegen, Fischgeruch verbreitend.

Aber einem entgeht nicht, daß Miranda eine Handvoll Zucker auf die Steinplatte wirft; er gleitet auf sie zu, umschlingt sie mit seinen Tentakeln. Sie greift in die Mischung, schleudert sie gegen ihn, worauf der Spiralo sie losläßt, mit den Fingern ein paar Augen schützt, und gekrümmt davongleitet.

Moritz biegt sich vor Lachen und ahmt den Spiralo nach, merkt nicht, daß ein anderer sein todbringendes Auge auf ihn richtet. Da dieses jedoch geschwächt ist, trifft sein Blitz nur als dünner, gekrümmter Strahl Moritz unterhalb des Knies.

„Kommt," schreit Miranda, „los, weg!" Die Entführten schauen sie stumpfsinnig an. Da rennt sie in die Schlafhöhle, greift sich das Schnupfenspray, rennt zurück, und sprüht einem nach dem anderen einen Strahl ins Gesicht, bis die Flasche leer ist. Sie springt zu Moritz, der am Boden sitzt und jammert, langt in die Brusttasche seines Hemdes, holt Zigarettenschachtel und Feuerzeug heraus, zündet zwei Zigarette an und steckt sie den letzten beiden der Entführten in den Mund, befiehlt „rauchen! Tief inhalieren!" Die Mittel wirken, die Gruppe bewegt sich zum Ausgang.

„Ich kann nicht", stöhnt Moritz. Miranda gibt ihm eine schallende Ohrfeige. Dann schiebt sie eine Frau weiter.

Schließlich sind alle, auch der dramatisch hinkende Moritz, auf dem Weg, als ein Spiralo hinter ihnen herschlingert, Mirandas Arm mit einem Tentakel quetscht, daß sie laut aufschreit. Sie dreht sich um und verpaßt ihrem Peiniger einen Fußtritt in die Mitte; mit einem lauten Knarzen verbiegt er sich. Im 80°Winkel bleibt er liegen.

Mirandas Arm schwillt an, färbt sich rot und gelb und schmerzt höllisch. Aber die Flüchtigen entkommen dem Wald, sind in Freiheit.

Abermals sitzen Miranda und Moritz im Zug. „So, meine Sportreporterkarriere häng' ich an den Nagel. Jetzt mach ich erstmal Urlaub und erhol mich von den Strapazen, aber dann werd' ich Journalist und fang' an mit einem Artikel über meine schreckliche Zeit bei den Spiralos und wie ich sie nach vielen Fehlschlägen überlistete!" Moritz klatscht in die Hände.

Miranda schaut Moritz nachdenklich an: „Abenteuer mit Spiralos - keine schlechte Idee." In Gedanken versunken reibt sie ihren mit einem dicken Verband umwickelten Arm: „Eine ausgezeichnete Idee, ich denke mal, die wird ein Hit und Ruhm und Geld bringen!"

Einen Monat später redet alle Welt über die Artikelserie „Miranda Gräfin Wetterschlag-Krähenstein berichtet exklusiv über ihre dramatischen Abenteuer mit den todbringenden Spiralos".

Altertümliches

Ich, der Kieselstein

Dem Urknall verdanke ich meine Entstehung. Das war vielleicht ein Ereignis! Da tobte und sprudelte und zischte und dampfte und rauchte und stob es ganz ungeheuerlich. Die Ursuppe dann war eine vergleichsweise müde Angelegenheit. Doch schließlich buk die Materie zusammen und ich erhielt meine felsige Konsistenz, die ursprünglich aus einem riesigen Brocken bestand. Ringsumher gab es ausschließlich Universum zu sehen – Milchstraße, Sonne, Mond, Sterne, Mars, Pluto, Kometen und Konsorten. Die Sterne zogen ihre Bahnen, die Kometen verglühten, Sonne und Mond gingen auf und unter. Dann passierte wiedermal Spektakuläres, ein mächtiges Beben, die Steinmassen schichteten sich um, ich wurde aufgespalten; mir verblieb ein mittelgroßes, geologisch vielfältiges Ich mit diversen mineralischen Adern.

Auf der Erde tat sich nun ebenfalls etwas, Schnee, Regen, Hitze, Kälte, Stürme wechselten sich ab. Mal war ich schneebedeckt, mal sprengte Eis ein paar Splitter von mir ab, dann überzogen mich Algen; die Rotalgen standen mir am besten. Ich war gerade schön bunt überzogen, da rumorte es im Erdinneren abermals, die Gebirge wurden aufgefaltet, ich stürzte an den Rand eines Flusses, dabei etliches an Volumen verlierend.

Ich muß sagen, daß mir die Zeiten zunehmend besser gefielen: nun gab es Tiere, Dinosaurier badeten ihre Füße im Fluß – der Stegosaurus mit seinen attraktiven Rückenzacken war mein Favorit. Und dann diese Verfolgungsjagden, die Fluchten, das Gemetzel, das war action pur! Schade, daß die Dinos ausstarben; ein Kometeneinschlag hatte ihnen den Garaus gemacht. Dabei wurde ich ein Stück flußaufwärts geschleudert.

Nun lag ich in der Nähe eines Wasserfalles, der war auch recht unterhaltsam. Mal tröpfelte ein dünnes Rinnsal hernieder, mal brausten ungeheure Wassermassen ins Tal. Bei solchen Hochwassern büßte ich jedes Mal ein paar Trümmer ein. Meine scharfen Kanten schliffen sich allmählich ab. Im Laufe der Jahrtausende wurde ich zu einem wohlgeformten runden Brocken, malerisch durchzogen von gelben, roten, schwarzen und weißen Adern.

Im Wasser war immer was los, ich bin sehr kommunikativ, müssen Sie wissen, meine Kollegen liegen nur so vor sich hin, aber ich schwätze mit den Fischen, Echsen, Käfern und was sonst noch alles in meine Nähe kommt. Forellen sind sehr gesprächig, sie stehen in einer Kuhle und rühren sich nicht, da kann man mit ihnen schön plaudern; einmal hat mir eine ihre ganze Leidensgeschichte erzählt, sie war von einem Angler gefangen, dann wieder ins Wasser zurückbefördert worden, weil sie zu mickrig war; das hat schwere psychische Störungen bei ihr verursacht. Lachse sind ungemütlich; ich fragte mal einen, warum's ihm denn so pressiere, wenn er an der Quelle angekommen ist, laicht er und stirbt, ob das denn ein Grund sei, so hektisch davonzueilen. Er rief nur was von Pflichterfüllung und Artenschwund und strebte seinem Untergang entgegen.

Klein war ich inzwischen geworden, hatte in der Hand einer Frauensperson Platz. Aber was die Form anbelangt, fand ich die wirklich makellos, rund mit einer Spur ins Ovale gehend, und alle meine Streifen hatte ich behalten. Nun war ich natürlich auch leichter zu transportieren, bei jedem Hochwasser strebte ich ein Stück dem Meer zu, wobei ich ständig weiter schrumpfte.

Irgendwann kam eine große Trockenheit, im wasserlosen Flußbett lag ich nun, und war die Beute eines Schwanes. Er verschluckte mich, was eine interessante, wenngleich unerfreuliche Erfahrung darstellte. Durch die Speiseröhre wurde ich schnell transportiert, im Magen rieb ich mich an unappetitlichem

Zeug, der weitere Weg schien kein Ende zu nehmen, aber schließlich gelangte ich wieder ans Tageslicht.
Und ich muß sagen, daß sich die Reise gelohnt hatte. Ich landete auf einer grünsaftigen Wiese, Obstbäume standen herum, Menschen tunmmelten sich, Viechzeug stampfte umher, kurz, es war der turbulenteste Teil meines bisherigen Daseins. Was ich da alles erfuhr! Was die braungescheckte Kuh mit ihresgleichen so erlebte, wie der Zwetschgenbaum unter der Last seiner Früchte litt, weil der Bauer ihn mit zu viel Dünger mästete, was dieser seltsam getupfte Käfer tat, um seinen Feinden zu entkommen, was die Elster anstellte, um an den Käfer zu kommen, wie sich Eichhörnchen und Teerosen für den Winter wappneten, wie sie den Frühling begrüßten – die Vögel mit einem ohrenbetäubenden Geschrei – es war höchst aufschlußreich.
Noch hatte ich nicht alles erfahren, da wurde ich von einem Fuchs mitsamt einem Apfel verschluckt, und fand mich am Rande eines Baches wieder, in welchen ich nach einiger Zeit durch Kinderhände hineingeworfen wurde. Meine Reise ging dort weiter, und schließlich kullerte ich ans Meer.
Mit drei Möwen habe ich mich angefreundet; sie wissen viel über die See und Inseln zu erzählen. Einmal war ich mit in die Muschel eines Taschenkrebses gelangt; drinnen war es sterbenslangweilig. Glücklicherweise brauchte der Krebs bald ein größeres Gehäuse, verließ die Muschel und gab mir damit die Freiheit wieder. Sandwürmer sind eine echte Bereicherung meiner Lebensqualität; wie sie ihre Gänge graben, den Sand zu Kügelchen rollen und ihn in phantastischen Mustern auf der Oberfläche ablegen, das ist hohe Kunst. Stundenlang schaue ich ihnen dabei zu. Leider haben sie selbst keinerlei Kunstverständnis, für sie ist das reine Arbeit.

Als ich einer Sandkrabbe einmal sagte, wie wunderschön ihr Tun sei, brummte sie nur etwas von „fauler, unnützer Existenz" und eilte in ihren Gang zurück.

Hier liege ich nun, werde von meinesgleichen gerieben und geschliffen. Irgendwann werde auch ich zu einem Sandkorn geworden sein, zu einem sonnengelben Sandkorn. Und dann wird eines Tagen ein Sturm aufbrausen und mich mitnehmen – ich hoffe, er bläst mich mitten ins Meer, damit ich das auch noch kennenlernen kann . . .

Spitzenhemd und Daumenschraube

Graf Jaroslaw von Zernitzky seufzte abgrundtief: „Fürstin, Euer Anblick raubt mir die Sinne! Glaubte ich bei der Soirée ihrer Hoheit der Königinmutter, daß Eure Schönheit unübertrefflich sei, so fiel ich einem Irrtum anheim – Ihr seid göttlich! Glücklich der Mann, der sich Euer Gatte nennen darf!" Er warf einen finsteren Blick auf den etwas abseits stehenden Fürsten, der, den gichtgeplagten Leib auf einen Ebenholzstock stützend, mit augenscheinlichem Mißmut seinem greisen Kämmerer lauschte, welcher über die Mißstände in der fürstlichen Haushaltsführung lamentierte.
„Ach, lieber Graf," die Fürstin schaute mit schmerzerfüllter Miene zu dem schmucken schwarzgelockten Jüngling auf, „unsere Vermählung diente dem Zusammenschluß zweier reicher Länder, das ist alles. Seit unserer Hochzeitsnacht – die mein Bräutigam mehr schlecht als recht durchstand – teilen wir das Bett nicht mehr und selten den Tisch. Einsam, unbeachtet, liebeleer friste ich mein Leben!" Eine Träne rollte aus mitternachtsblauem Auge über die porzellanrosige Wange der Schönen.
„Welch ein Verbrechen, welch eine Verschwendung! Oh, teuerste Fürstin, laßt mich Euch Leib und Leben widmen, Eure Tage versüßen, Eure Nächte ausfüllen! Sagt mir, wann, wo und wie ich Euch zu Diensten sein darf!"
„Erbittet für mich beim Zeremonienmeister das Menuett, bei diesem werde ich Euch meinen Entschluß mitteilen!"
„Oh Fürstin," Jaroslaw küßte mit brennenden Lippen die schmale, weiße, reichberingte Hand.
Mit Ungeduld und Eifersucht beobachtete er die biegsame Gestalt bei den höfischen Tänzen, bis endlich die Reihe an ihn

kam. Vor Aufregung verwechselte er zweimal die Füße, obwohl er als der gewandtesten Tänzer einer galt.

„Kommt bei Einbruch der Dämmerung in den Rosengarten, meine Kammerfrau wird Euch eine Botschaft übergeben. Schwört mir bei allem, was Euch heilig ist, daß Ihr das Geheimnis wahrt!" flüsterte die Fürstin während einer anmutigen Drehung ihrem Tanzherrn zu.

„Kein Sterbenswörtchen kommt über meine Lippen, sollte man mich auch mit glühenden Zangen zwicken und mir rostige Daumenschrauben anlegen!"

Die Fürstin lächelte huldvoll.

Der folgende Tag verging dem Grafen so langsam, daß er wähnte, alle Uhren seien stehengeblieben. Den Nachmittag verbrachte er mit der Auswahl seiner unauffälligsten Kleidungsstücke.

In einen schwarzgrauen Samtmantel gehüllt, schlich er endlich klopfenden Herzens in den Rosengarten, wo er die Kammerfrau antraf. Als diese ein halbes Dutzend Knospen abgeschnitten und in ihren Korb gelegt hatte, überreichte sie ihm wortlos einen Brief. Er gab ihr ein Goldstück und brach hastig das Siegel auf. Das Blatt enthielt die Skizze eines Geheimganges, der unter dem westlichen Seitenflügel des Schlosses verlief. Die Weide neben einem kleinen Teich verbarg die Pforte.

Der Graf eilte zu der bezeichneten Stelle, fand die schmale Holztür und öffnete sie einen Spalt. Modrige Feuchte schlug ihm entgegen. Zur Linken steckten in einer Halterung eine Fackel und Schwefelhölzer. Er zündete die Fackel an und schloß die Tür. Der schmale Gang führte in Windungen und um Ecken aufwärts. Der Boden aus gestampftem Lehm war holperig und uneben. Mäuse und Ratten huschten umher, Asseln und

Tausendfüßler verkrochen sich vor dem Licht in die Ritzen. Spinnen webten ihre Netze in den rauhen Wandbewurf. Ein Geruch von Verwesung haftete an den feuchten Steinen. Elle um Elle tastete sich Jaroslaw vorwärts. Plötzlich fiel der Fackelschein auf eine Gestalt, die reglos an der Mauer lehnte. „Wer da?" rief der Graf. Nichts rührte sich. Vorsichtig schlich er näher: die Gestalt war ein mit Kleidern behangenes Skelett. Getrocknetes Blut klebte an den Stofffetzen, rotbraune Flecken sprenkelten den Boden. Jaroslaw gefror das Blut in den Adern. Schließlich quetschte er sich an der Leiche vorbei, bemüht, sie nicht zu berühren – vergeblich: mit häßlichem Klappern fiel sie zu Boden; ein Stilett klirrte und blieb in der Ecke liegen. Der Graf hastete weiter, stolperte vorwärts. Endlich war der Gang zu Ende, eine Tür wurde sichtbar. Sachte drückte er sie auf; sie führte in ein Ankleidezimmer, in dem sich eine zweite Tür befand. Vorsichtig öffnete er auch diese – und befand sich im Schlafgemach der Fürstin „Oh, mein teurer Freund, Ihr habt mich also gefunden!" Mit ausgebreiteten Armen kam sie auf ihn zu.

„Fürstin," stammelte der Graf, „da draußen im Gang – ich habe – ich stieß auf – eine Leiche!" Er spürte, wie kalte Schweißtropfen sich auf seinem Antlitz bildeten.

„Eine Leiche?" Die Fürstin runzelte die Stirn, plötzlich erhellte sich ihre Miene, „ah, das ist der Bischof Innozenz." Sie lachte befreit auf: „Ich hatte schon geglaubt, er habe meine Einladung mißachtet und war darob sehr ungehalten, nun bin ich beruhigt! Der Mörder ist sicherlich Baron von Wollenstett – er war bei unserem letzten Rendezvous kränkend ungalant und verließ mich zu empörend früher Stunde. Danach war er etliche Zeit eingekerkert – es wurde gemunkelt, er habe etwas mit dem Verschwinden meines guten Bischofs zu tun – aber auch die hochnotpeinlichen Befragungen entlockten ihm kein Geständnis

– offensichtlich." Hell klang ihr Lachen. Doch dann wurde sie unversehens ernst: „Armer Innozenz, ließest dein Leben für mich und mußt nun heilige Erde missen – " Offenbar einer Eingebung folgend wandte sie sich an ihren Besucher: „Graf, sicherlich werdet Ihr mir einen kleinen Gefallen tun: bringt den armen Bischof morgen nach Einbruch der Nacht in den Rosengarten und begrabt ihn dort! Ja, da kann ich dann seine letzte Ruhestätte mit duftenden Blüten verschönen – das würde ihm gefallen!
Doch nun kommt, mein lieber Jaroslaw, laßt Euch für den undelikaten Anblick entschädigen!" Sie öffnete ihren hermelinverzierten Brokatschlafrock und enthüllte ein hauchzartes Gespinst, das drei Handbreit über dem Nabel begann und drei Handbreit unter dem Nabel endete. Dabei lächelte sie so verführerisch, daß nur mehr der Gedanke an diesen herrlichen, wohlgerundeten Leib das Gehirn des Grafen ausfüllte. Sie sanken auf die weichen Pfühle und genossen in überreichem Maße die Freuden der Liebe –

Nach geraumer Zeit erwachte er. Im Kerzenschein erblickte er die schlummernde Fürstin. Ungläubig betrachtete er ihr engelsgleiches Antlitz. Tiefes Unbehagen, das sich bis zum Entsetzen steigerte, überkam ihn. Leise erhob er sich, schlüpfte in Hemd und Hose und schlich zum Fenster. Weit ging es hinunter, aber die Mauer war mit Kletterrosen überwuchert, so daß er sich daran hinunterhangeln konnte. Er warf seinen Umhang in die Tiefe und kletterte abwärts, der Dornen, die ihm Hände und Beine zerkratzten, nicht achtend, bis er mit einem Sprunge die Erde erreichen konnte. Dann raffte er das Samtcape zusammen und eilte, so schnell ihn die Füße tragen wollten, zum Marstall, wo sein Roß seiner harrte. Ohne einen Gedanken an sein juwelenbesetztes Wams zu verschwenden, das er zurückließ, sprengte er durch die Nacht bis über die Grenze, wo er sich in Sicherheit wußte. Der Schwur, glühende Zangen und rostige Daumenschrauben klaglos ertragen zu wollen, schien ihm nun doch etwas unbedacht gewesen zu sein.

Pelagia

Zwölf Jahre ist Pelagia alt. Sie hockt unter einem vorspringenden Felsstück und schaut auf das Meer hinunter. Den grauen Kattunrock hat sie eng um sich gezogen, die nackten Füße darunter gesteckt und die Holzpantinen neben sich gestellt. Weiß schäumen die Wellen auf, brechen sich tosend an den Klippen, überschwemmen den schwarzen Kiesstrand und werden von der nächsten Woge überrannt. Das Meer brüllt, der Donner kracht und der Regen prasselt.
Es ist das gleiche Wetter wie damals, als ihr Vater hinausfuhr und nicht wiederkehrte. Er hatte nicht hinausfahren wollen, aber die Mutter brauchte Geld für neue Schuhe und so nahm er das Wagnis auf sich.
Es gab keine Schuhe und es gab keinen Mann mehr, der sie und Pelagia hätte ernähren und die Hütte ausbessern können.
Schmerzlich vermißte das Kind den Vater; er hatte es seine „kleine goldhaarige Meerjungfrau" genannt und ihm schaurige Geschichten von Meerungeheuern und herzerfreuende von lieblichen Nixen erzählt. Rindenschiffchen hatten sie zusammen gebastelt, die sie ins Wasser setzten und in die weite Welt hinausfahren ließen.
Die Mutter, eine stolze Frau, die wenig geredet hatte und nun noch wortkarger wurde, sie hielt sie beide mühsam über Wasser, indem sie strickte – Mützen, Socken, Schals und Umschlagtücher. Sie verkaufte sie auf dem Markt, wo sie die Tochter anhielt, den Standbesitzern für ein paar Pfennige zur Hand gehen, Abfälle wegzukehren und Botengänge zu machen.
Am liebsten half Pelagia bei dem Steinschnitzer aus, der Amulettes und Heiligenfigürchen anfertigte, eine Ware, die bei den abergläubischen Fischern sehr begehrt war. Pelagia fand es

herrlich, die Muscheln, Steine und Bernsteinstücke zu sortieren. Irgendwann drückte ihr Herr ihr ein Schnitzmesser in die Hand und sagte, sie solle bei dem Schutzengel die rauhen Stellen an den Flügeln abkratzen. Als sie ihm das fertige Stück zeigte, war er überrascht: „du hast ja nicht nur die Ecken begradigt, du hast den Flügeln direkt einen hübschen Schwung gegeben!" Ab da durfte sie ihm öfter helfen; er hatte Freude an seiner wissbegierigen Schülerin und brachte ihr bei, was er wußte.
Als die Mutter bemerkte, daß Pelagia zur Gehilfin des Steinschnitzers geworden war, verlangte sie mehr Lohn für die Tochter. Sie selbst war nun häufig auf den Klippen zu finden, wo sie ins Meer starrte, eine Flasche neben sich.
Pelagia hatte die Erlaubnis, sich von Steinabfällen zu bedienen; sie fertigte daraus winzige Nixen, Seepferdchen und Meerungeheuer, die sie für einen geringen Preis an den Markttagen verkaufte. Sie arbeitete unermüdlich, es machte ihr Freude und sie konnte sich und die Mutter notdürftig unterhalten.
Später einmal, wenn sie älter sein würde, könnte sie selbst auf Märkte gehen und mit ihren Amuletts ihr Brot verdienen –

Pelagia ist fünfzehn Jahre alt. Sie kauert auf einem Felsstück oberhalb des Meeres und starrt hinab. Der Himmel ist dunkelgrau, der Sturm tobt, weißschäumende Wogen türmen sich auf, klatschen an Land, ziehen sich zurück und werden von den nachfolgenden überrannt. Die Fischerhütten am Meeresrand sind zusammengebrochen, Holzstücke, Stoffetzen tanzen in den Wogen. Die Hütte von Pelagias Mutter ist verschwunden, vom Meer verschlungen. Nur ein paar Ziegel der Feuerstelle ragen aus dem Wasser. Pelagia verharrt auf dem Stein, der Regen rinnt ihr von den Haaren ins Kleid, sie merkt es nicht.

Schon im Morgengrauen war sie mit ihrer wohlgefüllten Kiepe auf dem Rücken mit dem Steinschnitzer zum Nachbarort gegangen, wo Markttag abgehalten wurde. Aber am frühen Nachmittag drängte er zum Aufbruch; eine schwarze Wolkenwand türmte sich auf, ein Unwetter ankündigend. Auf dem Heimweg mußten sie sich gegen den Sturm stemmen, ihr nasser Rock klatschte um ihre Beine und ihre Stiefel quietschten vor Nässe. Von Ferne hörten sie Glockenläuten und Schreie und beschleunigten ihre Schritte.
Und dann standen sie mitten im Chaos.
Der Steinschnitzer nimmt Pelagia mit nach Hause.

Pelagia ist sechzehn Jahre alt. Es ist Sonntagnachmittag und sie sitzt auf einem angeschwemmten Baum am Meeresufer und schnitzt an einem Stück Bernstein. Das unruhige Meer hatte über Nacht eine Menge Muscheln und Steine angeschwemmt; eine Muschelkette entsteht, ein Schutzengel mit weit ausgebreiteten Flügeln und eine Meerjungfrau mit einem geschuppten Schwanz.

Nach der Unglücksnacht, in der die Mutter umgekommen war, hatte Pelagia bei ihrer Tante Valentina Zuflucht gesucht. Tante Valentina war mit einem Lotsen verheiratet. Widerwillig nahm sie die Nichte auf. „Erst heiratet meine unvernünftige Schwester so einen Hungerleider von Fischer, dann lassen sie sich beide vom Meer verschlingen und mich für für ihren Balg aufkommen!" Sie entließ eine Magd und trug Pelagia deren Arbeit auf. An den Markttagen half Pelagia dem Steinschnitzer, ihren Verdienst lieferte sie der Tante ab. Trotzdem war des Murrens kein Ende.

Pelagia ist siebzehn Jahre alt, als Kapitän Johann Johannson ihren Onkel aufsucht, um eine Route zu besprechen. Tante Valentina gefällt der stattliche, fröhliche junge Mann und lädt ihn zum Essen ein. Pelagia hat Kohlsuppe gekocht, Schollen gebraten und einen Napfkuchen gebacken. Sie trägt über ihrem erdfarbenen Kattunkleid eine breitgestreifte Schürze, bedient und serviert, besonders aufmerksam den schmucken Kapitän, und bekommt von der Tante strenge Anweisungen. Der Kapitän nimmt von der Magd keine Notiz. Da fragt Pelagia mit dem liebenswürdigsten Lächeln: „Tante, möchtet Ihr nicht noch ein Stück von der Scholle?"
Der Kapitän schaut auf: „Oh, das ist Eure Nichte?" Er blickt sie lange an, sehr freundlich.
Tante Valentina wird rot, murmelt: „Ja, sie ist die Tochter meiner verstorbenen Schwester. Ich habe das arme Kind aufgenommen, es gehört nun zur Familie. Aber es ist gut, wenn junge Mädchen für ihre spätere Rolle vorbereitet werden."
„Wenn Ihr mich nicht mehr benötigt, liebe Tante, putze ich nun den Herd," lächelt Pelagia, und verläßt die Stube.

Später kommt der Kapitän zu ihr in die Küche, um ihr Essen zu loben. Er bleibt, um zu plaudern, während sie das Geschirr spült. Sie plaudern, während sie die Teller auf das Bord stellt. Sie plaudern immer noch, während sie mit dem Reisigbesen die Küche fegt. „Ich freue mich auf nächsten Freitag, wenn ich am Markt Eure Schätze bewundern kann!" sagt er beim Hinausgehen.
Und tatsächlich ist er schon früh zur Stelle. Er bestaunt lauthals ihre Meerungeheuer. Sie reicht ihm einen Schutzengel mit ausgebreiteten Flügeln: „Den schenke ich Euch, er wird Euch auf Eurer nächsten Reise beschützen."
„Wenn ich zurückkomme, werde ich Euch darüber berichten!"

Mit einem tiefen Blick und einem langen Händedruck verläßt er sie.

Pelagia ist achtzehn Jahre alt. Ihre blonden Haare wehen in der leichten Brise, ihre Augen strahlen blau wie das Meer, ihr buntgeblümter Rock bauscht sich und läßt ein Stück Spitze vom Unterrock sehen. Sie sitzt auf einer Bank am Hochufer des Meeres. „Was für ein Anblick, was für ein großartiger Hafen, und wie ruhig das Meer daliegt," seufzt sie voll Wohlbehagen, „was für ein Glück, daß wir hiersein können!"
„Es ist kein Glück, es ist dein Talismann gewesen," lacht der Kapitän, „sonst wären wir bei dem stürmischen Wetter bei der Überfahrt mit Mann und Maus untergegangen!"
„Wir wären überhaupt nicht untergegangen, denn mein Kapitän ist der beste von der Welt und steuert sein Schiff mit sicherer Hand durch die ärgsten Stürme!" Energisch schüttelt sie den Kopf.
„Und warum wollte sich die Kapitänsfrau in die Wogen stürzen, um den Meeresgott zu besänftigen und das Schiff zu retten? Wenn ich dich nicht zurückgezerrt hätte, wärest du doch glatt freiwillig in die Fluten gesprungen!"
„Ich war sicher, er verlangt ein neues Opfer. Es war das erste Mal, daß ich eine so lange Schiffsfahrt gemacht habe und ich dachte, die Gelegenheit wollte er ausnützen. Ich konnte nicht wissen, daß er nur ein bißchen mit deinem Kahn gespielt hat!"
„Ach, mein liebes, schönes, dummes Weib!" Zärtlich streicht er ihr über die Haare.
Sie steht auf, reicht ihm die Hand: „Die Magd wird den Karnickelbraten fertig haben. Und ich muß für deine neu angeheuerten Matrosen noch zwei Schutzengel schnitzen, aus dem Speckstein, den du mir neulich mitgebracht hast."

„Da hast du recht, die beiden werden keine Reise antreten, ohne von deinen Talismanen beschützt zu werden." Er erhebt sich, legt den Arm um ihre Schultern und so schlendern sie zu ihrem schmucken Häuschen, das da thront mit Blick auf das Meer, so hoch droben, daß keine Welle es erreichen kann.

Reisen zu zwei verschiedenen Zeiten – 1900 und 2000

Mark Twain reiste viel. Ich auch
Er führte darüber Buch. Ich auch.
Er mußte tausende von Meilen reisen, um Lesungen vor seiner zahlreichen Fangemeinde zu halten.
Ich bräuchte nur einen Sendetermin im Fernsehen, um Millionen von Fans zu erreichen – hätte ich sie denn.

Auszüge aus seinem Buch „Die Arglosen im Ausland"
und meine eigenen Erfahrungen bei unterschiedlichen Reisen:

Der Kapitän war ein junger, schöner Mann, groß und hübsch gebaut, eine Gestalt, auf der sich eine kleidsame Uniform besonders vorteilhaft ausnimmt.
Nach Tische erschien er mit seinen Offizieren bei der Gesellschaft im Damensalon, beteiligte sich am Gesang und Klavierspiel oder wendete die Notenblätter um.

Auch unseren Kapitän konnte man durchaus als stattlich bezeichnen; in seiner weißen Gelauniform sah er so adrett und appetitlich aus, daß man gern mit ihm zusammen gesungen oder Klavier gespielt hätte, wären diese kultivierten Beschäftigungen nicht leider völlig aus der Mode gekommen -

Das Wetter wurde heiß und alle männlichen Passagiere an Bord erschienen in weißen Leinenanzügen. Auch die Damen waren bereits ganz in Weiß. Auf dem Promenadendeck sah es so verlockend kühl und vergnüglich aus, von allen den schneeweißen Kostümen, wie bei einem großen Picknick.

> Wesentlich vergnüglicher sah es bei uns aus, denn wir wandelten nicht in sterilem Weiß umher, sondern in bunter Vielfalt: die Herren in blauen Jeans, bunten Hemden und gesunden Sandalen, die Damen in blauen Jeans, bunten Blusen und gesunden Sandalen – Kam ein Wind auf, wurde die Buntheit ergänzt durch beige Anoraks bei den Herren und beige Anoraks bei den Damen.

Tagsüber würden die Passagiere mit Gesprächen und Gelächter die Decks bevölkern, oder im Schatten der Schornsteine Romane und Gedichte lesen, nachts würden sie auf dem oberen Deck im Freien tanzen – tanzen und promenieren und rauchen und singen und sich lieben –

> Auch heute noch plaudern, lachen und lesen sie – das jedoch nicht unter qualmendem Schornstein, sondern unter dem schützenden Dach des Sonnendecks. Zu meinem großen Bedauern ist das laienhafte Singen gänzlich aus der Mode gekommen, da sich allüberall Profis in die Gehörgänge drängen. Auch die Spezies der Raucher ist im Aussterben begriffen; ein seltenes, von allen geächtetes Exemplar fand ich stets auf Deck, selig seine Pfeife schmauchend! Was das Lieben anbelangt, scheinen uns die Amerikaner an Freizügigkeit und Leidensfähigkeit weit überlegen zu sein; ich sah kein einziges Paar, das sich auf den harten Planken liebte –

Den Reiseteilnehmern wurde auch empfohlen, zur Unterhaltung an Bord leichte Musikinstrumente, grüne Brillen, Sonnenschirme und Schleier mitzubringen.

> Auf jedem Schiff war ein Musiker östlicher Herkunft engagiert, kein Passagier durfte ihm laienhaft ins Handwerk pfuschen.
> Außerdem hätten Musikinstrumente und auch Sonnenschirme im Zwanzig-Kilo-Gepäck keinen Platz gefunden.

Ich wurde einem jungen Herrn vorgestellt, der die Kabine mit mir teilen sollte. Wir wählten eine Luxuskabine „unter Deck". Sie hatte zwei Kojen, ein trübes Deckenlicht, ein Becken mit einer Waschschüssel und eine lange, weich gepolsterte Truhe, die als Sofa und zugleich als Stauraum für unsere Sachen diente. Trotz all der Möbel war noch genug Platz, sich in der Kabine umzudrehen. Der Raum war für eine prunkvolle Kabine jedenfalls groß genug und in jeder Beziehung zufriedenstellend.

> Da ich mir keine Luxuskabine leistete, durfte ich auch kein Truhensofa erwarten. Statt eines Beckens und einer Waschschüssel fand ich eine Naßzelle vor, in der ich mich – bei gänzlich zur Seite geschobenem Duschvorhang – ebenfalls umdrehen konnte.

Ich war erstaunt, so viele ältere Personen zu sehen – ich könnte fast sagen, so viele ehrwürdige Leute. Beim Anblick der langen Reihen von Köpfen konnte man sich des Eindrucks nicht erwehren, sie waren *alle* grau. Doch das war nicht der Fall, es gab auch einige jüngere Passagiere.

> Unser jüngerer Passagier war ein Neffe, der mit unbewegter Mine den langatmigen Jugenderinnerungen seines altersstarrsinnigen, kinderlosen Erbonkels lauschte.

Gegen sieben Uhr abends war das Abendessen meist vorbei; darauf folgte ein Spaziergang von einer Stunde auf dem Oberdeck, dann erklang der Gong, und die große Mehrheit der Gesellschaft begab sich zum Gebet in die Achterkajüte, einen schönen Raum, den die Ungläubigen die „Synagoge" nannten. Die Andachten umfaßten zwei Lieder aus dem Gesangbuch „Plymouth Collection" und ein kurzes Gebet. Die Lieder wurden vom Harmonium begleitet, wenn die See ruhig genug war, daß ein Spieler am Instrument sitzen konnte, ohne daß er am Stuhl festgebunden werden mußte.

> Wenn unser Abendessen vorbei war, begaben wir uns zu einem Spaziergang an Land. Dann zogen wir uns in den Salon zurück und orderten den „Cocktail des Tages". Bei uns saß kein Spieler am Instrument, sondern wir Spieler saßen um den Tisch und versuchten bei Rummy unser Glück. Trotz unseres total unchristlichen Verhaltens ging unser Schiff nicht unter.

Nach der Andacht glich die Synagoge einer Schreibschule. Zwanzig bis dreißig Herren und Damen nahmen an den langen Tafeln Platz und schrieben unter den schaukelnden Lampen etwa drei Stunden lang eifrig in ihren Tagebüchern.

> „Ich liege auf dem Bett und spreche ins Diktiergerät – berichte, was wir seit gestern erlebt und gesehen haben, während die flache, eintönige, grüne Landschaft an mir vorübergleitet – " So steht's in meinem Reisebericht – in den PC getippt, korrigiert, ergänzt, beendet eine Woche nach der Reise –

Eine Horde kräftiger Mauren watete ins Meer, um uns auf ihrem Rücken von den kleinen Booten an Land zu tragen.

> Auf einer mit Steinen bequem ausgelegten Furt über einen handbreittiefen Fluß bedrängte uns eine Schar junger Tunesier derart, daß wir unweigerlich ins Wasser gestolpert wären, hätten sie uns nicht fürsorglich davor bewahrt – gegen Backschisch natürlich.

Ich habe einmal mit der Kutsche die Ebenen, Wüsten und Berge des Westens durchquert, von dem Gebiet um den Missouri bis nach Kalifornien. Zweitausend Meilen endlosen Dainrasens, Ratterns und Klapperns, bei Tag und Nacht, keinen Moment Langeweile und immer reichlich Interesse. Die ersten siebenhundert Meilen ein ebener Kontinent von einem Grasteppich bedeckt und glatter und weicher als das Meer. Hier gab es nichts als sommerliche Natur. Man wünschte sich nur, auf den Postsäcken liegend die Friedenspfeife zu rauchen – was sonst, wo doch alles voller Ruhe und Zufriedenheit war? In den kühlen Morgenstunden, bevor die Sonne richtig aufgegangen war, war es ein Erlebnis, das ein Stadtleben voller Mühen und Plagen aufwog, vorn beim Kutscher zu sitzen und die sechs Mustangs unter der knallenden Peitsche, die sie nie berührte, dahinstürmen zu sehen; mit dem Blick die blauen Welten einer Welt zu durchbohren, die keine Herren außer uns kannte; den Kopf in den Wind zu halten und zu spüren, wie der Puls sich so sehr beschleunigt, daß es dem reißenden Sturm eines Taifuns gleichkommt!

> Auch ich habe einmal eine Ebene, eine Wüste und einen Hügel durchquert, als nämlich eine Safari zum Programm gehörte. Schon in aller Frühe standen mehrere Geländewagen bereit; unser Fahrer war der schönste mit seinen schwarzen Locken und glühenden Augen, Augen, mit denen er die Damen befeuerte. Wir nahmen Platz auf den beiden Bänken an der Längsseite des Wagens und los ging's. Von Technik verstehe ich

nichts, aber verdächtig schienen mir schon die unterschiedlichen Geräusche, die die verschiedenen Teile des Fahrzeugs von sich gaben: sie knarzten, schepperten, krachten, klirrten und brummten unheildrohend. Dazu wollte unser Schönling mit seiner Fahrweise offensichtlich sein Temperament beweisen und das war überschäumend. So kommt es, daß mir von der Fahrt durch die wahrscheinlich grandiose Wüstenlandschaft nichts im Gedächtnis haften geblieben ist, außer, daß mir bei jeder Richtungsänderung die Plastikkiste mit den Teeutensilien – eine Teepause war in der Fahrt inbegriffen – schmerzhaft an die Seiten stieß, und daß ich Todesängste ausstand, als der Jüngling mit halsbrecherischem Tempo die Piste entlangbretterte, links haarscharf am steilen Abhang vorbei. Ihm passierte ja nichts, er befand sich schließlich in Allahs Hand! Aber uns . . .
Am Ende der Fahrt hielten wir an einer Moschee; ich stiftete einen erklecklichen Betrag zum Dank, daß wir Ungläubigen auch davonkommen durften und als kleine Bestechung, daß wir den Rest der Reise ebenfalls unbeschadet überstehen würden.

Wir gingen in die Kathedrale von Notre Dame. Wir hatten schon vorher davon gehört. Es überrascht mich manchmal, wieviel wir wissen und wie intelligent wir sind. Wir erkannten das braune alte gotische Bauwerk sofort; es sah aus wie auf den Bildern.

Auch ich weiß viel und bin intelligent; das Atomium in Brüssel erkannte ich ebenfalls sofort.

In der Nacht kamen die Matrosen eines britischen Schiffs vom Grog beschwipst auf den Kai und forderten unsere Matrosen zu einer allgemeinen Schlägerei heraus. Diese nahmen die Herausforderung gerne an, gingen zum Kai hinunter und gewannen

ihren Anteil in einem unentschiedenen Kampf.
Am nächsten Abend kamen sie wieder und waren lästiger denn je. Sie bedachten unsere Mannschaft mit Beschimpfungen; es war für einen normalen Menschen nicht zu ertragen. Sie griffen die Briten an und errangen einen glänzenden Sieg.
Ich hätte diesen Krieg wohl nicht erwähnt, wenn er anders ausgegangen wäre.

> Die Besatzung unseres Schiffes kam aus den verschiedensten Ländern des Ostblocks. Die Besatzung aus dem benachbarten Schiff kam ebenfalls aus den verschiedensten Ländern des Ostblocks. Wie sollte da eine zünftige Keilerei entstehen?

„Tun Sie wünschen hinaufzugehen?" Das fragte uns der Fremdenführer, als wir zu den Bronzepferden auf dem Friedenstor hinaufblickten. Ich will das als Beispiel für das Englisch der Fremdenführer anführen. Das sind die Leute, die das Leben der Touristen erschweren. Ihre Zunge schweigt nie. Wenn sie einem nur einfach ein Kunstwerk oder ein erhabenes Grab zeigten, das von bewegender Erinnerung ist, und dann beiseite treten würden und nur zehn Minuten schweigen und einen nachdenken ließen! Doch sie unterbrechen jeden Traum, jeden angenehmen Gedanken mit ihrem endlosen Geplapper. Manchmal, wenn ich vor einem von mir lange verehrten Idol stand, habe ich gedacht, ich würde die Welt dafür geben, wenn dieser Papagei in Menschengestalt neben mir plötzlich verschwinden würde und mich schauen und nachdenken und anbeten ließe.

> Ich erlebte einen großartigen Sonnenuntergang in Tunesien, einen farbenprächtigen, einen berührenden. Der Fremdenführer quatschte und quatschte. Ich würde ihn erwürgt haben, hätte das die erhebende Stimmung nicht vollends ruiniert.

Wir hatten vorher nie richtig zu schätzen gewußt, wie erfreulich es ist, mit Freunden in der eigenen Sprache unterhaltsame Gespräche zu führen. Oh, dieses seltene Glück, jedes einzelne Wort zu verstehen, das gesprochen wird, und gleichzeitig zu wissen, daß jedes einzelne Wort, das man zur Antwort gibt, genauso verstanden wird!

    Wie wahr – wie wahr –

Kriminelles

Das Diadem

„Ich hab' was für dich, Angelina, mein Engelchen, ein Verlobungsgeschenk!" Alfredo, dessen dottergelber Anzug seinen athletisch gebauten Körper auffällig betonten, eilte mit langen Schritten auf das Mädchen zu, das lässig an der Empire-Kommode lehnte, und ihm entgegenlächelte. Mit Grandezza überreichte er ihm eine Samtschatulle. Große, schwarze Augen blickten ihn an, weiße, schmale Hände griffen nach dem Kästchen und öffneten es; Brillanten, Rubine und Smaragde blitzten daraus hervor, kunstvoll angeordnet in einem weiß-goldenen Diadem. Angelina runzelte die Stirn, kramte in ihrer Erinnerung: „Das Diadem der Contessa Berlone, aus Familienbesitz, 64 000 Euro, geraubt im November, mitsamt einem Collier, als die Besitzerin von der Oper – Rigoletto? – heimkehrte und ihr Bodyguard die Haustür aufschloß, Dieb bis heute nicht gefaßt. Die Tat trägt die Handschrift Alfredo Adrianos, der der Polizei jedoch ein wasserfestes Alibi präsentierte."
Alfredos braune Augen funkelten, seine weißen Zähne blitzten: „Meisterhafte Planung, erstklassige Durchführung!"
Angelinas Madonnengesicht neigte sich zu ihm: „Ich weiß schon, Carissimo, daß du unschlagbar bist, und deshalb liebe ich dich." Sie streichelte seine Wange, „Aber – wann soll ich denn das tragen? Bei unserer Hochzeit? Da verhaftet man dich noch vor dem Festessen!"
„Wir werden irgendwann eine passende Gelegenheit finden, und du wirst durch die gaffende Menge schreiten wie eine Königin!" Stolz ruhten seine Augen auf der Braut, die ihm einer Göttin gleich erschien in ihrem eng anliegenden, hoch geschlossenen, langärmligen, rosenholzfarbenen Spitzenkleid, das nicht erken-

nen ließ, ob die durchscheinende Hautfarbe von Unterwäsche herrührte.

„Amore mio!" Sie küßte ihn. Vorsichtig legte sie die Schatulle auf das Marmortischchen, ließ sich auf einem der Louis Quatorze-Sessel nieder, nahm das Diadem aus dem Behälter, fuhr mit den Fingerkuppen zärtlich über die Steine, die weißgoldenen Arabesken, und seufzte: „Alfredo, lange hab' ich's mir durch den Kopf gehen lassen, jetzt muß ich mit dir reden: Ich will, daß du aufhörst mit deinem gefährlichen Job, daß wir uns absetzen, ein neues Leben beginnen. In ewiger Angst leben die anderen Frauen; das will ich nicht. Meine Mutter wurde durch eine Polizeikugel Witwe, Onkel Carlos sitzt die meiste Zeit im Gefängnis", ihre Augen wanderten zu dem Portrait eines freundlich dreinblickenden Mannes, das neben etlichen anderen Ölgemälden an der seidentapezierten Wand hing „Peppino ist seit drei Jahren auf der Flucht. Weder hab' ich Lust, die ganze Zeit allein im Ehebett zu liegen, noch will ich deine geliebten Panettoni backen, um sie dir in den Knast zu bringen - "

„Angelina, ich bitte dich, was für ein Ausdruck!"

„Entschuldige, mir fehlt einfach deine Erziehung, ich meine natürlich – wenn du dich temporär in polizeilichem Gewahrsam befindest. Wo war ich stehengeblieben? Also, ja, mein Mann soll abends mit mir ausgehen, anstatt mit seinen Freunden riskante Unternehmungen zu planen; meinen Kindern soll der Vater Vorbild, und nicht ständig abwesend sein. Ich will, daß wir nach Argentinien gehen." Energisch reckte sie das Kinn in die Höhe.

„Aber mein Engelchen, es ist mein Beruf, den ich von der Pike auf gelernt habe, und in dem ich es zu hohem Ansehen gebracht habe! Onkel Marcello ist nicht mehr der Jüngste, ich erbe in absehbarer Zeit sein Revier. Die glänzendsten Aussichten hab' ich, wir können ein luxuriöses Leben führen. Ich kaufe den kleinen Palazzo am Fluß, der dir so gut gefallen hat, nach deinen Wünschen lasse ich ihn renovieren. Was soll ich in Argentinien?"

„Ein junger Mann von deinen Fähigkeiten, mit deinem Aussehen und mit deiner Bildung findet immer was. Und ich könnte als Model arbeiten."

„Das haben dir deine Brüder zu Recht verboten, und vor allem lächelt die Gattin von Alfredo Adriano nicht halbnackt von den Titelseiten!"

„Jetzt laß uns erst mal auswandern, dann sehen wir weiter!"

„Ohne festen Plan etwas anzufangen, ist verantwortungslos, habe ich gelernt. Außerdem weißt du, daß man die Familie nicht verlassen kann!"

„Natürlich kannst du nicht hingehen und sagen „hiermit kündige ich". Du wirst Tio Marcello beseitigen müssen – "

„Angelina – das wäre höchst undankbar. Denk' doch mal an das Vermögen, das er für meine Erziehung ausgegeben hat, allein an das Bestechungsgeld, damit mich das Internat in Cambridge aufnahm!" Seine siegelringbestückte Rechte machte eine weitausholende Geste.

„Das hast du allein mit dem Einbruch in den Banco di Spirito Santo reingebracht!" Sie schlug die Beine übereinander, so daß das Kleid ein wenig hochrutschte.

„Deine Botticelli-Beine bringen mich völlig aus dem Konzept - wo ich mich so konzentrieren muß!" Er schüttelte vorwurfsvoll den Kopf: „Ich kann doch nicht meinen eigenen Onkel umbringen, der obendrein mein Ziehvater ist – "

„Tio Marcello hat deinen Vater umgelegt, weil er dessen anerkannt schöne Frau mitsamt ihrem florierenden Unternehmen „Die Flotten Nachtfalter" heiraten wollte. Also, keine unangebrachte Sentimentalität. Du legst ihn um – "

„Und was wird aus meiner armen, alten Mama, die zum zweiten Mal den Tod eines Ehemannes zu beweinen hat? Wenn ihr einziger Sohn so weit weg lebt? Und an die deine, die auch Witwe ist, denkst du überhaupt nicht?"
„Eine reiche Frau findet im Handumdrehen einen neuen Mann. Und meine Mutter verfügt über drei Söhne, die sie mir sowieso immer vorgezogen hat; die kann sie einspannen. Du solltest dich lieber um mich kümmern. Falls du nicht von deinem Beruf lassen kannst, heirate ich Enrico und werde die Frau des sehr angesehenen Besitzers einer Kaufhauskette!"
„Dann bringe ich euch beide um!"
Angelina kicherte: „Das würde auch dein Ende bedeuten, denn mein Notar wird über alle Einzelheiten informiert sein. Alfredo, mein Liebling, laß uns nicht streiten!" Geschmeidig erhob sie sich, setzte sich auf die Lehne seines Sessels, bettete zärtlich ihren Kopf an seine Schulter und strich über seine schwarzen, glänzend geölten Haare. Er schloß die Augen und seufzte: „Also gut, mein Engel, ich werde es mir überlegen."
„Wußte ich's doch, daß man mit dir vernünftig reden kann. Und bei unserer Hochzeit in Buenos Aires trage ich dann das Diadem!" Sie strahlte ihn an, küßte ihn, packte die Schatulle in ihre Armani-Tasche und verließ leichtfüßig den Raum.

Alfredo blickte mit Hundeaugen hinter ihr her: „Meine wunderschöne Braut! Aber was du von mir verlangst – o Gott, o Gott!" Nervös nestelte er an dem juwelenverzierten Kreuz, das er an einer schweren Goldkette um den Hals trug. „Andererseits – hat mir nicht Onkel Marcello ständig gepredigt, ‚Laß dich nie durch Gefühle abhalten, Notwendiges zu tun; Gefühle können wir uns in unserem Beruf nicht leisten!' Wahrscheinlich wäre er sogar stolz auf mich, hat er doch erst neulich gesagt, ‚Ragazzo, es wird Zeit, daß du auch mal Eigeninitiative entwickelst'. Auf jeden Fall ist die Aufgabe reizvoll, schließlich bin ich damit zum ersten Mal ganz auf mich allein gestellt. Angelina wird mich sehr bewundern. Und sich ihren Krämer aus dem Kopf schlagen. Wegen Argentinien wird sie vielleicht mit sich reden lassen; in Mexiko könnte ich die Verbindung zu José aufnehmen, diesem begnadeten Schmuggler. Angelina werd' ich sagen, er ist Importeur – oder besser Antiquar. Ja, so müßte es gehen."

Alfredos Entschluß stand fest; jetzt konnte er sich mit der Eliminierung seines Ziehvaters befassen: „Wie ein Bandenkrieg muß es aussehen: Marcello wurde von einem Konkurrenten erschossen. Ich werde durchblicken lassen, ich hätte Angst, daß mir das gleiche blüht. Deshalb ziehe ich vor, ins Ausland zu gehen. Das Feld überlasse ich den Vettern; sollen die sich drum streiten."

Aus der hintersten Ecke seines Tresors holte er die Walther PPK mit den Büffelhorngriffschalen hervor, die er ein einziges Mal benutzt hatte: Er war siebzehn Jahre alt gewesen, und hatte den Auftrag bekommen, bei einem Bankraub den Wächter unschädlich zu machen. In der Aufregung hatte er Pepito erschossen, der für Onkel Marcello als Undercover arbeitete. Von den Prügeln, die er, Alfredo, vom Onkel bezog, waren zwei Narben auf seinem Rücken geblieben. Jetzt ergab sich die Gelegenheit, diese Scharte auszuwetzen.

Mit Öl und einem weichen Lappen brachte er die Waffe auf Hochglanz, und lächelte in der frohen Erwartung, sie effizient zu benutzen. Für den finalen Schuß wählte er die Patrone mit dem Geschoß aus Feinsilber, die ihm Onkel Marcello in einem schwarzsamtenen Futteral überreicht hatte, für die „vorbildliche Erfüllung des fünfundzwanzigsten Auftrages". Ja, Onkel Marcello war ein Mann mit Stilgefühl. Und stilvoll sollte er sein Leben aushauchen. Alfredos Lächeln vertiefte sich, als er die

Patrone in die Kammer gleiten ließ.

Dabei bemerkte er nicht, wie sich die Tür Zentimeter um Zentimeter öffnete und der Lauf einer Beretta mitten auf seine Stirn zeigte –

Die Schatulle

Rebecca wandte sich zur Terrassentür, die von der Bibliothek zum Garten führte und blickte hinaus: sämtliche Familienmitglieder standen um Sir Geoffrey herum, der seine launige Geburtstagsrede hielt. Rebecca drehte sich um zum Gabentisch, bückte sich, hob die Damastdecke hoch, holte eine schleifenverzierte Schachtel unter dem Tisch hervor und entfernte deren Deckel. Sie ging zur Vitrine, öffnete die Glastür, griff sich eine edelsteinverzierte Schatulle und steckte sie in die Schachtel. Sie kehrte zum Tisch zurück, setzte den Deckel auf die Schachtel und stellte diese mitten zwischen die vielen Geschenke, die dort aufgebaut waren. Dann schlüpfte sie durch die Tür, die zum Flur und von dort in die Küche führte. Sie nahm das Tablett mit den Gläsern, die mit Saft, Limonaden, Bier, Schnaps oder Likör gefüllt waren und ging durch das Wohnzimmer zur Terrasse, wo sie das Tablett auf einen Tisch stellte; dabei ließ sie die Gläser aneinanderklirren, was von verschiedenen Gästen mit Stirnrunzeln quittiert wurde. Sie lächelte; man würde sich daran erinnern.
Nach der Rede tranken alle auf das Wohl des Geburtstagskindes, sodann zerstreute man sich bis zur Teestunde: Die Damen setzten sich im Garten zusammen auf Lehnstühle unter der Linde, die Herren plauderten bei einer Zigarre im Herrenzimmer, die Jungen spielten Kricket auf dem Rasen. Die alte Lady Ballymore zog sich zu einem Nickerchen ins Gästezimmer zurück.
Rebecca bereitete in der Küche die Kuchen für die Teestunde vor.
Sie war die Hausdame der Familie des Sir Geoffrey Winsley. Und sie haßte diese. Die Familie dünkte sich erhaben über alle

Welt, ließ gerade einmal Gott über sich gelten. Sir Geoffreys Brüder Charles, William und Edward waren das Salz der Erde, ihre Frauen stammten sämtlich aus den ersten Familien der Stadt. Sir Geoffrey's Frau, Lady Anne, war die Tochter von Lord und Lady Ballymore und als solche noch edler als ihr Gatte.

Rebecca war als Waisenkind von ihrer Tante aufgezogen und irgendwie in die Position einer Hausdame bei den Winsleys gedrängt worden. Sie konnte sich über ihre Behandlung nicht beschwereen, aber die Arroganz, die Unbildung, die Gefühllosigkeit der Familie schien ihr gelegentlich unerträglich. Das selbstherrliche Verhalten von Lady Anne's Bruder, Lord Kellarny, gegenüber weiblichen Dienstboten hatten ihr schon oft die Zornestränen in die Augen getrieben.
Und so hatte sie sich einen Plan zurechtgelegt; bei passender Gelegenheit würde sie die Schatulle verschwinden lassen und damit Zwist innerhalb der so selbstherrlichen Familie säen.
Die Schatulle barg kostbare Familienerbstücke: juwelenverzierte Orden seit der Cromwellzeit, von verschiedenen Herrschern für besondere Dienste verliehene Ringe, die Brosche eines Königs, präsentiert einer Mätresse aus der Familie der Winsleys – Objekte teilweise von großem Wert, aber vor allem von unschätzbarem Wert für die Familie. Die Schatulle wurde jeweils an den ältesten Sohn weitergegeben und wie eine Reliquie verehrt.

Jedem Familienmitglied wäre eine Geldspritze sehr wohl zupaß gekommen: Charles hatte eine teure Freundin, William konnte das Spielen nicht lassen und Edwards Frau, die aus einem sehr reichen Elternhaus stammte, kaufte alles und jedes, was ihr in die Augen stach.

Lord Kellarny hatte schon immer sein Auge auf die alten Orden geworfen und Lady Annes Mutter auf die Brosche der königliche Mätresse.
Und dann waren da noch Michael und Melia, die Zwillinge von Geoffrey, die auf teure Internate gingen, mit ihren Freunden mithalten wollten und stets Geldsorgen hatten.

Wann würden sie merken, daß die Schatulle fehlte? Rebecca hielt es vor Neugierde kaum noch aus. Aber sie mußte bis nach der Teestunde warten. Dann sah sie endlich, daß eine käsebleiche Lady Anne ihrem Mann etwas zuflüsterte. Der erschrak sichtlich, unterhielt sich jedoch weiter mit seinem Bruder William. Doch kurz darauf stand er auf und ging zur Bibliothek.
Ratlos stand er vor der Vitrine. Lady Anne deutete mit dem Zeigefinger auf die Glasplatte: „Die Schatulle ist weg, eindeutig. Man sieht noch die Stelle, wo sie stand; daneben ist's staubig. Rebecca weigert sich ja, die Vitrine sauber zu machen ‚Ihr Heiligtum lang' ich nicht an' sagt sie immer."
„Ich verstehe das nicht," murmelte Geoffrey, „soll das ein Scherz sein? Oder ist es ein Verbrechen?"
„Das kann ich nicht glauben, in unserer Familie tut niemand so etwas!" empörte sich Anne.
„Vielleicht war's jemand vom Personal?" überlegte Geoffrey.
„Weder die Köchin noch Daisy verstehen das Geringste von Kunstschätzen, was sollte auch ein ungebildetes Hauspersonal damit anfangen? James ist schon seit zwanzig Jahren bei uns und Rebecca kommt nicht in Frage. Man braucht jemanden, der so etwas kauft und das wäre für sie doch viel zu kompliziert. Zudem ist sie anspruchslos und hat keine Interessen außer ihrer Ferienwohnung auf Mallorca und ihrem Spanisch-Studium. Und daran sieht man auch, daß sie für Tradition kein Verständnis hat; wozu lernt sie eine Fremdsprache, wo doch jeder gebildete

Mensch englisch spricht? Sie könnte genau so gut Ferien auf einer englischen Insel machen oder in Irland." Nein, Rebecca durfte auf keinen Fall in Verdacht geraten, denn Lady Anne war ohne sie verloren; sie hatte keine Ahnung von Haushaltsführung und auch keinerlei Interesse; sie widmete sich der Kunst, schrieb Liebesgeschichten, die sie unter einem Pseudonym einer Klatschzeitung verkaufte. Nein, Rebecca mußte unschuldig sein.
„Wir werden mal zuerst unsere Kinder fragen, vielleicht haben die eine Ahnung," schlug Geoffrey vor.
„Ja, hoffentlich," seufzte Lady Anne.
Sie fanden die beiden in Michaels Zimmer, wo sie ein Computerspiel spielten. „Die Schatulle ist weg, habt ihr was damit zu tun?" fragte Geoffrey streng.
„Die Schatulle weg? Unser Heiligtum? Das ist echt stark," grinste Michael.
„Weißt du, wo sie ist?" „Wenn ich es wüßte, nehme ich an, würde ich es nicht sagen. Da hätte ich damit was vor, nicht wahr?" strahlte er.
Geoffrey wurde zornrot: „Mein Gott, die Ehre der Familie steht auf dem Spiel, also, wo hast du sie?" Michael zuckte theatralisch die Schultern: „Ich hab' sie deshalb nicht geklaut, weil mir die Prozedur des Verkaufens einfach zu kompliziert wäre: bis ich einen Hehler fände, der das Zeug nähme, wo Ihr doch mit dem wertvollen Inhalt schon immer so geprahlt habt – nein, einfach zu kompliziert!"
„Du kennst dich ja gut aus, mein Sohn, verdächtig gut!"
„Nein laß, Geoffrey, unsere Kinder tun so etwas nicht, er will dich nur ein wenig foppen," Anne legte ihrem Mann die Hand auf den Arm. „Und du, Melia, du weißt natürlich auch von nichts!" Michael antwortete statt ihrer: „Sie überließe sowieso alles mir, infolgedessen ist sie total unschuldig. So wie ich natürlich auch!"

Geoffrey schaute seine Kinder finster an, dann verließ er mit Anne das Zimmer. Sie schüttelte den Kopf: „Die heutige Jugend! Es ist den beiden offenbar nicht bewußt, welch einen Verlust wir erlitten haben. Melia würde wahrscheinlich ohne Gewissensbisse die königliche Brosche bei einem Popkonzert tragen!"

Die beiden gingen zurück zu ihren Gästen; Geoffrey wartete eine passende Gelegenheit ab. Um dann eher beiläufig zu fragen: „Hat von euch jemand die Schatulle aus der Vitrine genommen? Sie ist daraus verschwunden!" Er beobachtete genau die Reaktion der Familienmitglieder: zuerst Unverständnis, dann Erschrecken oder Unglauben. Lady Ballymore schaute hilflos, bis Williams Frau ihr ins Ohr schrie: „Geoffrey sagt, die Schatulle ist verschwunden, wahrscheinlich gestohlen!"
„Was!" kreischte Lady Ballymore, „die Brosche von der Herzogin von Cornwall ist verschwunden? Habt ihr schon Scotland Yard verständigt?"
„Vielleicht hat sich nur jemand einen Scherz erlaubt, die Polizei lassen wir mal aus dem Spiel!" erklärte Geoffrey energisch.
„Polizei, die fehlte uns gerade noch," eiferte sich William. „Wie haben die doch ohne jegliches Zartgefühl in unserer Familie herumgeschnüffelt, als Meredith zu Tode kam! Nein, besser auf die Juwelen verzichten als unsere Familienehre anzutasten!"
„Ogottogott," jammerte Lady Ballymore, „in was für einer Zeit leben wir nur! Hunderte von Jahren haben die Preziosen überdauert, und nun dies!"
„Es wird sich schon aufklären, beruhige dich nur, Tante," versuchte Geoffrey sie zu beschwichtigen, ein wenig genervt.
„Es müssen eure Bediensteten gewesen sein!" beschloss William. „Die Familie Winsley ist über jeden Zweifel erhaben!"

„Nana," kicherte seine Frau, „wenn ich dran denke, wie Euer Großonkel sich in Irland benommen hat . . .!"
William wischte mit dem Arm durch die Luft: „Irland – da hatte er doch mit ganz anderen Leuten zu tun. Aber hier sind wir unter uns, in England!"
Maliziös lächelte Edwards Frau. „Irgendwelche finanziellen Engpässe, ein paar Verlegenheiten, eine schier ausweglose Situation . . ." Sie zuckte die Schultern.
„Du meinst doch nicht im Ernst, daß einer von uns . . . " Charles Frau machte große Augen.
„Wer weiß!" Edwards Frau nippte an ihrem Likörglas.
Als Rebecca eintrat, um nach den Wünschen der Gäste zu fragen und ein paar Gläser aufzufüllen, schwiegen alle. Als sie das Zimmer verlassen hatte, ging die Diskussion in aller Schärfe weiter.
Kurz, das was Rebecca beabsichtigt hatte, war eingetroffen: Geoffreys Geburtstagsfeier war ruiniert, jeder verdächtigte jeden, jegliche Harmonie war beim Teufel. Geoffrey hatte Mühe, unbekümmert zu wirken.
Als die Gäste fort waren, brach es aus ihm heraus: „Da tun alle so scheinheilig und dabei . . . "
„Nun, die meisten sind ja doch unschuldig. Dummerweise wissen wir nicht, welche," seufzte Lady Anne. „Aber jetzt schau doch mal deine Geschenke an!"
„Ach, das sind ja doch immer wieder die gleichen!" Sie gingen in die Bibliothek, Geoffrey öffnete die erste Schachtel: „Eine Schreibtischgarnitur, diesmal aus Marmor, von Edward – wenn ich alle seine Schreibtischgarnituren aufstelle, hat auf dem Schreibtisch kein Blatt Papier mehr Platz – und hier – wieder eine Krawattennadel, diesmal als Pferdekopf – Original irische Whiskey-Gläser – als ob wir davon nicht schon genug hätten! Nein, Rebecca soll den ganzen Kram in den Müll werfen!"

„Sie soll ihn für den Weihnachtsbasar aufheben, vielleicht freut sich ein Armer über die Schreibtischgarnitur," überlegte Lady Ann.
Rebecca hatte davon nichts mitbekommen. Aber sie wurde beauftragt, die Geschenke wegzuräumen. Sie brachte sie in den Keller, wobei sie die Schatullen-Schachtel sorgfältig nach hinten platzierte.
Am kommenden Tag fragte sie Sir Geoffrey: „Rebecca, ist Ihnen aufgefallen, daß die Schatulle in der Vtrine fehlt?"
Rebecca runzelte die Stirn: „Ihre Schatulle? Sir, es tut mir leid, ich habe da nie hingeschaut, ich habe keine Ahnung, hatte mich völlig auf den Gabentisch konzentriert, ihn hergerichtet, und dann die Geschenke drapiert und die Zettel mit den Namen angeheftet – das waren meine Aufgaben, auf die habe ich mich konzentriert."
„Jaja, ist schon gut, war nur eine Frage."
Aber da die Schatulle nicht auftauchte, paßt er Rebecca nach drei Tagen im Flur ab: „Rebecca, kommen Sie doch mal bitte in die Bibliothek!" Dort ging er auf und ab: „Die Schatulle ist verschwunden. Ich weiß mir keinen Rat. Nun meine Frage: Ist Ihnen durch das Personal irgend etwas zu Ohren gekommen, ob vielleicht irgend jemand irgend etwas gesehen hat?"
Rebecca dachte laut nach: „James war an Ihrem Geburtstag die meiste Zeit draußen, hat die Möblierung beaufsichtigt, oder er hat sich um die Autos der Gäste gekümmert. Außerdem würde er jeden Eid leisten, daß es niemand aus der Familie war. Die Köchin und Daisy hingegen," Rebecca lächelte, „die stellen die absurdesten Vermutungen an, wer es warum getan haben könnte, wie er die Schachtel zu Geld machen könnte und vor allem, was er alles mit dem Geld anfangen würde. Dabei hat jede der beiden ihren Favoriten – aber ihre Phantasien sind so abenteuerlich, daß sie mit der Realität nicht das Geringste zu tun haben können."

„Und was ist Ihre Meinung?" fragte Sir Geoffrey lauernd.
Rebecca seufzte: „Mir fehlt naturgemäß jedes Gefühl für den ideellen Wert der Sachen. Aber ich denke halt bei mir, wenn jemand in großen Schwierigkeiten ist und der Erlös könnte ihm da heraushelfen, warum sollte er nicht die normannischen Fibeln der Ehre der Familie Winsley opfern?"
Sir Geoffrey lachte gequält: „Meine Liebe, normannische Fibeln sind nun leider nicht darunter, die ältesten Wertstücke stammen aus der Cromwellzeit. Aber wie ich sehe, können Sie mir auch nicht helfen!"
„Es tut mir so leid!" Rebecca schaute ihn mit traurigen Augen an. Und ging. Er blickte ihr kopfschüttelnd nach: „normannische Fibeln!"

Am nächsten Tag stellte Rebecca fest, daß jemand in ihrem Zimmer in ihren Sachen herumgeschnüffelt hatte; befriedigt nickte sie.
Und sie hatte in der folgenden Zeit noch mehr Grund, befriedigt zu nicken: Sie bekam mit, wie Geoffrey Lady Anne verriet, daß William eine neue Freundin habe, man habe sie juwelenübersät in der Bar des Hotels Windsor gesehen und daß sich Edward einen neuen Rolls Royce zugelegt habe. Lord Kellarny habe eine Luxusreise nach Indien gebucht. Dafür erfuhr sie durch das Personal, daß man darüber redete, daß Michael und Melia nun eigene Reitpferde besäßen. Unausgesprochen aber als selbstverständlich wurde betrachtet, daß alles dies nur durch den Verkauf der Juwelen möglich gewesen sei.

Kurz vor Weihnachten hatte Lady Anne Geburtstag. Obwohl die Atmosphäre in der Familie merklich frostiger geworden war, kam man zu der traditionellen Feier zusammen. Rebecca stellte

unauffällig die Schachtel mit ihrem kostbaren Inhalt zu den übrigen Geschenken. Lady Anne war neugierig; sie würde die Gaben nach dem Tee auspacken. Und tatsächlich – sie rief Rebecca, die mußte die Umhüllungen entfernen: „Oh, wie hübsch, eine Puderdose! Herzlichen Dank, meine Liebe! – Ein Schreibset, wo ich doch so viel schreibe, wie aufmerksam! Ein indischer Seidenschal, von der letzten Reise, wie zauberhaft! Ein Hütchen von Harrods – nein, wie originell! Und hier der Porzellanlilienstrauß . ."
Ein schriller Schrei ließ sie verstummen: Rebecca deutete auf die geöffnete Schachtel und setzte ein Gesicht auf, als hätte sie ein Gespenst gesehen. Lady Anna blickte hinein: „Nein!" Fassungslos starrte sie in die Schachtel. Die anderen traten näher. Sir Geoffrey stammelte: „Die Schatulle!"
„Wie kommt die denn her," Edwards Frau schaute ratlos in die Runde.
„Eine gute Frage, eine sehr gute Frage!" sagte drohend Sir Geoffrey. Aber er sah nur erstaunte Gesichter, kein einziges schuldbewußtes. Er nahm die Schatulle aus der Schachtel, brachte sie behutsam zum Tisch, öffnete sie und entnahm ihr die Inhaltsliste. Dann legte er Stück für Stück auf das Damasttuch und verglich es mit der Inhaltsangabe: „alles vorhanden. Aber warum nur, warum? Und wer?"
Das war der Gesprächsstoff bis zum Dinner, bei jedem der Paare auf dem Heimweg und noch lange danach.

Beim Personal ließ Rebecca durchblicken – und das würde sich in Windeseile verbreiten – daß Lord Kellarny zu beiden Geburtstagen mit einer verdächtig großen Reisetasche erschienen sei – tatsächlich hatte er Lady Anne darin eine Jubiläumsausgabe der Oscar Wilde'schen Bände als Geschenk mitgebracht, aber das wußte nur Rebecca. Er stecke schließlich ständig in Geldschwierigkeiten, hätte dann aber wohl keine Gelegenheit gehabt, seinen Diebstahl in klingende Münze umzusetzen, wahrscheinlich habe sich der Hehler geweigert, die heiße Ware anzunehmen.

Lustvoll verbreitete die Dienerschaft diese Version, schmückte sie je nach eigenem Vermögen fantasievoll aus, ergab sich hierbei doch die Gelegenheit, es diesem arroganten Widerling einmal heimzuzahlen: an keinem weiblichen Wesen konnte er vorübergehen, ohne an ihm herumzutatschen. Rebecca hatte einmal eine so innige Zuwendung erfahren, daß sie ihm spontan eine Ohrfeige verpaßte, woraufhin er ihre sofortige Entlassung forderte – vergeblich; Lady Anne wollte unter gar keinen Umständen auf diese unentbehrliche Hilfskraft verzichten. Wenngleich es unerträglich schien, daß eine Person niederen Standes eine derartige Impertinenz an den Tag legte – . Klammheimlich gönnte man innerhalb der Familie dem alten Lustmolch diese Schmach.

Lord Kellarny wurde das Gerücht zugetragen, er habe die Schatulle entwendet; er tobte, aber was vermochte er gegen ein Gerücht auszurichten?

Lohn der Angst

„Was liegt denn da?" Elli bückt sich.

„Ein Männergeldbeutel, na sowas," staunt Mira, „hat jemand verloren! Was is' 'n drin?"

Elli macht die pralle Börse auf: „Ja, Wahnsinn, 'n Haufen Scheine, wart mal, fünfzig, hundert, hundertfünfzig, zweihundert, Wahnsinn – dreihundert, vierhundert Euros. Obendrein irgendwelche ausländische. Dazu Kreditkarten jede Menge. Und hier ein Foto, schau mal, ein niedliches Negerbopperl!"

„Ui ja, sehr süß! Ich versteh' ja nicht, wie man sein ganzes Zeug in einen einzigen Geldbeutel stopfen kann. Mit den Karten könnten wir sein gesamtes Geld abheben. Wahrscheinlich ist die Pin auch irgendwo notiert. Geh'n wir zur Polizei?"

„Jetzt gleich? Geht nicht, ich hab' 'ne Menge Arbeit, muß noch das Angebot fertigmachen, so'n Bonze aus Grünwald hat unsere Renommierküche bestellt, über dreihundert Posten:"

„Naja, ich hab zur Zeit unseren Lehrling auf dem Hals. Also nach Geschäftsschluß!"

„Wer ist eigentlich der Verlierer? Ist der Personalausweis auch dabei?"

„Klar, war zu erwarten: Sono Jirko, komischer Name, geboren 1971 in Berlin. Schaut irgendwie spanisch aus mit den schwarzen Haaren und Augen!"

„Ich glaub' er ist eher östlich. Weißt du was? Wir gehen nicht zur Polizei, sondern zu diesem Sono direkt, ist irgendwo seine Adresse?"

Elli fingert in dem Geldbeutel herum, findet schließlich eine Hotelkarte: „Hotel Vierjahreszeiten", mit Kugelschreiber dazugekritzelt „Zimmer 423".

„Vierjahreszeiten!" Mila dreht gedankenverloren am Knopf ihres

Anoraks, „da hat der Knilch Geld. Vielleicht springt für uns mehr raus als der normale Finderlohn. Na, hoffentlich wohnt er da überhaupt noch! Paß bloß auf den Geldbeutel auf!"

Abends um 8 Uhr fahren die beiden zum Marienplatz, gehen dann zum Hotel.
Der Portier von oben herab: „Sie wünschen?" Den beiden jungen Damen in ihren Anoraks von der Stange will er offensichtlich klarmachen, daß sie in diesem Hause fehl am Platze sind.
„Wir sind mit Herrn Jirko verabredet," sagt Mila forsch, „in seinem Zimmer 423, wo ist der Lift?" Wortlos weist der Portier nach rechts.
Sie fahren mit dem Aufzug in den vierten Stock, klopfen bei 423.
Sogleich öffnet sich die Tür – der Portier hat anscheinend seinen Gast vorgewarnt – und Herr Jirko steht vor ihnen; er gleicht seinem Paßbild. „Was wollen Sie?" fragt er stirnrunzelnd.
„Wir haben etwas, das Ihnen gehört!" Strahlend zeigt ihm Elli die Börse.
„Oh," seine Kinnlade fällt herunter, „Kommen Sie rein!" Er zieht Elli ins Zimmer, Mira folgt ihr auf dem Fuße. Er macht die Tür zu, nimmt den Geldbeutel, klappt ihn auf, greift in eine Innentasche, zieht einen engbeschriebenen Zettel heraus „Haben Sie das gelesen?" Schreckgeweitet starren seine Augen Elli an.
„Wir haben – wir wollten bloß – " stottert Elli.
„Und was haben Sie – "
Es klopft. Herr Jirko fährt zusammen, steht einen Moment wie erstarrt, greift unter seine beige Cordjacke, zieht eine Pistole aus dem Hosenbund, richtet sie auf Elli und flüstert mit furchterregender Miene: „Keinen Mucks, ins Bad mit euch!" Er schubst beide hinein, macht die Tür hinter ihnen zu.

„Mein Gott," krächzt Elli.
„Sei still", flüstert Mira, „horch mal!"
Sie vernehmen Herrn Jirko: „Ja, Chef, ich komm schon!"
Eine tiefe Stimme brummt: „Hast du sie?"
„Ja, Chef, es war zwar schwierig, aber ich hab's geschafft!"
„Und wo ist sie?"
„Ins Bad hab' ich sie gesperrt, ihr den Mund zugeklebt!"
„Ich will sie seh'n"!
„Ist das nicht, ich meine, genügt das nicht, wenn sie mein Gesicht kennt? Ist es nicht besser, wenn deins unbekannt bleibt?"
„Hast vielleicht recht. Und weiter, wie besprochen?"
„Klar Chef, der Koffer ist hier, Luftlöcher hab' ich reingebohrt, Schlaftabletten sind besorgt, kein Problem. Leihwagen von Hertz in der Hotelgarage. Zugang direkt vom Lift. Navi falsch eingestellt."
„Gut, dann gieß mir mal 'nen Schnaps ein!" Man hört Gläserklirren.
„Ogottogot, in was sind wir da reingeschlittert!" Elli schluchzt auf.
Plötzlich vernehmen sie hinter sich ein Geräusch, Elli tastet fieberhaft nach dem Schalter, Licht flammt auf. Ein Stöhnen kommt aus der Dusche. Mira schaut nach und erblickt ein etwa fünfjähriges dunkelhäutiges Mädchen mit schwarzen Locken und riesigen, angstvollen Augen. Sein Mund ist mit Klebeband zugeklebt. „Um Gottes Willen, was haben diese Verbrecher denn mit dir gemacht? Komm, ich zieh dir das Zeug ab, wird wehtun, geht aber nicht anders – Meine Güte, die versteht mich sicher nicht!" Sie legt den Finger an die Lippen, zieht ihr das Klebeband ab und hält ihr den Mund zu: „Psst, nicht schreien!" Die Kleine schüttelt den Kopf.

Elli nimmt sie auf den Arm, setzt sich mit ihr auf den Toilettendeckel, streichelt sie und drückt sie an sich: „Armes Würmchen! Was machen wir nur?" Sie zittert am ganzen Körper.

Mira runzelt die Stirn: „Der Sono schaut aus, als würd' er nicht lange fackeln. Raus können wir nicht. Aber - " Sie schaut aus dem Fenster. „Ich werd' mal was probieren." Sie zieht Anorak und Pullover aus, macht das Fenster auf, stellt sich davor auf den Badhocker, und fängt an, sich weiter auszuziehen, langsam die Bluse: „Kein Mensch schaut rauf!" seufzt sie. Sie zieht die Strumpfhose aus und läßt sie hinunterflattern. Diese legt sich einem Passanten auf den Kopf, der reißt sie herunter, blickt sich um, dann nach oben, sieht Mira, die nun im himmelblaugeblümten BH dasteht. Allmählich sammelt sich unten eine Traube von Menschen, gafft hinauf. Mira löst den BH und wirbelt ihn in der Hand, wie sie es bei den Stripperinnen im Fernsehen gesehen hat. Dann fängt sie an, sich lasziv zu drehen und zu wenden, jedenfalls so, wie sie sich Laszivität vorstellt. Dann nestelt sie an ihrem high leg panty, zieht ihn zwei Zentimeter hinunter, einen hinauf. Tatsächlich kommt bald die Funkstreife, vier Mann stürzen aus dem Wagen und starren nach oben. Als sie lange genug gestarrt haben, verschwinden sie im Hoteleingang. „Gottseidank," stöhnt Mira, „mir fällt nichts mehr ein und saukalt ist's außerdem!"

Sie hören Klopfen: „Herr Jirko, machen Sie bitte auf!" Das Gespräch der beiden Gangster verstummt. „Ja bitte," läßt sich dann Herr Jirko vernehmen. „Dürfen wir mal in Ihr Bad?" sagt eine herrische Stimme. „Was fällt Ihnen ein! Meine Frau ist gerade in der Dusche!" Aber da wird auch schon die Badezimmertür aufgerissen, vier bemützte Köpfe schauen herein. Hinter ihnen lugt der Portier neugierig hervor. Mira hat sich inzwischen den Anorak übergezogen.

„Irgend jemand erregte hier öffentliches Ärgernis," grinst einer der Polizisten.
„Halten Sie die Männer fest!" schreit Mira, „Das sind Gangster! Die haben diese Kleine hier entführt!" Sie deutet auf das Mädchen, das sie fest umklammert.
„Das ist ja die Tochter des afrikanischen Botschafters!" schreit der Portier.
„Die Männer sind verschwunden," schreit ein Polizist.
„Wir müssen gleich den Hauptkommissar herholen," schreit ein anderer und drückt die Handy-Tasten.
Der Portier deutet auf Elli: „Die Eltern stehen tausend Ängste aus, seit Vormittag wird das Kindermädchen mit seinem Schützling vermißt. Das Kind muß sofort zur Suite Nr. 1003 gebracht werden."
„Jawohl, machen wir," der wortführende Polizist wendet sich an Elli, „kommen Sie, junge Frau, geh'n wir!" Und zum Portier: „Begleiten Sie uns bitte zu der Suite!"
„Oh, Gottseidank haben die Gangster ihr Opfer nur zwischengelagert, sozusagen. Da sind wir ja gerade recht gekommen."
Elli seufzt abgrundtief. Dann steht sie auf, wobei die Kleine sie immer noch eisern umklammert hält. Der Polizist will sie ihr abnehmen, aber auf ihr Geschrei hin läßt er es lieber bleiben. Zu Viert verlassen sie das Zimmer.

Der Hauptkommissar kommt in wenigen Minuten, befragt Mira. Es stellt sich heraus, daß Jirko die Tochter des Botschafters von Benin entführt hat, der mit Familie und Personal im Hotel logiert, und dessen Kindermädchen offensichtlich mit den Entführern unter einer Decke steckte.
Die Polizei begibt sich auf die Suche nach den Flüchtigen.
Mira eilt zu ihrer Freundin, die in der Suite des Botschafters auf dem Sofa sitzt und die rechte Hand der Kleinen umklammert,

während eine üppige Schwarze mit einem imposanten goldkarierten Turban auf deren anderer Seite thront und die Linke tätschelt. Elli berichtet gerade etwas konfus das Abenteuer; eine junge Frau dolmetscht und der Polizist notiert eifrig. „Und das alles haben wir einem verlorenen Geldbeutel zu verdanken," wundert sich der Botschafter.
„Wir haben nicht mal Finderlohn bekommen," fällt Mira plötzlich ein.
„Oh, da sollen Sie nicht drauf verzichten müssen," lacht der Botschafter, „Die Befreiung unseres Kindes lasse ich mich schon etwas kosten!" Er langt in seine Jackentasche, zieht ein dickes Bündel Banknoten hervor, blättert und blättert nach etwas Passendem und drückt jeder gönnerhaft fünf Euros in die Hand.

Märchenhaftes

Das Standbild

Hoch über der Stadt stand auf einer mächtigen Säule die Statue des Prinzen. Sie war über und über mit dünnen Goldplättchen bedeckt; statt der Augen hatte sie zwei glänzende Saphire und ein großer roter Rubin leuchtete auf seiner Schwertscheide.

„Ich bin zufrieden," nickte Prinz Claus, „mein Ebenbild ist gut gelungen. Dank dir, mein Volk. Ich verspreche, es dir zu lohnen."

„Hoch lebe unser Prinz, Gott segne ihn!"

Claus lächelte huldvoll. Sodann ritt er an der Spitze der Menschenmenge zum Städtchen hinunter, wo zu Ehren seines dreißigsten Geburtstages ein Volksfest stattfand.

Eine Woche nach diesem Ereignis verstarb sein schwerkranker Vater, und er wurde König Claus XVII.

Bei der Thronbesteigung verkündete er sein Programm: „Es lebe die Faulheit! Hart ist es, wenn man eine ungeliebte Tätigkeit ausüben muß. Lange genug litt ich unter meinen Pflichten, deshalb verkünde ich, daß ab nun niemand mehr zu tun braucht, was ihm mißfällt. Jeder erhält jeden Monat 100 Claustaler, womit er seinen Lebensunterhalt bestreiten kann."

„Hurra", schrie die Menge und warf Mützen in die Luft. Um genau zu sein – ein kleiner Teil jubelte nicht, das waren die Reichen, deren Vermögen die Staatskasse füllen sollten.

Für die anderen begann ein paradiesisches Leben:

Wenn die Hähne krähten, sprangen die Kinder aus den Betten, griffen sich aus der Küche einen Kanten Brot und aus dem Faß im Keller eine Handvoll Dörrpflaumen und hüpften auf die Gassen, wo sie mit den anderen den ganzen Tag herumtobten und Streiche aushecken, bis sie spät abends todmüde in die

Betten sanken.

Beim Zehnuhrläuten erhoben sich die Frauen, schnitten eine Scheibe Brot vom Laib, tranken einen Becher Honigwasser und eilten zur alten Linde, wo sie sich mit anderen Bürgerinnen zu einem ausgedehnten Plausch einfanden.

Nach dem Zwölfuhrläuten standen die Männer auf, begehrten ihr Essen – jedoch vergeblich. Alsbald strebten sie der „Grünen Gans" zu, dessen Wirt seine Tätigkeit nicht als Arbeit sondern als Lebenselixier verstand und gern Wein und Bier ausschenkte. Zu essen allerdings hatte auch er nichts zu bieten.

Die paradiesischen Zeiten brachten es mit sich, daß der Bader mit seinem Handwerk nichts mehr zu tun haben wollte, daß der Schuster nur noch zierliche Samtpantöffelchen fertigte, daß der Bäcker seinen Laden dem Lehrling überließ, der lediglich Brezeln feilbot, da er diese mit großem Vergnügen drehte. Der Metzger schlachtete, falls er selber Lust auf eine Schweinshaxe verspürte. Die Bauern verkauften Kühe und Stiere im Nachbarland, behielten allein die Ochsen und Muttertiere, die sie auf den Gemeindeanger zum Weiden schickten. Der Richter, der es satt hatte, sich die dummen Ausreden der Übeltäter anzuhören, zog sich in sein Zweithäuschen am See zurück und widmete sich dem Angeln.

Da im Schlosse wie überall die Diener davongelaufen waren, grasten die Pferde im Park, wo sie sich an den exotischen Pflanzen besonders gern gütlich taten. Die Bürger spazierten in den Sälen herum, befingerten alles, nahmen etliches mit.

Auch König Claus verspürte die paradiesischen Zustände am eigenen Leibe: Am ersten Morgen wunderte er sich: weder kam der Kammerherr, um ihn anzukleiden, noch erschien ein Diener mit dem Frühstück. Daß der Zeremonienmeister abwesend blieb, erleichterte ihn, brauchte er doch nun dessen Anweisungen nicht zu befolgen. Glücklicherweise hatte Claus der Tradition trotzend ein Mädchen aus dem Volke geehelicht: Evaline, die umschwärmteste Tänzerin des „Blauen Stier," (was betrübte Mienen sämtlicher männlicher Bürger zwischen 16 und 60 Jahren zur Folge gehabt hatte). Diese Evaline nun war in der Lage, ihrem Gemahl ein Essen zu kochen – falls sie ein paar Zutaten im Städtchen hatte auftreiben können.

Wie es im Leben so geht, murrten die Leute bald. Die Frau des Schneiders sprach beim König vor: „So geht das nicht weiter, meine sieben Kinder kosten mich den letzten Nerv, wenn sie bei Regenwetter den ganzen Tag im Haus herumtoben. Mein Mann hält sich nur im Wirtshaus auf. Die Dienstboten müssen wieder her!"
Die Kräuterfrau fiel in das Wehklagen ein: „Ich weiß nicht, wie ich die Familie ernähren soll, der Metzger brüht, falls er Lust hat, einmal die Woche Würste, bei der Bäuerin gibt es keine Eier und der Müller mahlt schon lange kein Mehl mehr. Die Krämer müssen wieder verkaufen."
Der Schneider beschwerte sich: „Für uns Männer sind trostlose Zeiten angebrochen; die Mädchen des „Blauen Stier" müssen wieder tanzen!"
„Ich habe euch die Freiheit gebracht, und ihr wißt damit nicht umzugehen. Das ist nicht meine Schuld!" sagte der König und ließ sie stehen.

Als er und Evaline eines Nachmittags von einem Ritt zurück kamen, stellte sie fest, daß ihre Schmucktruhe abhanden gekommen war. Die Königin stemmte die Arme in die Seiten und sagte mit zornbebender Stimme: „Ich habe Prinz Claus, einem schönen, reichen, mächtigen Manne, Treue bis zum Tode gelobt,

aber nicht König Chaos, der jammervoll und armselig durch sein Reich schleicht, und unsäglich grämlich aussieht. Schau dich nur einmal im Spiegel an! Von Graf Kaselher aus dem Nachbarland erhielt ich einen ehrenvollen Antrag, er wird mich morgen abholen."
Und tatsächlich kam am nächsten Tag eine sechsspännige Kalesche angefahren, ein schöner junger Mann in blauem, goldverbrämtem Seidengewand stieg aus, küßte Evaline die Hand, und half ihr beim Einsteigen. Sechs Lakaien sprangen um sie herum. König Claus seufzte abgrundtief.
Zum Glück fand sich eine kleine Wäscherin bereit, Suppe und Bett mit dem König zu teilen.

Das Volk begann, auf „König Chaos" zu schimpfen und ihn mit Steinen zu bewerfen.
Ein Ereignis brachte das Faß zum Überlaufen: Die Färbersfrau hatte ihre drei Kinder fast verhungern lassen, ein paar Frauen schlugen daraufhin mit rußigen Bratpfannen. auf sie ein. Als man dies dem König vortrug, zuckte er die Schultern: „Es ist die Unzulänglichkeit der Menschen, daß sie im Garten Eden nicht zu leben wissen!"
Da gingen die Leute mit Stöcken auf ihn los, nur die Schnelligkeit seines Pferdes rettete ihn. „Undankbares Pack," dachte er bei sich, „bringe ich ihm das Paradies und dafür will es mich verprügeln. Ich habe genug von ihm, soll sich ein anderer damit herumschlagen!"
Er ritt ins Nachbarland und suchte nach einem Manne, der ihm ähnlich sähe. Am dritten Tag fand er ihn in einem ärmlich gekleideten Lohnkutscher, „Guter Freund," sprach ihn König Claus an, „gar mühsam mußt du dein Brot verdienen; hättest du nicht Lust, meine Rolle zu spielen? Du bekommst meine Kleider und jeden Monat 200 Claustaler."

„Dafür spiele ich auch die Rolle des Teufels," sagte der Lohnkutscher vergnügt, und schlüpfte in das kostbare Gewand. Der König kaufte ihm einen prächtigen Apfelschimmel. Er selbst erstand einen schwarzen Umhang und zog sich einen schwarzen Hut tief ins Gesicht. „Ich begnüge mich mit dem Posten deines Beraters," sagte er.
Auf dem Heimritt berichtete er ihm alles über die Zustände in seinem Lande. „Rede freundlich mit den Leuten, dann werden sie dir nichts tun," versprach er.
Sie kamen ins Städtchen, wo sie mit Schmährufen empfangen wurden, auch flogen etliche Steine. Der falsche König stieg vom Pferd und fragte die Umstehenden: „Gute Leute, was habe ich euch getan?"
„Da fragt Ihr noch? Das ganze Land habt Ihr ins Chaos gestürzt, nirgendwo herrscht Ordnung!" antwortete grimmig der Apotheker.
„Wo drückt euch der Schuh? Schüttet mir euer Herz aus, ich werde sehen, ob ich euch helfen kann."
Ein Mann mit struppigem Bart und zerrissener Hose beschwerte sich: „Sieh zum Beispiel die Bengel, den ganzen Tag treiben sie sich auf den Gassen herum, bewerfen sich mit Unrat und stoßen die Leute in den Straßenkot, der sich ellenhoch angehäuft hat."
„Das ist freilich schlimm. Sie müssen zur Schule gehen."
„Sie werden nicht wollen," fürchtete die Krämerin.
„So sollen die Väter sie hinbringen!" Der falsche König schnitt mit seinem edelsteinverzierten Degen einen Ast ab, „Notfalls unter Zuhilfenahme dieses königlichen Rohrstocks!!"
„Bravo," riefen die Männer und Frauen, die Kinder jedoch schrieen wie am Spieß.
„Könnt Ihr nicht ein Gesetz erlassen, damit wir wieder Brot und Fleisch und Milch kaufen können?" fragte die Frau des Täschners.

„Es besteht das Gesetz der Faulheit, das kann ich nicht ändern. Aber vielleicht gibt es einen Ausweg: Jeder soll eine Tätigkeit zum Wohle der anderen ausüben, jedoch darf er tun, was ihm Freude macht: Wenn der Bäcker lieber Silberringe schmiedet, kann der Kaminkehrer Brot backen. Wenn die kinderlose Witwe sich der Söhne der Müllerin annehmen will, kann die Müllerin zum Holzsammeln gehen. Wenn der Stadtschreiber lieber Kohl erntet, kann der Bauer Fische fangen."
„Nein," sagte der Stadtschreiber, „niemand schreibt so schön wie ich, da will ich doch lieber meinen alten Beruf ausüben."
„Ich auch," sagte der Metzger, „ich tu's zwar nicht gern, aber immer noch besser als was anderes." „Es ist schlecht bestellt mit der Sicherheit in unserem Städtchen," seufzte der Goldschmied, „das Gesindel wird immer dreister. Vorgestern rissen sie mir meine goldene Uhr von der Weste – niemand gebietet ihnen Einhalt, niemand ist da, sie zu bestrafen."
„Ich würde das gern übernehmen," ließ sich der Schmied vernehmen. Da er der stärkste Mann im Städtchen war, übertrug der falsche König ihm das Amt des Polizeihauptmannes: „Das mag genügen. Soll der Richter dafür den Markt mit fetten Karpfen versorgen!"
Der Puppenspieler erbot sich, die ungebärdigen Kinder zu zähmen und sie zu unterrichten. Den Eltern kam jeder recht.

Es ließ sich gut an. Zwar würzte der neue Bäcker seine Kuchen mit Pfefferminze, und beim Mehl des unerfahrenen Müllers biß man sich gelegentlich an einem Stein einen Zahn aus, aber es gab genug zu essen.
Jeden Tag um die Mittagszeit kam der falsche König zum Markt, redete mit den Leuten und hörte sich ihre Sorgen an. „Er ist zu Vernunft gekommen, unser guter König Claus," sagten die Bürger, und warfen nicht mehr mit Steinen.

Dem echten König behagten weder die Beliebtheit seines Doppelgängers, noch dessen Neuerungen. Vergeblich versuchte er, ihm seinen Willen aufzuzwingen.
„Ihr seid keiner aus dem Volke, Ihr versteht es nicht," sagte der falsche König und tat, was er für richtig hielt.

An seinem 40. Geburtstag legte König Claus sein Festgewand an, holte einen Krug alten Weines aus dem Keller und trank ihn einsam in der Ahnengalerie.

Das Volk indes feierte ausgelassen auf dem Marktplatz. Abends wurde ein Feuerwerk abgebrannt, Tanz war in allen Gassen. Eine Lichterprozession wandelte zum Standbild des Prinzen auf dem Berg, man setzte ihm eine silberne Krone auf „von den dankbaren Untertanen, die Ihr durch ein schmerzhaftes Experiment vom Werte der Arbeit zu überzeugen vermochtet," sagte der Stadtschreiber, worauf der falsche König antwortete: „Ich danke meinem Volke, das meinem unklugen Plan zu einem guten Ende verhalf."

Voll Ingrimm sah der echte Claus vom Schloßfenster aus, wie alle Welt dem anderen huldigte. Neid fraß an seinem Herzen, Zorn verzerrte seine Züge. „Was für ein undankbares, unverständiges Volk sind doch meine Untertanen! Sie verdienen mich nicht! Sollen sie nur weiter dem Lohnkutscher huldigen, seiner sind sie würdig. Ich will mit ihnen nichts mehr zu tun haben." Aus der Schatzkammer füllte er zwei Satteltaschen mit sämtlichen Claustalern, bestieg sein Roß und ritt ins Nachbarland. Dort fand er ein kleines, gemütliches Schloß, ließ sich von einer Putzmacherin verehren, und regierte über ein Dutzend gut entlohnter Diener.

Snowy

Reporter:
Hoheit, bis vor kurzem gaben Sie keinerlei Interviews. Doch nun haben Sie Ihre Meinung geändert?

Snowy:
Nachdem die Goldene Gazette haarsträubende Lügen und die Bunte Revue peinlichen Unsinn über mich geschrieben haben. Mit diesem Interview wird das Volk die Wahrheit erfahren.

Reporter:
Hoheit, Ihr voller Name lautet Gloria Fürstin zu Hohenberge – Niedertalkirchen – doch kennt man Sie nur als Snowy –

Snowy:
Meine Mutter selig, einem unbedeutenden Adelsgechlecht entstammend, wollte mit ‚Snowy' Weltläufigkeit beweisen. Ich hatte damit zu leben.

Reporter:
Ihr Herr Vater hat sich erneut verehelicht?

Snowy:
Von jeher wurde er umschwärmt: Erstens sah er gut aus, zweitens war er ein Fürst und drittens reich; die Damen rissen sich um ihn. Zum Traualtar schleppte ihn dann meine Stiefmutter, die in Paris Revuegirl gewesen war.

Reporter:
Oh la la

Snowy:
So zog diese Person bei uns ein. Und was tat sie als Erstes? Danach trachten, mich für immer loszuhaben. Sie verkaufte mich an einen Scheich für seinen Harem.

Reporter:
Nicht möglich!

Snowy:
Bei meiner Stiefmutter durchaus! Der Obereunuch kam, betrachtete mich von allen Seiten, und legte mir einen dreiseitigen Wisch vor. Da stand, daß ich zur Favoritin ausersehen sei. Das gefiel mir ganz gut, aber weiter stand drin, was ich alles tun müsse, und vor allem, was ich unter Verwirkung meines Lebens nicht tun dürfe.

Reporter:
Mir fehlen die Worte!

Snowy:
Also, ich tat so, als fühle ich mich sehr geehrt, unterschrieb und stieg mit dem Eunuchen in eine schwarze Limousine. Dauernd tat ich kund, wie ich mich auf den Scheich freue, und auf das luxuriöse Leben mit den anderen Haremsdamen. Aber - an der nächsten Tankstelle, als der Fahrer Super zapfte und der Eunuch bezahlte, büxte ich aus.

Reporter:
Wie bitte? Büxte?

Snowy:
Ein Ausdruck aus meiner bürgerlichen Phase. Also ich ver-

steckte mich in einem italienischen Lastwagen, der Tomaten, Paprika und Knoblauch transportierte. In einer größeren Ortschaft machte ich mich bemerkbar. Der Fahrer überredete mich, mit ihm in die nächste Stadt zu fahren, wo er ein Zimmer habe, das ich mit ihm teilen könne. Das tat ich dann auch. Da er meistens unterwegs war, genoß ich das Leben. In einer Disko lernte ich die Mitglieder einer Rockband kennen, tolle Typen, die „Rapper-Zapper" – Sie kennen sie sicher –

Reporter:
Bedaure, diese Herren sind mir im Moment nicht geläufig -

Snowy:
Komisch. Na, also die haben mich eingeladen. Sie besaßen ein Häuschen hinter den sieben Bergen in einem Wald, wo sie ungestört üben konnten. Naja, da bin ich zu ihnen gezogen, habe ihnen den Haushalt geführt. Das war mal was ganz anderes und hat mir Spaß gemacht. Sie waren zu siebt, so schlief ich jede Nacht in einem anderen Bettchen, es war sehr abwechslungsreich. Nur wenn sie auf Tournee waren, blieb ich allein, da war mir langweilig.

Reporter:
Sieben Männer, wie unterhaltsam. Andere Gesellschaft hatten Sie nicht?

Snowy:
Weit und breit gab's keine Ortschaft. Deshalb war ich froh, als eines Tages eine Frau anklopfte: Sie hatte sich verfahren und wollte mich nach dem Weg fragen. Ich kochte Kaffee und wir plauderten ein bißchen. Vertreterin für Damenwäsche war sie, und sie zeigte mir ein paar Stücke aus ihrer Kollektion, verführerische Sachen, Spitzen und Rüschen, na, Sie wissen

schon. Sie schaute mich an und sagte, ich sei ein so bildschönes Mädchen – Sie entschuldigen, aber das sagte sie, und wenn eine Frau das sagt, glaubt man es ihr, im Gegensatz zu den Männern, bei denen unweigerlich bestimmte Absichten dahinter stecken –

Reporter:
Wie recht diese Unbekannte hatte! Auch wenn ich mich dadurch dem gleichen Verdacht aussetze –

Snowy:
Also, die meinte, mit dem Zeug, was ich trüge, könne man nicht mal im tiefsten Wald Furore machen. Dabei zog sie aus ihrer Tasche einen kardinalsroten Body mit schwarzer Spitze und schenkte ihn mir, weil ich so nett sei. Ich war begeistert und probierte ihn gleich an.
Er war so eng, daß ich kaum reinkam, aber sie sagte, er mache eine Superfigur und quetschte mich hinein. Dabei verlor ich die Besinnung.
Als meine Rapper-Zapper zurückkamen, fanden sie mich ohnmächtig auf der Diele liegen. Einer schnitt den Body auf und ich kam wieder zu mir.

Reporter:
Sensationell! Und diese geheimnisvolle Frau?

Snowy:
Später reimte ich mir zusammen, daß sie von meiner Stiefmutter geschickt worden war, um mich umzubringen; mein Vater war schwerkrank und sie wollte allein erben.

Reporter:
Ab da waren Sie hoffentlich vorsichtig?

Snowy:
Nein, wieder bin ich reingefallen. Diesmal war es ein Mann, der vorbeikam, und fragte, ob er telefonieren dürfe, sein Handy funktioniere nicht, wohl wegen der Berge; ich bat ihn herein. Wir plauderten und er erzählte, daß er Haar-Stylist und auf dem Wege in die Stadt sei, um für ganz phantastische Produkte zu werben. Er zeigte mir Photos von schönen Mädchen mit herrlichen Haaren, und verschiedene Flakons, in denen Haarfärbemittel waren. Seufzend schaute er mich an, und meinte, daß mir bei meinem hellen Teint blonde Haare wunderbar stehen müßten.

Reporter:
Aber nein doch, welch ein Frevel! Sie haben doch bitte nicht etwa Ihre prachtvollen, ebenholzschwarzen Locken färben lassen?

Snowy:
Ich dachte mir, das sei eine hübsche Überraschung für meine Sieben. Also ließ ich mir die Haare blondieren.
Glücklicherweise kamen meine Sieben bald heim, fanden mich erneut wie tot am Boden liegen, steckten meinen Kopf in einen Kübel mit heißem Wasser, wuschen mit Kernseife das Zeug aus und ich erholte mich wieder.

Reporter:
Das ist ja schrecklich! Sie haben hoffentlich aus diesen Erfahrungen gelernt?

Snowy:
Nein. Ein drittes Mal wurde ich Opfer meiner Naivität: Diesmal kam meine Stiefmutter persönlich. Total unkenntlich hatte sie

sich hergerichtet. Ich hängte gerade Wäsche im Garten auf, da sah ich ein altes Muttchen beim Beerenpflücken. Ich rief es an und lud es zu einer Tasse Kräutertee ein. Erst zierte es sich, aber dann kam es doch und wir tranken gemütlich unseren Tee auf dem Tisch vor der Hütte. Es tat so dankbar und freundlich, schließlich schenkte es mir einen wunderschönen Apfel. Und bestand darauf, daß ich ihn gleich aß, weil es sehen wollte, ob er mir schmeckte.

Reporter:
Um Himmels Willen! Hinter dem steckte doch sicher wieder eine Teufelei?

Snowy:
Also, meine Sieben haben mir erzählt, daß sie mich stocksteif vor dem Haus liegend vorgefunden hatten, aber nicht entdecken konnten, was mit mir los war. So beschlossen sie, mich schleunigst zu einem Arzt zu fahren. Sie legten mich also auf die Rückbank ihres Kleinbusses und rasten los. In einer Kurve touchierten sie einen Porsche. Das Entsetzen können Sie sich vorstellen! Noch größer aber war ihr Erstaunen, als ich das Fenster herunterkurbelte und fragte: „Was ist denn los?"
Bei dem Aufprall war das Apfelstück aus meinem Mund gefallen.

Reporter:
Dem Himmel sei Dank! Sie haben einen ganz eifrigen Schutzengel!

Snowy:
Meinen Musikanten sagte ich Lebewohl und fuhr mit dem Porschefahrer davon. Dabei bemerkte ich, daß er nicht ganz

nüchtern war; er hatte seinen Kummer ertränken wollen, denn seine Freundin hatte ihn gerade verlassen. Es gelang mir, ihn dieses Weib vergessen zu lassen.
Schließlich stellte er sich vor: Bodo Fürst von Hohenberge – Niedertalkirchen. „Ich bin Prinzessin Snowy von Schneewimpfen" sagte ich. Ganz begeistert war er da: „Oh, endlich eine Dame von Adel, eine, die voll Anmut und Haltung durchs Leben schreitet, eine mit edlem Gemüt und hoher Gesinnung, eine, der der schnöde Mammon nichts gilt!"
Auch ich war des Umgangs mit den ungehobelten Bürgerlichen herzlich überdrüssig und so schlossen wir den Bund fürs Leben.

Reporter:
Wie romantisch, ein Held, Liebe auf den ersten Blick, Adel und ein Happy End! So etwas lieben unsere Leserinnen! Und was geschah mit Ihrer abscheulichen Stiefmutter?

Snowy:
Die haben wir zur Hochzeit eingeladen. Sie konnte es nicht ertragen, daß eine andere die Hauptperson war und mußte sich produzieren. Nach dem Mahl trat sie als Revuestar auf, in einem mehr als gewagten Straußenfederkostüm. Gekonnt, aber sehr undezent, schmiß sie ihre Beine. Als sie die Treppe hinuntertänzelte, verhedderte sie sich mit ihrem Absatz in der Federboa und stürzte die gesamte Treppe hinunter, von oben bis unten.

Reporter:
Und – war sie tot?

Snowy:
Halbseitig gelähmt. Ich ließ sie in ein Sanatorium verfrachten, weit hinter den sieben Bergen.

Reporter:
Bravissimo! Die Gerechtigkeit hat den Sieg davongetragen.

Snowy:
Ja, in einem Märchen siegen immer die Guten und Schönen!
Reporter:
Was unsere Leserinnen brennend interessiert: Sie sind immer noch glücklich verheiratet?

Snowy:
Wenn man eine Zeitlang mit sieben Männern zusammengelebt hat, ist natürlich ein Einziger auf Dauer zu wenig. Und Bodi – naja, er hatte von jeher ein Faible für die holde Weiblichkeit. Deshalb haben wir beschlossen, ein bißchen Leben ins Schloß zu holen und einen Club „Rote Liebe – blaues Blut" zu gründen, in dem sich der Adel treffen, und für eine Weile von seinem jeweiligen Partner erholen kann.

> Walle, walle blaues Blut!
> Abwechslung tut oftmals gut:
> Tretet ein in das Palais
> genießt und schweigt – faites votre jeux!

Reporter:
Lyrische Erotik – großartig!

Snowy:
Ja, ich dichte gern.

In unserem Club werden mein Gatte und ich bei Bedarf, oder nach Lust und Laune einspringen. Außerdem spült das Unternehmen eine Menge Euros in unsere schwindsüchtige Schatztruhe.

Reporter:
Verzeihen Sie meine Indiskretion, Hoheit, aber Sie haben den schnöden Mammon doch nicht nötig?

Snowy:
Hach, Sie haben ja keine Ahnung, wie hoch die Kosten für Haus, Hof und die zahlreiche Dienerschaft sind!
Nicht einmal den Zauberspiegel konnte ich bisher reparieren lassen, in den meine Stiefmutter wutentbrannt ein Flakon mit Duftwässerchen geschleudert hat!

Reporter:
In diesen unersetzlichen Spiegel? Welcher Teufel hat sie denn da geritten?

Snowy:
Wie immer hat sie ihn gefragt. wer die Schönste im ganzen Land ist, und seine Antwort war:
    Frau Königin, Ihr seid die Schönste hier,
    aber Snowy im Walde der Eichen,
    auf der A 7 leicht zu erreichen,
    ist tausendmal schöner als Ihr!

Reporter:
Tausendmal schöner – was für eine Untertreibung! Doch kann ich mir gut vorstellen, daß sie da vor Wut fast geplatzt ist!

Snowy:
Aber ich muß jetzt für die Reparatur des Zauberspiegels einen Haufen Scheine hinblättern. Und was der Unterhalt von so einem ehrwürdigen Gemäuer kostet – In mein Turmstübchen regnet es seit einiger Zeit herein.

Reporter:
Ist es das Turmstübchen, in dem Sie sich mit der Spindel in den Finger gestochen haben?

Snowy:
Genau, in dieses.
Reporter:
Oh, erzählen Sie!

Snowy:
Gemach – gemach – diese Geschichte erfordert ein neues Interview.

Reporter:
Um Himmels Willen, dieser Banause von Chefredakteur hat schon über das heutige Honorar gestöhnt -

Snowy:
Gute Ware – gutes Geld. Andere Gazetten werden sicherlich gern . . .

Reporter:
Nein, nein, nein – ich werde ihn überreden. Nein, zwingen werde ich ihn!

Snowy:
Gut so, also für heute au revoir, mein lieber Freund!

Reporter:
Hoheit, es war mir ein Vergnügen! Auf ein sehr baldiges Wiedersehen!

Fernöstliches Nahwestliches

Ein Urlaubstraum

Mark Twain sprach mir aus der Seele, wenn er schrieb, daß ein Mensch mit ungehemmter Einbildungskraft einen Fehler begeht, schickt er sich an, eines der Weltwunder anzusehen; die Wirklichkeit enttäusche ihn jedes Mal.

Genauso ging's mir: Studierte ich die Reiseprospekte, war ich nur zu gern bereit, die blumigen Beschreibungen für bare Münze zu halten. Aber was fand ich? Statt der „pittoresken Altstadt" eine Ansammlung von heruntergekommenen Häusern; die „römische Arena" glich einem Trümmerhaufen; der „einmalige Lorbeerwald" bestand aus einem Hain magerer Bäumchen, die „großartige Dünenlandschaft" schrumpfte zu ein paar Hügelchen zusammen, der „spektakuläre Wasserfall" quälte sich über seine drei Felsstufen.
Ich erwachte aus meinem Traum.
Nach vielen Jahren Reiseerfahrung ist es gelungen, mir meine Vertrauensseligkeit auszutreiben, der Wahrheit gefaßt ins Auge zu sehen und zu erkennen, wie verlogen Prospektautoren sind. Geläutert, abgestumpft, desillusioniert plante ich eine Reise nach Neuseeland – allseits gerühmt als das schönste Land der Erde.
Die schönste Stadt, das schönste Schloß, den schönsten See, das schönste Dorf der Welt – alle hatte ich kennengelernt und allenfalls mit Note zwei bewertet. Neuseeland sollte sich nur nicht zu früh rühmen!
Dann sitze ich eines Nachmittags am Ufer eines Flusses. Seine kleinen silbrigblauen Wellen hüpfen über Kiesel, vorbei an einer Sandbank, auf der lupinenartige Blumen wuchern – in gelb, rosa, rot und violett. Der Fluß windet sich durchs Tal vor den mit dichtem Gras bewachsenen Hügeln. Gruppen der verschiedensten Laubbäume sind wie zufällig daraufgesetzt.

Dahinter erheben sich dunkle Berge mit ihren im Sonnenlicht weißsilbern glitzernden Schneeflecken. Keine Menschenseele ringsumher, bis auf einen reglosen Angler in der Ferne. Vogelgezwitscher und das Plätschern des Wassers sind die einzigen Laute. Traumhaft.

Ich wandere durch einen Regenwald. Ein Bach mit rotbraunem Wasser und weißen Schaumkrönchen schlängelt sich am Weg entlang, umfließt Felsbrocken, bildet Kaskaden. In einem tief ausgewaschenen Loch haben sich irgendwelche organischen Stoffe zu einer seifenschaumähnlichen Masse zusammengeklumpt; wie eine Hochzeitstorte kreiselt sie auf dem Wasser. Uralte, moosüberwucherte Stämme stehen und liegen umher, an einigen Stellen mit sattem Grün frisch austreibend. Pittoreske Schmarotzerpflanzen siedelten sich auf ihnen an – liegend, stehend, und hängend bezaubernde Arrangements bildend. Farne in allen Größen, mit mächtigen Blättern in kräftigem Grün bis zu feinfiedrigen hellen Wedeln, manche schneckenförmig eingeringelt, machen sich zwischen den Bäumen breit. Ein Chor von Vogelstimmen beherrscht den Wald. Ich setze mich auf einen Stein und schaue zu, wie ein im Sonnenlicht glitzernder Wasserfall den Bach aufrührt, mit lautem Platschen. Keine Menschenseele weit und breit. Natur – urweltlich. Traumhaft.

Durch einen lichtdurchfluteten Märchenwald streife ich, klettere grasbüschelbewachsene Dünen hinunter zum Meeresufer. Meine Zehen graben sich in weißen Sand. Meilenweit zieht sich die Bucht hin. Die ausladenden Bäume mit den leuchtendroten, puderquastenähnlichen Blüten spenden großzügig Schatten. Gelegentlich kann ich nicht widerstehen, eine der flachen Muscheln mit dem sanften Perlmuttschimmer aufzuheben – fürs Fotoalbum daheim, wo sie zu den Bildern geklebt werden.

Weiße, rotfüßige Vögel fahren mit ihren langen roten Schnäbeln in die Gänge der Sandwürmer.
Weit hinten bauen ein paar Kinder an einer Sandburg, auf den Wellenbergen tauchen gelegentlich die Köpfe dreier Schwimmer auf.
Ich setze mich auf das weißgebleichte Skelett eines angeschwemmten Baumes, versenke mich in das stets von neuem faszinierende Schauspiel der Wellen des türkis bis violett leuchtenden Meeres. Ein paar Inseln sind hineingesetzt, baumverziert. Die Silhouette eines Schiffes unterbricht die scharf gezeichnete Horizontlinie. Seevögel kreischen. Sonst herrscht Stille. Traumhaft.

Die blumigen Beschreibungen der Reiseprospekte von Neuseeland erwiesen sich gegenüber der Wirklichkeit als armselige Machwerke. Mein Traum ist wahr geworden. Ich kann die Augen schließen, und bin wieder an dem Fluß mit den vielfarbigen Blumen, in dem Regenwald mit seinen Baumriesen, an dem Ufer des türkisblauen Meeres. Und wenn ich es mir sehr wünschte, könnte ich – vielleicht – noch einmal diesen Traum erleben –

Braune Augen – Rote Käfer

Er mußte sich etwas einfallen lassen, der Gerichtsvollzieher würde in den nächsten Tagen bei ihm auftauchen. Und alles mit seinem Kuckuck verzieren. Alles, ohne Ausnahme. Arno entschloß sich, sofort zu handeln. Er rief beim Flughafen an, die nächste Maschine nach Bangkok ging um 14.55 Uhr. In der buchte er einen Platz. Dann packte er Koffer, Reisetasche und Rucksack, ging zur Bank und schöpfte seinen Überziehungskredit aus, räumte das Apartment auf, sperrte die Wohnungstür hinter sich zu und warf den Schlüssel dem Hausmeister in den Briefkasten. Er nahm die S-Bahn zum Flughafen, checkte ein, flog ab.

Frühmorgens in Bangkok angekommen, rief er Simon an, einen Kollegen von der Bank, bei der er einmal gearbeitet hatte. Vor fünf Jahren hatte sich Simon zur Filiale in Thailand versetzen lassen. Er freute sich über den Besucher aus Deutschland, lud ihn zum Essen ein und bot ihm an, ein paar Tage in seinem Haus zu wohnen. Gern nahm Arno das Angebot an. Er besichtigte die Sehenswürdigkeiten, genoß das fremdartige Treiben und gewann dabei zusehends Abstand zu den heimatlichen Problemen. Nach drei Tagen flog er weiter, nach Neuseeland. Um Nachforschungen zu erschweren, hatte er Simon Australien als Reiseziel genannt.

In Auckland begab er sich zu einer Agentur, die „home stays" vermittelte. Davon hatte er gelesen: Ferien auf dem Bauernhof mit vier Stunden Farmarbeit täglich, dafür Wohnen und Essen frei. Für einen jungen, tatkräftigen Mann wie ihn schien das die beste Art, das neue Leben zu beginnen. Sein Gastgeber, Mr.

Johnson, besaß riesige Schafherden und riesige Weizenfelder, klagte jedoch über den Mangel an tüchtigem Personal. Er überredete Arno, als Erntehelfer einzuspringen. Arno mochte die eintönige und anstrengende Tätigkeit nicht, aber dafür gab es eine Arbeitserlaubnis. Er lernte eine Menge über Landwirtschaft und verdiente sich – wenn auch sauer – ein hübsches Sümmchen.

Nach einem Vierteljahr suchte er sich eine andere Stelle weiter im Süden, in Whangamata. Walt Weaver, sein Brotgeber, besaß eine Gemüseplantage – und eine hübsche Tochter mit braunen Augen und blonden Locken: Jenny, die sich des Neulings liebevoll annahm. Arno erachtete es als erstrebenswert, das Mädchen samt Besitz zu gewinnen. Eines nachmittags, mitten im Süßkartoffelfeld, machte er ihr einen Heiratsantrag. Zu seiner Überraschung sagte sie gleich „ja!"
Auch ihr Vater stimmte zu: „Jenny sagt, du bist der fescheste Kerl der ganzen Nordinsel – sie muß es ja wissen. Dreimal war sie verlobt, jedesmal ist ein anderer dazwischengekommen – bei dir scheint's Ernst zu sein. Höchste Zeit, daß sie unter die Haube kommt, mit 26! Enkel brauch' ich, die mal die Farm erben. Hab' schließlich schwer geschuftet dafür. Schwiegersohn, bist mir willkommen, bist ein rechtes Mannsbild, kannst anpacken. Ich geb' euch den Ostteil meiner Farm, da hab' ich weniger Arbeit. Wenn du Hilfe brauchst, holst mich."
Mr. Weaver fuhr mit ihnen zu dem Grundstück, das er ihnen zugedacht hatte: eine Weide für eine stattliche Schafherde, eine Süßkartoffel- und eine Avocado-Plantage. In einem Seerosenteich schwammen verschiedene, Arno unbekannte, Fische.
„Jetzt darfst du meinen Lieblingsplatz bewundern, den Feenwald," lächelte Jenny geheimnisvoll und ging voran, einen schmalen Pfad durch ein Wäldchen aus Buchen und Eukalyptus

bis zu einem mannshohen Felsen, von dem ein silbriger Wasserfall herabplätscherte, drei zartrosa Orchideen benetzend, eine kleine Weide besprühend. Das Wasser sammelte sich in der Höhlung eines Steins, schlängelte sich dann als schmaler Bach zwischen den Bäumen hindurch.
„Das ist schöner als bei Walt Disney," staunte Arno.
„Romantiker," lachte Mr. Weaver. „Jetzt zeig' ich euch noch was." Er stapfte voran und deutete auf einen sanften Hügel, der sich inmitten der saftgrünen Weide erhob: „Hier werd' ich euer Haus bauen lassen, drei Zimmer reichen wohl für den Anfang!"
Jenny überlegte: „Ich möchte gern ein paar Zimmer vermieten, wegen der Einnahmen und zur Unterhaltung; Ausländer würden doch mal ein bißchen Abwechslung bringen."
„Keine schlechte Idee, den Aufpreis bezahle ich gern!" Arno fand den Vorschlag seiner Zukünftigen erfolgversprechend.
„Darauf soll's mir auch nicht mehr ankommen!" brummte der Vater.
„Ich darf von mir behaupten, ein guter Koch zu sein, in Deutschland habe ich immer für Freunde gebrutzelt, sie kamen gern zu mir zum Essen!" Arnos Stolz auf diese Leistung war nicht zu überhören.
Jenny tätschelte seinen Arm: „Was bist du doch für ein Prachtexemplar von Mann! Deutsche werden wir sicher als Gäste haben, da fühlen sie sich wie daheim! Und wenn sich uns're gute Küche rumspricht, kriegen wir obendrein Essensgäste."

Das Holzhaus mitsamt vier Gästezimmern und geräumiger Terrasse war in Kürze aufgestellt, der Kauf der Einrichtung in der hundert Kilometer entfernten Stadt erforderte mehr Zeit.
Die Hochzeit sollte noch vor der Erntezeit stattfinden.
Walt überraschte Arno mit einem Geschenk: einem Apfel-

schimmel namens Cinderella. Arno zeigte sich mäßig begeistert: „Das ist ja ein hübsches Tier, Schwiegervater, und ein äußerst großzügiges Geschenk, aber ich kann nicht reiten!"
„Das muß man können, Jenny bringt's dir schon bei. Wirst sehen, es ist einfacher mit dem Pferd die Post zu holen als mit dem Auto!" Da hatte Mr. Weaver recht; der Briefkasten befand sich an der Hauptstraße, von welcher der Sandweg zur Farm abging und das waren mehr als zwei Kilometer. „Und zum nächsten Pub sind's sechs Kilometer – die Polizei sieht's nicht gern, wenn du dich mit drei Krügen Ale im Bauch ans Steuer setzt. Aber Cinderella trägt dich in jedem Zustand heim!"
Also lernte Arno das Reiten und zeigte sich dabei sehr anstellig. Bald bereitete es ihm großes Vergnügen, alles, was eben ging, hoch zu Roß zu erledigen.

Dann war der Hochzeitstag herangekommen. „Man versteht hier zu feiern", stellte der Bräutigam verwundert und anerkennend fest. Zweihundertfünfzig Gäste waren geladen, schier endlos lange Tafeln im Freien aufgestellt, drei Köche damit beschäftigt, der Hungrigen Herr zu werden. Eine Kapelle spielte zum Tanz. Arno hatte einen weißen Anzug verpaßt bekommen, Jenny prangte in einer Tüllwolke, ihr Eröffnungswalzer – eingedrillt von Jenny's ehemaliger Turnlehrerin – auf dem hölzernen Podest geriet bühnenreif. Die Gäste waren herausgeputzt mit langen Roben und Smokings, als sei man bei einer Oscar-Verleihung und nicht bei einer Landhochzeit. Die Braut trank zu viel und verhielt sich den Herren gegenüber sehr offenherzig. Arno schrieb das dem Alkohol und den letzten Stunden ihrer Freiheit zu und sah darüber hinweg.
In der Hochzeitsnacht bewies sie ihm ihre leidenschaftliche Liebe.

Die Flitterwochen verschob das junge Paar auf später; schon an den folgenden Tagen galt es hart zu arbeiten; die Avocados mußten geerntet werden. Daß Jenny eine tüchtige Landfrau abgab, wußte Arno, und daß sie eine knallharte Geschäftsfrau war, die das Äußerste herausholte, hatte er bereits des öfteren beobachten können, zuletzt, als sie einen gebrauchten Pickup erstanden.

Stolz strichen sie den ersten Lohn ihrer Farmarbeit ein.
Das Zimmervermieten ließ sich gut an, obwohl das Haus abgelegen und die Zufahrt nur möglich war über die staubige Straße und über eine Furt, die nach Regen wadenhoch Wasser führte.
Als erste kamen drei jüngere Paare, denen es ausnehmend gut gefiel; Arno hatte alle Hände voll zu tun mit Kochen und Jenny mit dem Versorgen der Gäste, dafür blieben etliche Dollars hängen.
Arno besetzte den Teich mit einem Dutzend Karpfen, die er bei nächster Gelegenheit auf die Speisekarte setzen wollte. Die Fische gediehen prächtig – zu gut, denn eines Morgens sah er den fettesten im Schnabel eines Kormorans davonfliegen. Die restlichen ereilte dasselbe Schicksal.
Für die Süßkartoffeln war das Wetter günstig gewesen, sie gerieten ungewöhnlich groß; einige Tage vor der Ernte war das Feld übersät mit roten Flecken: „Rote Käfer" hatten dem Gemüse den Garaus gemacht. Jenny hätte heulen könne, Arno dachte über eine andere Einnahmequelle nach: „Wir sollten einen Platz neben dem Wasserfall herrichten und ‚Dinner bei Glühwürmchenlicht' anbieten oder sowas. Die Leute lieben Romantik." Zuerst lehnte Jenny empört ab, aber Arnos Idee mochte erfolgversprechend sein. Tatsächlich meldeten sich acht Gäste an. Arno und Jenny schleppten Tische und Stühle in das Wäldchen, hängten Lampions an die Zweige und Weinflaschen

ins Wasser und rannten bis zur Erschöpfung von Haus zu Wald, von Wald zu Haus, um die Gäste zufriedenzustellen. Die waren hellauf begeistert.

Das nächste Mal kam übers Wochenende eine Herrenrunde, die es vorzog, auf der Terrasse dem süffigen Nelson-Wein zuzusprechen. Arno sank um zwölf müde ins Bett, seine Frau jedoch taute da erst richtig auf.

Das Dinner im Wald hatte sich herumgesprochen, eine kleine Hochzeitsgesellschaft meldete sich an. Jenny holte diesmal ein Maorimädchen, Entalura, zur Hilfe. Sie schufteten drei Tage vorher und den Festtag von früh an, kochten, brieten, buken, organisierten, dekorierten. Alles klappte perfekt, das Wetter war ideal, das Essen köstlich, die Gastgeber zuvorkommend, Entalura im modifizierten Maori-Kostüm reizend, die Gäste ausgelassen. Man tafelte in gehobener Stimmung bis zur Dämmerung. Dann fielen Mückenschwärme über die Gäste her. Schreiend flüchteten die Damen, fluchend die Männer. Die Wirtsleute mußten die Leute beruhigen, im Haus die Tafel neu herrichten, Essen und Getränke frisch arrangieren und versuchen, die festliche Stimmung wieder herzustellen. Zuletzt konnte die Gesellschaft der Panne eine heitere Seite abgewinnen. Trotzdem verlangte der Brautvater wegen empfindlicher Beeinträchtigung einen stattlichen Nachlaß, so daß für die Veranstalter diese Hochzeit mit einem Verlust endete.
Walt Weaver lachte und stellte den Pechvögeln einen Scheck aus.

Wein galt es nachzubestellen, ein Händler hatte sich angesagt. Arno wußte, Jenny würde einen guten Preis aushandeln; es war besser, wenn er dabei nicht störte. So gönnte er sich am frühen Morgen einen Ausritt mit Cinderella. Gemächlich ließ er sie über das Land traben und die Felder umrunden; auf der menschenleeren Straße durfte sie anschließend einen Galopp hinlegen. Dann machten die beiden gemütliche Rast am Bach. Schließlich ritt Arno den Hügel hinauf, der den höchsten Punkt der Besitzung darstellte und blickte über das traumhaft schöne, reiche Land. Noch nie im Leben hatte er sich so frei und glücklich gefühlt.

Mittags kehrte er zurück und fand einen Zettel auf dem Küchentisch: „Schatz, ich gehe mit Fred nach Nelson, in ihm habe ich den Traum meines Lebens gefunden. Mach's gut."
Arno war weniger überrascht als wütend, daß sie ihn mit der Arbeit im Stich ließ.
Der Schwiegervater kam: „Ach, Junge, es tut mir so leid. Ich hab' gedacht, endlich ist sie vernünftig geworden! Und nun sowas! Ihre Mutter ist mir abgehauen als Jenny zehn war, die war ein prima Vorbild! Aber deine Frau wird wiederkommen, bestimmt. Inzwischen schick' ich' dir Jim für die Feldarbeit, vielleicht treib' ich auch noch ein Mädchen fürs Haus auf!"
„Mach dir keine Vorwürfe, Schwiegervater! Mit Jim läßt's sich gut arbeiten, aber ein Mädchen brauch' ich nicht, Entalura schafft's schon!"

Arno bewältigte die Feldarbeit ohne seine Frau. Entalura entwickelte ungeahnte Talente und versorgte das Haus. Zur Schafschur schickte der Schwiegervater drei Scherer und half beim Verkauf der Wolle; der Gewinn war klein, die Preise hatten nachgegeben. Die „Roten Käfer" ließen diesmal die Süßkartoffeln in Ruhe; offensichtlich betrachteten sie deren Qualität als ungenießbar. Die nächste Ernte fiel üppig aus; nur hauten ihn die Händler gewaltig übers Ohr.

Dann gestand ihm Entalura, daß sie von ihm schwanger sei. Das traf ihn bis ins Mark: Wenn ein Weißer sich auf ein Verhältnis mit einem Maorimädchen einließ, dann stimmte was nicht mit ihm, das war die einhellige Meinung im Pub. Die Nachbarn verspotteten ihn schon genug, weil ihm seine Frau weggelaufen war, mit einem dunkelhäutigen Kind war er vollends unten durch. Auch der sonst so umgängliche Schwiegervater würde für solchen Bastard keinerlei Verständnis aufbringen.

Arno schenkte Entalura Cinderella, packte Koffer, Reisetasche und Rucksack, fuhr in die Stadt, verkaufte den Pickup, erstand in einer Bücherei den Ratgeber „Opalschürfen in Coober Pedy" und am Flughafen ein Ticket nach Sidney, Australien.

Kiwitt
Ein neuseeländisches Märchen

Es waren einmal drei Brüder; Kowitt, Kewitt und Kiwitt. In einem kuscheligen Nest in der Astgabel eines hohen Kauribaumes waren sie aus dem Ei geschlüpft, hatten die Sonne, den blauen Himmel und das saftgrün leuchtende Laub erblickt.
Kowitt zuerst. Deshalb war er der Kräftigste, schrie am lautesten und schubste seine Brüder zur Seite, wenn die Mutter angeflogen kam. Weil sie das Geschrei nervte, stopfte sie ihm als erstem das Futter in den Schnabel. Kewitt paßte den Moment ab, wo Kowitt schluckte, piepste dann energisch und erhielt den nächsten Bissen. Kiwitt, kleiner und schwächer als seine Brüder, kam mit seinem Stimmchen nicht durch und wurde von der Mutter übersehen. Sie flog fort, Kiwitt blieb hungrig. Nur, wenn sie einen großen Fang gemacht hatte, eine Maus oder einen Frosch, überließen ihm die Brüder Schwanz, Ohren oder Füße; für kurze Zeit ließ sein Magenknurren nach.

Der Vater hatte sich davongemacht, von der unermüdlichen Futtersuche und dem nicht endenwollenden Gebettel zermürbt. Ein paar Bäume entfernt fand er eine seidig gefiederte Vogeldame mit nur einem Jungen, mit der er eine Lebensabschnittsehe einging.
So blieb der Mutter der drei die gesamte Mühe der Aufzucht, die sie nur unwillig auf sich nahm, fand sie doch, daß es genug der Pflichterfüllung sei, die Eier gelegt und ausgebrütet zu haben.

Zu ihrer Erleichterung unternahm Kowitt bald Flugversuche, und jedes Mal gelang es ihm, einen Ast weiter zu flattern. Kewitt packte der Ehrgeiz und er versuchte, es seinem Bruder gleich zu tun. Kiwitt sah mit Furcht und Entsetzen, wie sich die beiden in die Tiefe stürzten und drückte sich eng in die Nestmitte. Die Brüder lachten ihn aus. Die Mutter versuchte mit Strenge, ihn hinaus zu bekommen – vergeblich, Kiwitt rührte sich nicht vom Fleck.

In einem nahen Pohutukawabaum pflegten sich die Vogelfrauen zur Dämmerzeit zu versammeln, um zu schwatzen, über die pflichtvergessenen Väter, die anspruchsvollen Jungen, die ständig zunehmende Futterknappheit, die Versiegelung der Landschaft und die Mühen des Kinderaufziehens. Dabei trug die Mutter das Ihre bei: „Mein Kowitt ist über sein Alter hinaus wagemutig, er fliegt schon bis zum obersten Ast unseres Baumes und mein Kewitt, obgleich wesentlich jünger, kommt bereits bis zur Mitte, nur der Kiwitt ist so faul und rührt sich nicht vom Fleck; ich weiß nicht, von wem er das hat!"
Eine Nachbarin nickte verständnisvoll mit dem Kopfe: „Er leidet wohl an Flugangst. Ich kenne da einen weisen Kea, der ihn davon befreien kann. Gegen ein anständiges Honorar, am liebsten mag er junge Brückenechsen, heilt er ihn sicher von dieser Phobie. Er kurierte auch einen Neffen von mir – meine Schwester hat in eine Felsenklippen-Sippe eingeheiratet – der sich partout nicht von seinem Stein erheben wollte!"

Die Mutter dankte für den guten Rat, und als sie eine junge Brückenechse gefangen hatte, brachte sie diese dem Kea und trug ihm ihr Anliegen vor. Der Kea fand die Echse zwar etwas mickrig, meinte trotzdem: „Das ist ein Fall, der gelegentlich vorkommt bei den Jüngsten der Familie. Er sieht die Mühen der Älteren und denkt dabei über den Sinn den Lebens nach. Der Sinn bestimmt das Bewußtsein. Oftmals führt dieses Sinnen zu philosophischen Überlegungen von bedeutender Tragweite. Vor

vier Generationen entwickelte sich aus einem unterprivilegierten Spätgeschlüpften der Gelehrte Kuwittus, dessen Gedankengut als Kuwittologie Eingang gefunden hat in der philosophischen Schule der Öko-Ornithologik – "
„Verehrter Kea, ich habe wahrhaftig keine Lust, mein Lebtag Futter herbeizuschaffen für einen unnützen Nesthocker, der da philosophisch herumdenkt. Die kurze Spanne bis zur nächsten Brutzeit möchte ich mich selbstverwirklichen. Also bitte ich dich, bring dem Kiwitt ganz normal das Fliegen bei!"
Der Kea schaute beleidigt, erklärte sich dann doch bereit, den Kleinen unter seine Fittiche zu nehmen.
Er flog mit der Mutter zum Nest und sagte zu Kiwitt: „Es ist ganz einfach: Du breitest deine Flügel aus, legst dich auf meinen Rücken, ich fliege und du merkst, wie herrlich es ist, wenn der Wind uns hochträgt bis zu den Wolken oder wenn wir niederschweben auf eine Insel im Lake Manapouri!"
Kiwitt breitete folgsam seine Flügelchen aus, und legte sich auf den Rücken des Kea. Hoch in die Lüfte ging's. Ihm wurde ganz schwindlig, er kniff die Augen zu und dachte: „Wir stürzen in die Tiefe, wie schrecklich, wie fürchterlich, oh, wär' ich doch bloß wieder im Nest!"
„Nun, ist es nicht fabelhaft?" rief der Kea.
„Grauenvoll ist's, bring mich wieder zurück," piepste Kiwitt.
Der Kea flog zurück und sagte zur Mutter: „Dein Sohn leidet an unheilbarer Flugangst, da kann nicht mal ich was machen." Und er flog von dannen.

Kiwitt war heilfroh, wieder im Nest zu sein, obwohl die Brüder spotteten und die Mutter zeterte. Als sie fortgeflogen war, lachte Kowitt: „Wart Brüderchen, jetzt zeig ich dir, wie 's Fliegen geht!" Und er gab Kiwitt einen Stoß, daß er aus dem Nest fiel.
Er schloß die Augen, machte sich ganz klein und legte eng die

Flügel an. Er fiel und fiel und fiel in die Tiefe.
Er fiel in einen Busch. Alle Knochen taten ihm weh. Als er sich von dem Schrecken erholt hatte, schaute er sich um; auf den Blättern krabbelten viele Käfer, so daß er damit seinen Hunger stillen konnte. In einer Astgabel fand er eine halbwegs bequeme Lagerstatt. Nach einer Weile gefiel es ihm recht gut: er konnte herumhüpfen von den oberen Blütenzweigen bis zum Waldboden, wo nebenan ein Ameisenhügel aufragte, der seinen Speisezettel bereicherte.

So lebte er eine ganze Zeit wunschlos glücklich. Bis er eines Tages ein Zwitschern vernahm, das ihm als der schönste Laut des ganzen Waldes erschien. Es gehörte zu einem wunderhübschen, hellbraun gefiederten Weibchen, dessen Hinterkopf ein entzückendes Federschöpfchen zierte, und das in dem Baum hoch über ihm tirilierte. Kiwitt antwortete in den schmelzendsten Tönen, das Weibchen hüpfte auf einen unteren Ast, blickte zu ihm hinunter und lockte: „Du gefühlvoller Sänger, komm herauf zu mir, wir singen im Duett!"
„Allerliebstes Vögelchen, komm du zu mir, denn ich kann nicht fliegen!"
Die Vogeldame stieß einen schrillen Pfiff aus und schwebte in eleganten Bögen zwischen den Bäumen dahin.
Kiwitt schaute ihr unglücklich hinterdrein. Ich muß zu ihr hinauf, entschloß er sich, hüpfte seinen Busch hinunter, den Waldboden entlang, bis zu ihrem Baum. Glücklicherweise war es ein uraltes Exemplar mit einer groben, rissigen Rinde, an der Kiwitt emporklettern konnte. Nach einiger Zeit war er beim Wipfel angekommen. Dort erwartete er die Rückkehr seiner Angebeteten. Vor Erschöpfung fielen ihm die Augen zu. Ein lautes Gezirpe ließ ihn auffahren, seine Vogeldame turtelte etwas unterhalb seines Sitzplatzes mit zwei aufgeplusterten Bunt-

gefiederten, sie schnäbelten und balgten sich auf eine höchst aufreizende und schamlose Weise. Dann verkrochen sie sich im Laubwerk, lustvolle, abgehackte Töne ausstoßend. Zerrupft flogen die beiden Galane davon, die Vogeldame saß auf dem Ast und zupfte ihr Gefieder zurecht, dabei eine liebliche Weise zwitschernd.

Dies Treiben erfüllte Kiwitt mit Abscheu. So, das reichte jetzt, endgültig. Er wollte ein Ende machen. In diese Welt verderbter Vögel paßte er nicht. Es litt ihn nicht länger darin. Sehenden Auges wollte er sie verlassen. Weit breitete er die Flügel aus und stürzte sich in die Tiefe.
Aber er stürzte nicht. Ein leichter Windstoß trug ihn nach oben. Starr vor Staunen rührte Kiwitt kein Glied, und wurde doch immer höher getragen. Vorsichtig bewegte er den linken Flügel, was eine leichte Drehung nach Rechts zur Folge hatte. Kiwitt atmete tief durch, dann bewegte er den rechten Flügel. Doch plötzlich plumpste er in ein Luftloch, wie von selbst schlugen die Schwingen und trugen ihn abermals aufwärts. Er konnte fliegen! Ein ungeahntes Glücksgefühl durchströmte ihn, mutwillig kurvte er nach rechts und nach links, stieg nach oben und ließ sich hinuntergleiten. Dann fiel ihm plötzlich siedend-heiß ein, daß er ja nicht ewig in der Luft bleiben konnte, er mußte landen. Aber wie? Und falls er glücklich gelandet war, würde er wieder aufsteigen müssen – aber wie? Ratlos umkreiste er einen Baum. Das Astgewirr ängstigte ihn. Und außerdem ließ ihn der Wind nicht landen. Kiwitt hielt die Flügel ganz still, und jedesmal, wenn eine Flaute kam, glitt er ein wenig tiefer. Schließlich vermochte er auf einem Stein niederzugehen. Erschöpft ruhte er sich aus. Doch da kam etwas Unheimliches, Schwarzes auf ihn zugeschlichen, voll Schreck hüpfte er hoch, die Flügel breiteten sich wie von selbst aus, damit schlug er

dreimal heftig und befand sich in der Luft. Er konnte abheben! Er flog und landete auf einem Ast und stieg auf und ließ sich auf einem Felsen nieder und stieg auf und landete – Sein Herz war voll Glück, er sang und jublierte, daß es durch den ganzen Wald schallte.
Bald echote es von allen Ästen und Zweigen, sämtliche Vogeldamen tirilierten um die Wette – um die Gunst dieses einzigartigen Sängers.

Inzwischen schenkte die Mutter dem stattlichsten Vogelmann im Umkreis ihre Gunst; er bescherte ihr sechs Junge, die sie so in Trab hielten, daß sie an Erschöpfung starb, noch bevor das letzte flügge war.
Kowitt zog sich beim Geraufe um eine liebliche Vogeldame einen geknickten Flügel zu; er wurde aus dem Wald vertrieben und fristete in einer Nische an der Steilküste ein jammervolles, kurzes Leben.
Kewitt errang die Gunst seiner Angebeteten. Sie sorgte dafür, daß er ihre jeweils fünf Jungen mit aufzog. Auch seine Lebensspanne war kurz.

Kiwitt überlebte sie alle drei. Mit den schönsten Vogeldamen des Waldes hatte er die hübschesten, kräftigsten, sanges-freudigsten Nachkommen.

Wallfahrten

Ich bin Theresa Holzapfel, 57 Jahre alt. Ich wohne in Dachau, wie schon meine Urgroßeltern, auf dem großen Grundstück mit Gemüsegarten und Obstbäumen und Kräuterbeeten und einem kleinen Haus. Ich lebe dort mit meinem Mann Franz; früher war er Vertreter für Staubsauger, jetzt ist er in Pension. Unser Sohn Tonerl hat für sich und seine Familie ein zweites Haus auf unserem Grund gebaut. Wegen meinem Mann unternehme ich diese Pilgerreise.

Meine erste Wallfahrt habe ich gemacht, als ich 15 Jahre alt war, nach Birkenstein. Ich war wahnsinnig verliebt in den blonden Steffen, aber der hatte nur Augen für Almut, die wiederum von ihm nichts wissen wollte. Ich litt fürchterlich, deshalb machte ich die Wallfahrt, damit er endlich mich liebt. Noch wie heute weiß ich es, es war ein wunderschöner Tag, die Sonne schien, die Blumen blühten und die Vögel zwitscherten. In der Kirche war es sehr festlich, Weihrauchfässer wurden geschwenkt, die Priestergewänder glitzerten im Kerzenschein, der Kirchenchor sang und wir stimmten alle ein. Es war so erhebend, daß ich heulen mußte. Aber die Wallfahrt hat nichts genützt – Steffen machte sich auch weiterhin nichts aus mir. Das heißt, vielleicht hat sie doch etwas genützt, denn einen Monat danach lernte ich Hartmut kennen; unser Verhältnis dauerte vier Jahre, dann tauchte Franz auf und den heiratete ich.

Der Grund, eine zweite Wallfahrt zu machen, war mein Sohn Tonerl, damals ein schmächtiges, kränkliches Bürschchen. Ich fuhr mit der halben Kirchengemeinde nach Andechs. Die Zeremonie war erhebend und anschließend wurde es sehr lustig:

weil es ein heißer Tag war, wurde viel getrunken, ihr könnt euch die Stimmung vorstellen!
Meine Gebete sind erhört worden, Tonerl wurde ein kräftiges Kind.

Als ich erfuhr, daß Franz mich betrog, machte ich die dritte Wallfahrt; diesmal ging's nach Fatima. Das war ja nun schon etwas anderes, ins Ausland, sogar nach Portugal – mit einer organisierten Busfahrt. Ein stimmgewaltiger Kaplan begleitete uns, wir sangen von München bis Fatima sämtliche bekannten Lieder, von „Maria sitzt am Rosenhag" bis zu den „Caprifischern". Auf einer so langen Fahrt kommt man sich natürlich näher, Jonathan zum Beispiel kam mir sehr nahe. Als Devotionalienhändler reiste er aus dienstlichen Gründen mit. Er war verheiratet, ich war verheiratet – es gab keine Komplikationen. Wir machten abends romantische Stadtbummel – Fatima bleibt mir in bester Erinnerung. Meine Gebete wurden erhört; ich litt nicht mehr unter Eifersucht wegen Franz.

Als Erbtante Auguste uns zu ihrem Siebzigsten einlud, kam mir eine glänzende Idee für ein Geburtstagsgeschenk: ihr und ihrem Gichtleiden widme ich eine Pilgerreise. Schon immer wollte ich einmal nach Lourdes. Tante Auguste war so gerührt, daß sie mich zur Alleinerbin einsetzte. Vor drei Jahren hinterließ sie mir einen stattlichen Bauernhof in Niederbayern.
Diese Wallfahrt war leider nicht so erbaulich wie die vorherigen; lauter alte Betschwestern versuchten sich gegenseitig mit Frömmigkeit auszustechen bei dem gutaussehenden Pfarrer, der die Leitung über die Gruppe hatte. In der Kirche sang ich mit ihnen, aber das Gepiepse ihrer dünnen Stimmen erstickte jede Stimmung. Neben der Kirche verkauften Händler Plastikflaschen in Form der Madonna mit Bernadette, in die ich

Weihwasser abfüllte aus den Zapfhähnen neben der Grotte. Das hilft bei Grippe, Hautausschlag oder Magenbeschwerden; ich habe es immer dabei – wenn jemanden von euch ein Zipperlein plagt, sagt's mir, ein paar Teelöffel voll Lourdes-Wasser und sämtliche Schmerzen verfliegen.

Bei dieser Wallfahrt verstand ich mich gut mit einer älteren Witwe, die konnte so interessant erzählen, fast die ganze Welt hatte sie schon bereist. Später einmal werde ich sie begleiten, aber jetzt ist Franz strikt dagegen, ich soll mich um ihn kümmern, seit er in Rente ist. Tagsüber sieht er fern, abends geht er ins Wirtshaus. Er ist unzufrieden und grantig, ständig hat er eine neue Krankheit, jetzt ein Magengeschwür. Er nörgelt und brummt den ganzen Tag und kommandiert mich herum. Ich hab' zu ihm gesagt, ich kann das nicht mehr mit ansehen, wie du leidest, jetzt fahre ich nach Santiago wegen dir und deinem Magen. Da hat er nichts dagegen gehabt und mich reisen lassen, aber wenig Geld hat er mir mitgegeben, der alte Geizhals.

Wenn wir in Santiago angekommen sind, bitte ich den heiligen Jakob, daß er meinen Mann von seinen Schmerzen erlöst. Dann kann ich endlich mit der Witwe reisen! Wenn man den rechten Glauben hat, wird einem schon geholfen.

Salz im Kaffee
Ein türkisches Märchen

Die Hochzeit war vorbei. Ayse zog zu ihres Mannes Familie.
„Nun müssen wir zusehen, daß sich auch Fulya verheiratet, schließlich wird sie 16 Jahre alt. Wir werden sie also zum Wasserholen schicken," bestimmte Vater Mehmet.
„Da muß sie ein neues Kopftuch haben," gab Mutter Fatma zu bedenken.
Mehmet runzelte unwillig die Stirn: „Zum letzten Zuckerfest habe ich ihr ein seidenes aus Bursa mitgebracht. Das ist doch wahrhaftig gut genug!"
„Es ist ein hübsches Tuch, da hast du ganz recht, aber sie sollte eines tragen, bei dem die Nachbarn sagen ‚seht, wie wohlhabend dieser Orangenplantagen-Besitzer Mehmet doch ist, unser Sohn soll Fulya heiraten!'"
„In Allahs Namen," seufzte der Vater.

Ein grünes Seidentuch mit blauen Tulpen kaufte die Mutter für Fulya und schickte sie zum Wasserholen. Stolz und aufrecht schritt sie zum Dorfbrunnen, auf dem Kopfe den Krug. Sie spülte ihn sorgfältig aus und nahm sich dabei Zeit, die jungen Männer zu mustern, die im Männercafé saßen, jede ihrer Bewegungen genau verfolgten und ihr feurige Blicke zuwarfen. Sie schaute sich einen nach dem anderen an. Dann schritt sie mit dem gefüllten Krug auf dem Kopfe nach Hause.
Dies wiederholte sich nun jeden Tag.

Osman, der Sohn des Bäckers Mustafa gefiel ihr am besten, so tauschte sie mit ihm den längsten Blick.
Am nächsten Morgen überbrachte die jüngste Schwester Os-

mans ein Kästchen mit Süßigkeiten. Es wurde nicht zurückgeschickt – so fragte Mustafa bei Mehmet an, ob er mit seiner Familie ihn und seine Familie besuchen dürfe. Mehmet war's zufrieden und lud ihn für kommenden Freitag ein.

Im Hause des Orangenplantagen-Besitzers bereitete man sich auf den Besuch vor, auch Ayse erschien.
„Wie geht es dir?" fragte Fulya ihre Schwester.
„Ach, es ist ehrenhaft, verheiratet zu sein, aber bei euch gefiel es mir besser als bei meiner zänkischen Schwiegermutter und meinem tyrannischen Schwiegervater!"
„Und dein Mann, wie ist er?"
„Er hat von früh bis spät zu arbeiten; sein Vater sitzt den ganzen Tag im Männercafé und rettet die Türkei; seinen Sohn läßt er alle Arbeit tun. Abends hockt mein Mann nur noch erschöpft vor dem Fernseher und schaut sich Fußball an. Wenn Galataserai verliert, ist er unausstehlich, sonst habe ich noch nicht viel von ihm kennen gelernt!" Sie seufzte: „Warte mit dem Heiraten, daheim hast du es besser und weniger Arbeit!"

Nachmittags kam die Bäckerfamilie. Die Männer unterhielten sich über das Erntewetter, den Orangenabsatz, den Brotpreis, die allgemeine Teuerung und die Politik. Die Frauen plauderten über die Hochzeit Ayses und die Beschneidungsfeier des Bürgermeistersohnes.
Fulya bereitete einen kräftigen türkischen Mokka und gab viel Zucker dazu. In die Tasse von Osman jedoch schüttete sie Salz. Er setzte sie an die Lippen, seine Augen weiteten sich, dann trank er sie mit einem Schluck aus.
Bald verabschiedete man sich.
Auf dem Heimweg sagte Osman zu seinen Eltern: „Fulya ist keine gute Hausfrau, ihr Kaffee hatte zu wenig Schaum!"

„Meine Tasse war fast voll davon," widersprach die Mutter.
Aber der Vater meinte: „Er muß mit ihr verheiratet sein und den Kaffee trinken, soll er sich doch eine bessere Frau suchen, wenn er will."
Also gab es keine Hochzeit.

Nach ein paar Wochen hatte des Orangenplantagen-Besitzers Sohn Ahmet den Wehrdienst beendet; er sollte nach Istanbul gehen, um dort zu studieren. Fulya dachte lange nach, dann sagte sie zu ihren Eltern: „Ich könnte meinen Bruder begleiten, ihm den Haushalt führen und selbst weiter eine Schule besuchen. Die älteste Schwester von einer Schulfreundin hat in Istanbul einen Regierungsbeamten geheiratet, vielleicht findet Ahmet auch für mich einen solchen Ehemann; hier gibt es ja nur Söhne von Bauern und Handwerkern."
Der Vater war dagegen, aber die Mutter überredete ihn: „Ein Regierungsbeamter in der Familie würde uns zur Ehre und vielleicht auch zum Vorteil gereichen!"

So fuhr Fulya, von den Eltern mit tausend Ermahnungen und Ratschlägen versehen, mit ihrem Bruder nach Istanbul.
Anfangs verursachte ihr das großstädtische Leben Angst, aber bald hatte sie sich daran gewöhnt und mit der Zeit gefiel es ihr immer besser. Ihre Mitschülerinnen sagten ihr mehr zu als die Landmädchen daheim. Wenn sie mit ihrer Freundin Zeynep bummeln ging und ihr Bruder nicht dabei war, legte sie das Kopftuch ab und zog einen kniefreien Rock und einen engen Pullover an. Allerdings verließ sie nie die Angst, jemandem aus der Familie oder dem Dorfe zu begegnen.
Da sie nach Beendigung ihrer Schulzeit ausgezeichnete Noten vorweisen konnte, fand der Vater keinen Grund, ihre Bitte zu studieren, abzuschlagen.

Sie war im dritten Semester, als sie die Nachricht erreichte, daß der Vater eines plötzlichen Todes gestorben sei. Die gesamte Familie kam auf dem Dorfe zusammen und trug ihn mit allen Ehren zu Grabe.

Ahmet war nun das Familienoberhaupt, er erbte den Großteil des Besitzes und heiratete die Tochter des Bürgermeisters. Die beiden Schwestern wurden in Antalya an der Meeresküste mit einem langen, aber schmalen Streifen unfruchtbaren, salzigen Landes bedacht, das lediglich ein paar Schafe und Ziegen ernährte.

Die Mutter wollte Fulya nicht allein zurück nach Istanbul lassen, die aber überzeugte sie, daß sie in der achtbaren Familie Zeyneps gut aufgehoben sei und daß sie sowieso in Kürze ihr Studium beendet habe. Seufzend willigte die Mutter ein, zumal Fulya in ihrem Bruder einen Fürsprecher fand.

Eines Tages erhielt Fulya das Schreiben eines Maklers, in dem er anfragte, ob er sie in einer wichtigen Angelegenheit aufsuchen dürfe. Neugierig gewährte sie ihm die Bitte; zu ihrer Verblüffung bot er für ihr Meergrundstück eine unfaßbar hohe Summe. Sie zeigte nicht, wie überrascht sie war und bat sich Bedenkzeit aus. Ein Rechtsanwalt beriet sie, daraufhin überließ sie den größten Teil ihres Grundstücks einer Hotelkette zum Doppelten des Preises, den der Makler geboten hatte, und der Zusicherung des Postens einer Geschäftsführerin. Auf dem restlichen Teil wollte sie sich ein luxuriöses Haus bauen lassen.

Als das Ende des Studiums herangekommen und ihr Haus fast fertig gebaut war, drang die Mutter in sie, sich endlich einen Mann zu suchen und ein ehrbares Eheleben zu führen. So ging Fulya zu einer Wahrsagerin und ließ sich aus dem Kaffeesatz lesen: „Ich sehe einen schönen jungen Mann mit Locken, mit dem du eine sehr glückliche Zeit verbringen wirst. Hier oben sehe ich eine Hand, eine kleine Hand. Direkt unter der Hand sehe ich einen Beutel. Es scheint ein Geldbeutel zu sein, prall gefüllt. Du bist ein Glückskind!" Fulya war zufrieden. Sie überlegte, wo sie den jungen, schönen, lockigen Mann kennenlernen könne. Dann hatte sie eine Idee: sie bat ihren Bruder, zu ihr zu kommen, da sie etwas sehr Wichtiges mit ihm zu besprechen habe. Ahmet kam. „Lieber Bruder, ich bitte dich, gehe in den Hamam und suche dort nach einem Gatten für mich; es wurde mir ein schöner, starker, lockiger prophezeit!" Ahmet erfüllte den Wunsch seiner Schwester und ging ins Bad.

Bald hatte er den passenden jungen Mann gefunden und schloß Bekanntschaft mit ihm: Er hieß Selim, stammte aus Aksaray, wo sein Vater Werksleiter der Mercedes-LKW-Fabrik war, und arbeitete in Antalya in einer Autowerkstatt. Ahmet bat Selim, ihn zu seiner Schwester zu begleiten, da sie Probleme mit der Kupplung ihres BMW-Cabrio habe.

Zwar vermochte Selim den Schaden nicht zu beheben, aber er war hingerissen von Fulya mit den schimmernden langen Haaren und der kurvigen Figur im engen Kleid. Fulya hinwiederum war entzückt von dem feschen jungen Mann. Sie ließ ihm einen zuckersüßen Mokka mit viel Schaum servieren.

Ahmet fuhr heim und teilte der ebenso erleichterten wie besorgten Mutter mit, daß er für kommenden Freitag die Familie des Bräutigams seiner Schwester einladen werde.

Das Treffen gestaltete sich harmonisch: die Männer führten ein interessantes Gespräch über Autos im allgemeinen und Mercedes im besonderen, die Frauen plauderten über ihre Töchter, Söhne, Schwiegertöchter, Schwiegersöhne und Enkel. Die Hochzeit wurde festgelegt.

Fulya fuhr nach Istanbul und suchte mit Zeynep vom frühen Morgen bis zum späten Nachmittag nach dem passenden Brautkleid. Schließlich entschied sie sich für einen Traum aus weißer geraffter Seide mit einer reichbestickten Stola – „Keine Prinzessin ist je schöner gewesen!" beteuerte die Verkäuferin mit Tränen in den Augen.

Am nächsten Freitag fand in Ahmets Haus die Hochzeit statt. Der Bräutigam überreichte der Braut ein Kästchen, das mit Samt bezogen war und einen feingeknüpften Seidenteppich aus Tavas enthielt, der tanzende Derwische in bewunderungswürdiger Feinheit zeigte. In der Aussteuer-Truhe der Braut befanden sich kostbare Teller mit arabischen Schriftzeichen, goldenes Besteck, seidene Bettwäsche und das modernste Handy. Als der Imam fragte, wieviel der Braut der Bräutigam wert sei, antwortete sie „das neueste Farbfernsehmodell". Die Hochzeitsnacht verlief zur Befriedigung des Paares und und zur Genugtuung der Bräutigammutter vor der Tür.
Selim und Fulya kehrten nach Antalya zurück und verbrachten eine sehr glückliche Zeit miteinander. Selim führte nun als Chef die Werkstatt, die er sich aus dem Erlös seiner Pappeln gekauft hatte. Fulya genoß ihre Rolle als Geschäftsführerin des Luxushotels.
Am Pool des Hotels erholte sich Selim am Wochenende von seiner anstrengenden Arbeit. Dabei fielen ihm die Amerikanerinnen auf: gertenschlanke Gestalten mit blonden Haaren und blauen Augen. Nur zu gern erlag er ihren Verführungskünsten. Aber schon nach drei Tagen begann er ihrer herzlich überdrüssig zu werden, ihrer schrillen Stimmen und ihres anmaßenden Selbstbewußtseins, ihrer penetranten Fröhlichkeit und ihrer naiven Oberflächlichkeit. Er mied das Hotel und schützte Arbeit vor.

Eines Tages wollte er Fulya abholen zu einer Spritztour mit dem Porsche, den ein Kunde zur Reparatur gebracht hatte - und fand sie in zärtlicher Umarmung mit dem 1. Geschäftsführer, einem eleganten blonden Deutschen. Er tobte, aber sie lächelte und fragte süß: „Wie geht's Miß Baker und Miß Smith und Miß Jones und Miß Owens?" Da knallte er die Tür zu und fuhr allein ins Taurus-Gebirge. Als er in einer scharfen Kurve den Felsen streifte und dabei den rechten vorderen Kotflügel demolierte, kam er zur Vernunft.

Es gab außer amerikanischen Mädchen schließlich noch andere, vielleicht Schwedinnen oder Französinnen. Und war seine Frau auch schamlos, so war sie doch reich und angesehen. Er würde den Vorfall einfach vergessen, eingedenk des türkischen Sprichwortes:

> Wasser fließt herein,
> Wasser fließt hinaus.

Monolog vor einem Spiegel

Ich hab' ja nun wirklich was für Kunst übrig, aber warum in einem Ankleidezimmer ein Spiegel mit antikischer Blindheit hängt, ist mir schleierhaft. Andererseits – das erste Hotel Tokios muß sich abheben von den anderen, den gewöhnlichen, das versteh' ich schon. Sehen damit die Japanerinnen erstrebenswert westlich bleich aus? Mein Sonnenbrand jedenfalls ist immer noch leuchtend rot. Ob Puder was hilft?
Das letzte Mal, als ich so ausschaute, war bei dem Sommerfest am Starnberger See, wo ich eigentlich Hansjörg hatte beeindrucken wollen, was dann natürlich nicht geklappt hat. Naja, mit seiner Marion ist er ja schließlich nicht besonders glücklich geworden, ein Zusammenschluß von Metzgerei und Bäckerei mag ganz lukrativ sein, aber Geld allein macht halt auch nicht glücklich. Schaun wir mal, wie's nach einem Jahr bei dem heutigen Brautpaar aussieht, dem Itschi Tanaka mit seinem Optik-Laden und Jukoko mit ihrer Boutique in der Ginzah. Würde ja gern mal reinschauen, aber dann erfordert es die Höflichkeit, was zu kaufen und dann sind drei Gehälter für eine Bluse weg, nein, das verkneif' ich mir lieber. Schließlich geh' ich in München auch nicht zum Einkaufen in die Maximilianstraße, und die Ginzah ist noch teurer. Bin neugierig, in was Jukoko heute daherkommt, die Japaner treiben ja einen fürchterlichen Aufwand bei ihrer Hochzeit, drei Kleider muß die Braut haben: einen Kimono, ein Cocktailkleid und dann die weiße Robe. Verrückt, daß sie alles den Westlern nachmachen müssen!
Nein, der Puder hilft nicht, der klumpt bloß zusammen. Kleb' ich mal eine Ladung Deckcreme drauf, ob's da besser ist. Warum muß ich mich auch in die Sonne legen! Mein Chef würde sagen, „meine liebe Frau Rainer, ich schicke sie nicht für teues Geld nach Japan zum Faulenzen, sondern daß sie unsere Werkzeug-

maschinen optimal an den Mann, bzw. die Frau bringen!" Dabei hab' ich mich bloß in der Mittagszeit ein bißchen am Pool erholen wollen, bin wegen des Jetlags aber glatt eingeschlafen! Würde mich interessieren, ob die Braut mit meinem Hochzeitsgeschenk was anfangen kann, Nymphenburger Porzellan, ein Kaffeeservice für fünf Personen. Natürlich haben die sich im Laden gewundert, warum fünf, mußte ich ihnen erst erklären, daß in Japan das Wort für sechs auch Tod bedeutet und sowas geht natürlich überhaupt nicht.

Mir wäre das Service viel zu verschnörkelt, doch der der japanische Geschmack ist anders als der unsrige; mir gefallen die Farben der Kimonos ebenfalls nicht, zu schreiend, Gottseidank muß ich sie nicht tragen. Vielleicht halten sie mein Kleid für häßlich, ich find's ganz entzückend und Pink liebe ich nun mal. Der Ausschnitt wäre beindruckend – wenn ich nur nicht diesen Sonnenbrand hätte! Soll ich vielleicht doch lieber das Blaue anziehen? In dem hinwiederum hab' ich einen Kugelbauch und wenn ich obendrein ein bißchen viel vom Buffet nehme . . . nein, bleib' ich bei dem Pink. Ein drittes Abendkleid wollte ich mir nun wirklich nicht zulegen, wo ich sowieso mit meinen Arbeitskollegen viel lieber den Ausflug nach Kyoto an diesem Wochenende mitgemacht hätte. Aber die Einladung zur Hochzeit des Juniorchefs durfte ich keineswegs ablehnen, da wären die Japaner tödlich beleidigt; das darf ich meiner Firma nicht antun. Sie hat mich, wie gesagt, nicht hergeschickt, um mich zu amüsieren, sondern um Kontakte zu pflegen. Also pflege ich halt, unverdrossen . . .
Die Creme hat den Brand schon ein bißchen abgedeckt, oder? Ich könnte natürlich auch einen Schal malerisch um den Nacken schlingen -

Wo doch der Nacken bei den Japanerinnen als ungemein erotisch gilt. Ich weiß nicht, ob ich einen erotischen Nacken habe, bei uns zählt ja was anderes.

Braut- und Bräutigammutter tragen sicherlich Kimonos. Ich hab' mir welche in dem Kaufhaus in der Ginzah angeschaut, die haben ein Vermögen gekostet, wundervolle schwere Seide und prachtvolle Handstickereien und dabei so aufdringliche Farben, ein Jammer! Also die beiden Mütter werden ganz stilecht dahergetrippelt kommen auf ihren Getas. Sowas von unbequem, diese Holzsandalen; ich hab' die meinen nicht lange tragen können. Wenn sie wenigstens flach wären, aber nein, hoch wie Plateauschuhe, die bei uns auch mal Mode waren. Außerdem waren meine Füße dafür viel zu groß. Überhaupt komme ich mir immer wie eine Bavaria vor; dagegen, wenn ich meiner Reisefreundin Juliane hinterherhaste, fühle ich mich recht zwergenhaft.

Eine zweite Lage Creme kann nicht schaden.

Was die Gäste heute wohl für Geschenke bekommen? Das letzte Mal, bei der Hochzeit der zwei von der japanischen Fluglinie, gab's Kaffeetöpfe. Konnte ich überhaupt nicht brauchen, aber sie waren hübsch verpackt. Ja, das können die Japaner.

Kein Wunder, daß jetzt viele Junge im Ausland heiraten, erspart ihnen eine Menge Geld; die drei Brautkleider, das Hotel, Bewirtung von sämtlichen Verwandten, Freunden und Kollegen, Geschenke für sämtliche Gäste - dafür kann sich das Paar eine herrliche Reise leisten und die Wohnung einrichten. Naja, das wenigste Geld brauchen sie für die Möblierung der Kämmerchen, die man sich in Tokio höchstens leisten kann. Bin ich froh, daß mir meine Firma das Hotelzimmer zur Verfügung stellt!

Ich hab' das Gefühl, als ob der Sonnenband unter der Deckcreme kaum noch zu erkennen ist - Brauch ich also doch nicht den Schal.

Oh, da draußen ist so ein Krach. Es geht wohl los, das Brautpaar ist im Anmarsch. Da muß ich jetzt auch raus, raffe ich also Rock und die drei Unterröcke und lächle strahlend . . .

„Ach, Frau Rainer, meine liebe Kollegin, Sie hat man also auch eingeladen, wie schön, da habe ich doch gleich eine Tischdame und brauche mich nicht mit dem unverständlichen Englisch einer japanischen Geschäftsfreundin herumzuplagen.
Aber sagen Sie, Sie Ärmste, wo haben Sie denn den scheußlichen Sonnenbrand erwischt?"

Verpaßt

Das unbestimmte Gefühl, etwas sei nicht in Ordnung, ließ sie erwachen. Durch die schmalen Schlitze des Rolladens drangen schon helle Streifen ins Schlafzimmer; entsetzt starrte Eva auf das Ziffernblatt: 6.47! Dabei hatte sie die Weckzeit gestern extra auf 5.30 gestellt! Sie nahm die Uhr hoch und horchte: sie tickte. Vergessen hatte sie lediglich, „wecken" einzustellen!
Eva sprang aus dem Bett, stürzte ins Bad, fuhr sich mit nassen Händen durchs Gesicht, drückte kurz das Handtuch drüber (nach dem Einchecken wird sie genügend Zeit haben, ihre Toilette zu vervollständigen). Hätte sie gestern nur schon die Unterwäsche bereit gelegt! Außerdem war sie sich noch nicht klar darüber gewesen, ob sie das sandfarbene Leinenkostüm oder den grünseidenen Hosenanzug anziehen sollte – nun riß sie den aus dem Schrank; schlüpfte in die buntgemusterte Bluse, dann in die Hose, warf die Jacke über – den Knopf hätte ich festnähen müssen, dachte sie, wütend über sich! Nervös versuchte sie den Koffer zu schließen – es ging nicht, weil ein T-Shirt klemmte. Sie fluchte und riß das störende Stück heraus. Nun ließ er sich zumachen. Dann den Reißverschluß der Reisetasche zugezogen, Wasser und Heizung abgedreht, die Wohnungstür zugesperrt. So schnell es der Rollenkoffer zuließ, eilte sie zum Bahnhof. Himmel gib, daß die S-Bahn Verspätung hat, betete sie.
Von einem Zug war Gottseidank nichts zu sehen. Sie atmete auf. Es würde reichen, eineinhalb Stunden vor Abflug wird sie am Schalter sein.

Dann hatte sie neun Stunden Zeit, sich auf ihn vorzubreiten, ihren Goldjungen von der Playa Dorada. Ihr Herz machte einen Sprung, wenn sie an ihn dachte, an seinen kaffeebraunen Körper, seine pechschwarzen Locken, seine kohlschwarzen Augen und seine blitzenden Zähne, die er beim Lachen so gern zeigte. Ihr Magen krampfte sich zusammen vor Sehnsucht – noch neun Stunden mußte sie es ohne ihn aushalten!

Unruhe machte sich auf dem Bahnsteig bemerkbar, ungeduldiges Getrappel und Gemurre unterbrach ihre Träume; sie blickte auf die Uhr; die Bahn hatte bereits zehn Minuten Verspätung – jetzt wurde es aber wirklich knapp! Eva fühlte, wie sich auf ihrer Stirn Schweißtropfen bildeten, obwohl ein kühler Wind über das Bahngelände fegte.
Endlich kam der Zug angebraust! Eva drängte in den Wagen, blieb im Gang stehen, zum Sitzen war sie zu ungeduldig. Ständig starrte sie auf ihre Armbanduhr, keine Minute war bisher eingeholt! Nervös nestelte sie an dem lockeren Knopf – was sie erst bemerkte, als er ihr in der Hand blieb.
Schließlich ein Halt auf offener Strecke, und die Durchsage, die Weiterfahrt verzögere sich wegen eines Personenschadens. Eva setzte sich, verzweifelt.
Nach einer halben Stunde ging es weiter. Zügig nun.

Im Flughafen schöpfte sie erneut Hoffnung: auf der Tafel blinkte die Anzeige für ihre Maschine noch „boarding". Sie eilte zum Check-in-Schalter, zum Glück stand lediglich ein Pärchen vor ihr, und das war bald abgefertigt.
Sie legte Paß und Reiseunterlagen vor. Die Dame in der blauen Uniform lächelte verbindlich, begann, die Daten in den Computer einzugeben. Runzelte plötzlich die Stirn. Schaute ihre Passagierin streng an. „Das ist das falsche Ticket!"
Eva schüttelte den Kopf: „das kann nicht sein – "
„Hier, das Datum ist der 11, heute haben wir den 13. Sie hätten vorgestern fliegen müssen!"

Eva starte auf die Zahlen: tatsächlich stand da „11". „Die Reiseagentur hat es falsch ausgestellt, ich wollte heute fliegen, so lautete meine Bestellung! Vorgestern hätte ich gar nicht weg können, da war ja meine Teilhaberin noch in Urlaub!" korrigierte sie empört.
Die Boden-Stewardeß zuckte die Achseln: „Das müssen Sie mit Ihrer Reiseagentur regeln! Sie waren für den 11. gebucht, das steht nun mal da. Sie hätten den Schein kontrollieren müssen. Die nächste Maschine ist voll, die kann Sie keinesfalls mitnehmen."
Eva beschwor ihr Gegenüber: „Ich muß fliegen, verstehen Sie, ich muß unbedingt!"
„Heute ist es unmöglich, es ist zu spät. Morgen fliegen wir den Bestimmungsort nicht an, erst wieder übermorgen. Ich schaue mal nach, ob da noch ein Platz frei ist." Sie hämmerte auf dem Computer herum. „Alles ist ausgebucht, wir haben Urlaubszeit. Aber ich setze Sie auf die Warteliste, an die erste Stelle. Wenn Sie rechtzeitig da sind, könnte es unter Umständen klappen – allerdings – versprechen möchte ich Ihnen nichts!"
„Danke," murmelte Eva, wankte zur nächsten Bank und ließ sich darauf fallen. Kunterbunte Gedanken wirbelten in ihrem Kopf herum, aber alle endeten bei Pablo.

Vor einem Jahr war sie ihm begegnet: als Gästebetreuer im Hotel „Sol" hatte er sich vorgestellt. Sein Eifer hatte sie zuerst belustigt, später fand sie es bequem, sich das Tagesprogramm von ihm gestalten zu lassen: er beriet sie bei der Buchung von Busausflügen, organisierte Fahrten übers Land mit einem Taxi, das einem Vetter gehörte, und begleitete sie bei Besuchen von verschiedenen Handwerksbetrieben, deren Besitzer Angehörige von ihm waren. Eine Tante betrieb eine Töpferei, Eva kaufte ihr ein grünes Teeservice ab. Eine Nichte fertigte Stickereien an;

Pablo fand, daß Eva eine rosa Bluse hervorragend stand; natürlich kaufte sie sie. Ein Neffe webte mit seiner Familie Teppiche, Eva kaufte ihnen eine Brücke für den Flur daheim ab. Ein Onkel war Goldschmied; Eva kaufte ihm eine Anstecknadel in Form einer aufgehenden Blüte ab, und für Pablo eine Kette, worüber er sich so freute, daß sie ganz gerührt war. Sie staunte über die Größe der Verwandtschaft. Ganz reizend fand sie es, wie er sich bemühte, überall einen Preisnachlaß für sie herauszuschlagen.
Er selbst unternahm Bootsfahrten mit ihr; ruderte sie die Küste entlang und zeigte ihr die malerischsten Stellen. Bei Wanderungen erwies er sich als unermüdlich, schleppte sie auf Berge, um von oben auf seine herrliche Heimat hinzuweisen. Alles mußte sie sich anschauen: einen besonders alten Baum, das verfallende Herrenhaus eines langverstorbenen Landadeligen, eine plätschernde Quelle oder eine üppig blühende Blumenwiese. Auf halsbrecherischen Pfaden führte er sie zu einer einsamen Bucht, deren weißen Sand drei Palmen beschatteten; über diese seine Entdeckung zeigte er sich so stolz, daß Eva vor Zärtlichkeit fast die Tränen kamen. Und erst „sein" Sonnenuntergang – er hatte eine bestimmte Stelle gefunden, von der aus man die Sonne genau in der Mitte zweier Hügel ins Meer versinken sah, wobei sie ihr rotes Glühen über Land und Wasser breitete. Nie mehr konnte Eva das Naturphänomen betrachten, ohne an diesen magischen Ort, und an ihren Pablo, zu denken.
Abends taute er erst richtig auf, da ging er mit ihr zum Tanzen in einheimische Lokale. Er schien der geborene Tango-Tänzer, sein ganzes Temperament entfaltete er dabei. Eva konnte kaum mithalten, aber er war ein guter Lehrer und lobte sie überschwenglich, wenn sie eine seiner komplizierten Drehungen kapiert hatte.

Nachts war er der einfühlsamste und zärtlichste Liebhaber, den eine Frau sich nur wünschen konnte.

Jeden Tag, jeden Abend und jede Nacht verbrachten sie zusammen, er hatte nur Augen für sie, war nur für sie da. Zwei Wochen schwebte Eva im Paradies. Beim Abschied brach ihr fast das Herz, sie wußte nicht, wie sie ohne ihn leben sollte.

Vorher war sie glänzend ohne Partner ausgekommen. Einmal stand sie kurz vor der Hochzeit, mit Markus, einem Architekten. Er hatte bereits ein Haus für sie beide gebaut, ein eigenwilliges, ultramodernes Gebäude: „ein Vorzeigeobjekt," hatte er geschaffen. Darin war eine mächtige Schauküche – „als Anregung für Bauherren" – ein großes Eßzimmer – „wir werden viele Besucher haben" – ein riesiges Wohnzimmer – „den Raum brauchen wir, wenn wir Feste feiern" – drei Gästezimmer mit Bädern – „wenn ich Kunden von auswärts habe" – einen parkähnlichen Garten – „es muß Platz für mindestens 50 Leute beim Sommerfest sein". Da hatte sie es mit der Angst bekommen; sie würde ausschließlich Gattin des bekannten Architekten Markus Marten sein und ihr Leben nach ihm ausrichten müssen. Und sie kam zu dem Schluß, daß sie ein Leben als Single vorzog, daß es ihr mehr lag, selbständige Geschäftsfrau zu sein als Anhängsel eines vielbeschäftigten Mannes.

Markus heiratete ein Jahr später die ideale Frau: eine stets gepflegte Gattin, eine tadellose Gastgeberin, eine Kameradin, die sich für alle seine Probleme interessierte, ein Eheweib, das nur für ihn da war. Gelegentlich rief er Eva an, lud sie in ein Schlemmerlokal zum Abendessen ein und klagte ihr sein Leid: „Meine Frau ist perfekt als absolut verläßliche Assistentin – aber ihr völliger Mangel an Eigenleben macht mich manchmal rasend, unsere Gespräche drehen sich ausschließlich um meine Angelegenheiten, anderes hat sie nicht beizusteuern. Da warst du halt ganz anders – "

Einmal im Jahr buchte Eva einen Cluburlaub; immer fanden sich attraktive junge Männer, mit denen sie die zwei Wochen turbulent verbrachte, sie lernte Tauchen, Surfen, Golfspielen – aber am Ende der Ferien war sie froh, nicht mehr die Sportliche spielen zu müssen, sondern passiv ihre Freizeit verbringen zu dürfen. Beim Fernsehprogramm liebte sie die Talkshows, von einem Bücherclub bestellte sie die Bestseller, und sowie ein neues Musical aufgeführt wurde, war sie nicht zu halten. Von zwei Freundinnen, die sie im örtlichen Kulturverein kennengelernt hatte, ließ sie sich gelegentlich zu Museums- oder Konzertbesuchen überreden; aber das tat sie mehr ihnen zu Gefallen als aus eigenem Interesse.

Sie liebte ihren Beruf als Kosmetikerin. Ihr Salon florierte, die betuchte Klientel sorgte für einen lukrativen Geschäftsgang. Mit Vera, ihrer jüngeren Teilhaberin, verstand sie sich ausgezeichnet, sie ergänzten sich bestens. Vera war stets auf dem Laufenden mit den neuesten Trends und überraschte mit grünen Fingernägeln oder mit blauen Strähnen in einer gelversteiften Frisur.
Eva machte es Freude, mit Kundinnen umzugehen und ihr Vertrauen zu genießen, geachtet und zu Rate gezogen zu werden – sie war überzeugt davon, eine wichtige soziale Aufgabe zu erfüllen. Tiefe Befriedigung empfand sie immer von neuem, wenn die Damen sich nach der Behandlung im Spiegel betrachteten: „Sehr gut, meine Liebe, ausgezeichnet haben Sie das wieder hingekriegt!" und in dem Bewußtsein wiedererlangter Schönheit zum Salon hinausschwebten.

Ja, sie war zufrieden gewesen mit ihrem Beruf und ihrer persönlichen Freiheit – bis sie eben beim letzten Urlaub Pablo kennenlernte, der in ihr eine unbestimmte Sehnsucht weckte, nach etwas, das in ihrem Leben fehlte.
Sie schrieb ihm und schickte Geschenke. Er antwortete kurz, mit krakeliger Schrift, auf Ansichtskarten.

Nach endlos scheinenden zwölf Monaten sollte das Warten ein Ende haben, heute hätte sie ihn wieder in die Arme schließen wollen. Und nun –
Aber übermorgen mußte es klappen, es mußte einfach!
Wie nur sollte sie die Zeit bis dahin überstehen? In den Salon zurückkehren? Dazu hatte sie keine Ruhe. Regina fiel ihr ein, eine Kollegin, die mit ihr die Kosmetikschule besucht und die dann eine Schönheitsfarm in Weißenbach eröffnet hatte.
Ja, dort würde sie hinfahren, sich zwei Tage nach Strich und Faden verwöhnen lassen, in Milchbädern und unter Schlammpackungen ihre Sehnsucht betäuben.
Sie fuhr mit der S-Bahn zurück, zum Hauptbahnhof; etwas über eine Stunde mußte sie warten, dann ging der nächste Zug, der sie zu ihrer Freundin brachte.

Regina freute sich, sie zu sehen: „Das war eine gute Idee, sich bei mir blicken zu lassen. Du bist ja ganz grau im Gesicht! Meine Güte, dich muß man mal richtig aufpäppeln. Die viele Arbeit, die hinterläßt Spuren!" Und gleich übergab sie sie der Obhut ihrer einfühlsamsten Angestellten: „Bei Susanne wirst du sämtliche Sorgen vergessen, sie ist eine Zauberin!"
Tatsächlich knetete und massierte Susanne die trüben Gedanken hinweg. Und verwöhnte Eva mit Komplimenten, wie Eva ihre Kundinnen zu verwöhnen pflegte: „Bei Ihrer Figur brauchen Sie keine Diät zu halten, essen Sie ruhig, was Ihnen Spaß macht!

Ihre wunderschönen Haare werde ich mit einer Kamillenpackung so richtig zum Leuchten bringen! Was haben Sie für sensible schlanke Hände, sollen wir für die Nägel nicht einmal diesen neuen Korallenlack probieren?"
Nach dem Abendessen plauderten die Frauen noch zwei Stunden, bis Regina die Freundin ins Bett scheuchte: „Du sollst dich hier erholen und dir nicht die Nacht um die Ohren schlagen. Schließlich bin ich für deine Schönheit verant-wortlich!" Eva gehorchte lachend.
Sie schlief in der rosa Satinbettwäsche tief, das stilvoll servierte Essen schmeckte ihr.
Und dann – wie erholsam war es doch, von früh bis spät dienstbare Geister um sich zu wissen, die nichts anderes als das Wohlbefinden der ihnen Anvertrauten im Sinn hatten!

„Schau dich an, siehst du jetzt nicht fabelhaft aus? Um fünf Jahre jünger!" meinte Regina am zweiten Morgen zufrieden.
„Das kann ich sehr gut brauchen! Du hast recht, es war beinahe eine gute Idee, das Flugzeug zu verpassen und sich von dir aufmöbeln zu lassen!" lachte Eva. „Tausend Dank!"
„Mit deinem jetzigen Aussehen kannst du dir den begehrtesten Millionär angeln! Gute Reise, und viel Erfolg!" wünschte Regina beim Abschied.

Am Flughafen, nach einstündigem, bangem Warten der erlösende Aufruf: „Es hat doch noch geklappt," teilte ihr die Schalterdame freudestrahlend mit, „ein Ehepaar mußte wegen eines Todesfalles absagen!"
„Was für ein Glück, Sie glauben gar nicht, wie erleichtert ich bin!" Am liebsten wäre sie ihr um den Hals gefallen. Jetzt konnte nichts mehr passieren.

Im Flugzeug saß neben ihr eine junge sommersprossige Mutter, die versuchte, ihr zweijähriges Söhnchen zu bändigen, einen niedlichen kleinen Kerl mit kaffeebrauner Haut, schwarzen Locken und schwarzen Haaren, der jeden Wunsch mit Gebrüll durchsetzte. Die Mutter lachte entschuldigend: „Der Flug ist langweilig für meinen lebhaften Esteban, aber ich muß ihn endlich seinem Vater und den Großeltern zeigen, die haben ihn nämlich noch nicht gesehen!"
„Die werden ihre helle Freude an dem aufgeweckten Knaben haben," prophezeite Eva.
„Da bin ich sicher," stimmte die stolze Mutter zu, während sie versuchte, die Fingerchen, die an ihren roten Haarsträhnen zerrten, zu entfernen, was abermals heftige Proteste auslöste. Trotz aller Beschwichtigungsversuche dauerte das Geschrei nahezu ununterbrochen an; erst eine halbe Stunde vor der Landung schlief der Kleine erschöpft ein.

Schließlich war diese Prüfung auch vorüber, das Flugzeug sicher gelandet, Paß- und Zollkontrolle erledigt. Der Bus brachte die Reisenden ins Hotel Sol.

Eva bekam ein Apartment mit Blick aufs Meer; bei starkem Seegang konnte man es Rauschen hören, erinnerte sie sich. Sie verstaute den Inhalt des Koffers im Schrank, duschte, zog das weiße, tief ausgeschnittene Seidenkleid an, von dem er so entzückt gewesen war. Sorgfältig machte sie sich zurecht, legte Make up auf, betonte die Augen mit silbrigem Lidschatten und schwarzer Wimperntusche, verrieb einen Tupfer Rouge auf den Wangen und zog die Lippen mit einem warmen orangeroten Lippenstift nach. Sie lächelte ihr Spiegelbild an: perfekt. Aus der Minibar nahm sie eine Flasche Piccolo und trank sich eine beschwingte Stimmung an. Das Samtfutteral mit dem Opalring, ihr Mitbringel für ihn, steckte sie in ihre weiße Lacktasche. Nun spazierte sie die gewundenen Wege entlang zum Pool. Die rosa und gelb blühenden Büsche, die sie säumten, verbreiteten ihren zarten Duft. Es war bereits dunkel, ein Dutzend Laternen spendete warmes Licht und beleuchtete die verschwenderische Blumenpracht der Rabatten. Einschmeichelnde Musik einer Bigband klang vom Haus herüber. Wie schön es hier wieder ist, dachte sie, schon ohne ihn ist es ein Paradies, aber mit ihm – sie seufzte in seliger Erwartung. Wie oft waren sie hier herumgegangen, hatten Mond und Sterne angeschaut, der Musik gelauscht, hatten sich umarmt – so wie dieses Paar, das da hinter der Hecke hervortrat –

Es war Pablo, der besitzergreifend eine kleine Mollige an sich drückte. Deren unbeholfen geschminktes, pausbäckiges Gesicht umrahmten wasserstoffblonde Kringellöckchen. Ein giftgrünes Strechkleid, das einen großzügigen Einblick in das beeindruckende Dekolleté gewährte, wölbte sich um etliche Fettpolster. Schenkelkurz ließ es knubbelige Knie sehen. Die breiten Füße staken in hochhackigen goldenen Sandaletten. Ketten, Ringe, Fußkettchen klirrten bei jedem Schritt.

Pablo ließ unter dem lässig geknöpften weißen Hemd die goldene Kette sehen, die Eva ihm gekauft hatte. Am Arm blitzte das goldene Armband, das sie ihm zu Weihnachten geschickt hatte. Nur statt der Cartier-Uhr, die ihr Ostergeschenk gewesen war, hatte er eine Rolex angelegt.

Eva ließ sich auf den nächstbesten Gartenstuhl fallen. Fassungslos starrte sie ihren Goldjungen an. Dann – wie in Trance – erhob sie sich und ging auf die beiden zu. Er erblickte sie, strahlte: „Oh, Evita, du bist gekommen! Ich habe vorgestern auf dich gewartet, aber du warst nicht im Bus. Herzlich willkommen! Ich hole gleich meinen Vetter, der kümmert sich um dich, er ist sehr nett!" Seine weißen Zähne blitzten. Er pfiff; aus

dem Hintergrund trat ein schlanker, kaffeebrauner junger Mann mit pechschwarzen Haaren und kohlschwarzen Augen. Mit breitem Lächeln ging er auf Eva zu, zwischen den Fingern der rechten Hand hielt er geziert ein Cigarillo. Pablo erklärte eifrig: „Das ist José!"
Eva schaute Pablo kühl an: „Diesmal möchte ich zur Abwechslung einen Blonden. Hast Du da keinen auf Lager?"
Verwirrt schüttelte er den Kopf: „Nein, Evita, blond, nein!"
„Schließlich habe ich ‚all inclusive' gebucht. Dann lassen wir es vorerst bleiben!" Sie neigte hoheitsvoll den Kopf und schritt zum Hotel zurück.
Als sie sich nach zwei Stunden auf ihrem Bett ausgeheult hatte, setzte sie sich auf den Balkon und starrte in die Dunkelheit.

Irgendwie vergingen die Tage. Sie machte sämtliche Ausflüge mit, die die geschäftstüchtige Agentur anbot, wanderte stundenlang am Strand entlang und schwamm im Meer. Die Ambitionen einer rheinischen Frohnatur, sie zu erobern, kamen ihr nicht ungelegen, aber nach einer enttäuschenden Nacht ließ sie die Finger davon.
Nur selten begegnete sie ihrem Goldjungen und dem buntbemalten Mops, wobei Eva es fertigbrachte, liebenswürdig zu lächeln. Stolz war sie auf sich, daß sie sich so tapfer hielt.

Die zwei Wochen waren vorüber. Diesmal verließ sie das Hotel „Sol" ohne Bedauern. Fast mit Erleichterung sah sie sein ausladendes Dach hinter dem Hügel verschwinden, als sie der Bus zum Flughafen fuhr. Nie wieder würde sie zurückkehren.
Der Mops war schon vor zwei Tagen abgereist; Eva hatte auch Pablo nicht mehr gesehen. Der wird sich dringend erholen müssen, vermutete sie.

Abermals saß sie im Flugzeug. Aufatmend stellte sie fest, daß die Mutter mit ihrem Schreihals weit vorn saß – in der Abfertigungshalle hatte die ihr noch schnell zugerufen: „Wir fliegen heim, mit Estebans Vater, ich nehme ihn mit nach Deutschland!" und war mit den beiden Koffern, einer Umhängetasche und einem Rucksack dem großen dunkelhäutigen Mann hinterhergestolpert, der seinen Sohn auf dem Arm trug. „Na dann viel Glück," hatte Eva gemurmelt, aber das hatte die andere nicht mehr hören können.

Eva nippte an ihrem Tomatensaft, während sie über eine romantische Urlaubsgeschichte nachdachte, die sie ihren Kundinnen auftischen wollte: Gundolf könnte sie ihre Eroberung nennen, so, wie der etwas linkische Mittfünfziger am Nebentisch im Speisesaal des „Sol" geheißen hatte. Architekt würde er sein, damit kannte sie sich wenigstens ein bißchen aus. Kölner vielleicht, von heiterer Gemütsart. Natürlich unglaublich zärtlich. Und vielseitig interessiert, fast die ganze Zeit waren sie unterwegs gewesen, um die Insel zu erkunden. Vermögen? Ausreichend, sie sollte nicht zu sehr übertreiben. Von Heirat hatten sie gesprochen, aber das kam für sie natürlich nicht in Frage, er mußte wegen seines gutgehenden Büros in Köln bleiben und sie könnte sich doch niemals von den ihr so teuren Kundinnen trennen. Die Geschichte klang gut, fand Eva, und glaubwürdig. Besonders die detaillierte, enthusiastische Schilderung der Sonnenuntergänge in trauter Zweisamkeit würde den Wahrheitsgehalt ihres Berichtes unterstreichen.

Nach dem Essen blätterte sie in der Bordzeitung; ein Artikel erweckte ihre Aufmerksamkeit:
„Neueste Untersuchungen ergaben, daß ein Großteil der Inselbevölkerung – und nahezu alle Männer und Frauen zwischen 16 und 35 Jahren – an einer bisher unerforschten Infektions-

krankheit leidet. Bei Reisenden, die diese Gebiete besucht hatten, wurde eine besorgniserregende Häufung von schweren Herzerkrankungen festgestellt. Europäer, die naturgemäß keine Antikörper dagegen entwickelt haben, tragen oftmals irreparable Schäden davon. Das Tropeninstitut empfiehlt bei Kontakten mit Einheimischen äußerste Zurückhaltung – "
Eva fuhr der Schreck in die Glieder – nicht auszudenken, welches Souvenir sie heimgenommen hätte, wäre ihr die Konkurrentin nicht zuvorgekommen. Lustvollen zwei Wochen wäre eine Zeit voller Reue gefolgt –

Plötzlich stellte sie sich vor, wie die Wasserstoffblonde auf diesen Artikel reagiert hatte, malte sich deren Gemütszustand aus!
Sie klingelte der Stewardeß: „Bringen Sie mir bitte einen Pikkolo?"
„Sehr gern!"
Eva schenkte sich den Sekt ein und kicherte: „Auf dein Wohl, ringellockiger Mops!"

Der Bumerang
Ein australisches Märchen

Coonabarabran war ein tüchtiger junger Mann. Keiner wußte so geschickt wie er die Fische aus den Flüssen aufzuspießen.
Deshalb sprach eines Tages der Stammesälteste zu ihm: „Coonabarabran, du fängst Fische für zwei, du kannst eine Frau ernähren. Ich gebe dir meine älteste Tochter." So heiratete Coonabarabran Mullumbimbi. Coonabarabran fischte, Mullumbimbi sammelte wilde Früchte und Kräuter. Beide lebten gut.

Eines Tages sprach der Medizinmann: „Coonabarabran, du kannst mehr als zwei ernähren, nimm meine Tochter zur Frau." Coonabarabran heiratete auch Gulargambone. Die grub Wurzeln aus und pflückte Nüsse. Die drei lebten gut. Was sie nicht aßen, tauschten sie bei Stammesgenossen gegen Känguruhfleisch.

Eines Tages sprach die Stammesälteste zu Coonabarabran: „Ein Sohn meiner Schwester ist gestorben und hinterläßt eine junge Witwe. Du kannst sie ernähren; ich will, daß du sie zur Frau nimmst." Da heiratete Coonabarabran auch Wollomombi. Wollomombi nähte für Coonabarabran einen Umhang aus Känguruhfellen mit einer Schließe aus Krokodilzähnen. So gut gefiel ihm der, daß er ihn jeden Tag umlegte.
Das ärgerte Mullumbimbi und Gulargambone.

Eines Tages saß Coonabarabran unter einem Eukalyptusbaum und schnitzte mit seinem Steinmesser an einem Stück Grasbaumholz herum. Auf dieses wollte er seinen Känguruhumhang hängen, der vom Regen naß geworden war. Neben ihm an der Feuerstelle röstete Wollomombi ein Stück Krokodilfleisch.

Gulargambone und Mullumbimbi bereiteten in der Nähe auf einem flachen Stein eine Paste aus Buschbananen und wilden Feigen, wobei sie laut über Coonabarabran und Wollomombi schimpften. Als das Gekeife kein Ende nehmen wollte, nahm Coonabarabran das Stück Holz, das er gerade bearbeitete, und warf es gegen Mullumbimbi. Die bückte sich, da kam das Holzstück zurückgeflogen, in Coonabarabrans Hand. Der war sehr erstaunt. Er warf es nun gegen Gulargambone, die zur Seite auswich. Wieder kehrte das Holzstück in Coonabarabrans Hand zurück.

„Du hast den Bumerang erfunden", sagte Wollomombi. „Das wird dir großes Ansehen bei deinem Stamm verschaffen. Gib den Fischfang auf und schnitze Bumerangs."
Das tat Coonabarabran.

Mullumbimbi und Gulargambone murrten, weil es keinen Fisch mehr zum Essen gab.

Eines Tages saß Coonabarabran unter einer Akazie und schnitzte an einem Bumerang, neben ihm saß Wollomombi und flocht einen Korb aus Spinifexgras. Da rief Gulargambone: „Coonabarabran, hilf mir und Mullumbimbi auf den Baum hinauf, er ist voller Makadamianüsse, die wollen wir pflücken."
Coonabarabran nahm eine Strickleiter, kletterte den Stamm empor bis zum untersten Ast und befestigte dort die Strickleiter. Gulargambone und Mullumbimbi stiegen hinauf und pflückten in einen Fellbeutel Nüsse. Nach einer Weile fingen sie an, Wollomombi damit zu bewerfen. Als Gulargambone mit einer Nuß Wollomombi an der Schläfe traf und die heftig zu bluten begann, sagte Wollomombi zu Coonabarabran: „Laß die beiden auf dem Baum und uns fortgehen. Meine Familie wird dich aufnehmen, wenn du ihm deinen Bumerang vorführst."

Da schnitt Coonabarabran die Strickleiter ab und ließ seine beiden zeternden Frauen auf dem Makadamianußbaum.
Mit Wollomombi wanderte er zu ihrer Familie. Dem Stammesältestem machte er einen Bumerang zum Geschenk. Wollomombi sagte: „Coonabarabran, schenke auch den anderen Männern Bumerangs."
Das tat Coonabarabran. Die Männer dankten ihm dafür mit Gaben von Fischen, Steinmessern, Schwirrhölzern, Holzschalen und Stücken von Känguruhfleisch.

Eines Tages sprach der Stammesälteste zu Coonabarabran: „Du bist in unserem Stamm angesehen, deshalb gebe ich dir meine Tochter Talaltuma zur Frau."
Da sagte Wollomombi: „Coonabarabran schnitzt Bumerangs. Wir leben von dem, was ich sammle und an kleinen Tieren erlegen kann. Das reicht nicht für drei."
Da gab der Stammesälteste einem anderen Mann Talaltuma zur Frau.
Coonabarabran mußte sich mit Wollomombi begnügen.

Indessen zeterten und schrien Gulargambone und Mullumbimbi auf dem Makadamiabaum, daß es meilenweit zu hören war. Und so wurde auch Akalujaia auf sie aufmerksam; das war ein Didgeridoo-Spieler auf der Suche nach passenden Hölzern. Er ging zu ihnen hin, stieg auf den Baum und holte eine nach der anderen herunter. Sie erzählten im empört, daß ihr Mann Coonabarabran sie dort oben hatte sitzen lassen und mit Wollomombi fortgegangen sei.
Akalujaia sagte: „Ich bin ein Didgeridoo-Spieler und mache diese Instrumente, die ich verkaufe. Ich könnte noch viel mehr verkaufen, aber ich kann nicht so viele herstellen. Ihr sollt mir

helfen. Bleibt also bei mir!" Damit waren Gulargambone und Mullumbimbi zufrieden.

Mullumbimbi mußte nun Früchte und Kräuter sammeln und sie zubereiten, Gulargambone Hölzer suchen, die von Termiten ausgehöhlt worden waren. Akalujaia schnitzte Muster in die Rinde.

Eines Tages kam Gulargambone von einem weiten Fußmarsch mit zwei Hölzern zurück und hockte sich auf die Erde neben Mullumbimbi, die auf einem heißen Stein Buschtomaten röstete, und seufzte: „Den ganzen Tag bin ich gelaufen und mir tun die Füße weh. Akalujaia wird schimpfen, daß ich nur zwei Hölzer gefunden habe!"

Mullumbimbi sagte: „Und ich bin den ganzen Tag herumgelaufen, um etwas zum Essen zu finden. Akalujaia sitzt unter einem Baum, schnitzt ein bißchen und bläst ein bißchen auf dem Didgeridoo; er läßt sich's wohlsein und uns seine Arbeit tun. Wie gut hatten wir es bei Coonabarabran!"

Gulargambone nickte: „Wollomombi konnte Krokodile knusprig rösten, wir vier hatten so gut zu essen! Und jetzt?"

Mullumbimbi jammerte: „Wir hätten sie nicht mit den Makadamianüssen bewerfen sollen, dann wären wir noch beisammen und es ginge uns gut!"

„Ja, das war sehr dumm von uns!" stimmte Gulargambone zu. Beide weinten bitterlich.

Obskures

Madame Odette

Sie mußte es endlich erfahren!
Irma, die Kollegin aus der Rechtsabteilung, hatte ihr Madame Odette empfohlen: „Sie konnte den Ausgang der Bürgermeisterwahl richtig voraussagen, und bei einer Séance hat meine Nachbarin endlich ihren Vater kennengelernt – zu Lebzeiten ein hohes Tier in der Politik!"

Sobald Tinas Gehalt überwiesen war, ließ sie sich einen Termin bei Madame Odette geben. Zwar war die Warteliste sehr lang, aber glücklicherweise kam einer Kundin eine Beerdigung dazwischen, und Tina durfte vorrücken.

Voller Erwartung klingelte sie an der Tür im dritten Stock des Hochhauses. Eine magere, stark geschminkte Person in einem mauvefarbenen Spitzenflatterkleid, mit einem golddurchwirkten Turban öffnete. „Treten Sie ein, meine Liebe", sagte sie mit rauchiger Stimme, und schwebte voran in ein Zimmer, dessen weinrote Plüschvorhänge zugezogen waren, und das von den Kerzen eines dreiarmigen Leuchters erhellt wurde. Auf einem geschnitzten schwarzen Dreibein glommen Räucherstäbchen, die nach Weihnachtsplätzchen rochen.
Madame Odette nahm auf einem Plüschsessel vor einem runden Wurzelholztisch Platz und wies Tina an, sich auf den Stuhl ihr gegenüber zu setzen. In der Mitte des Tisches schimmerte milchig eine Glaskugel, um die Madame Odette nun ihre knochigen, buntberingten Hände legte: „Nun, meine Liebe, Sie wollen eine Begegnung mit Ihrer Mutter herbeiführen. Schließen Sie also die Augen, und denken Sie ganz fest an sie."
Tina tat wie ihr geheißen.

Ein wenig bauschte sich der Vorhang, ein wenig knisterte es in einer Ecke, dann hing der Vorhang wieder unbewegt, das Knistern hörte auf.

Nach einer Weile bemerkte Madame Odette unwillig: „Es klappt nicht mit Ihnen beiden. Wie war denn Ihr Verhältnis zu Lebzeiten Ihrer Mutter?"

„Na, reichlich gespannt. Sie war Single und ich sollte bloß für sie da sein. Da hat sie sich aber geschnitten, ich ging mit meinen Freunden aus, wann's mir paßte. Deshalb herrschte oft dicke Luft."

„Sie müssen Ihre Mutter um Verzeihung bitten!"

„Schmarrn, schließlich hat ja sie mich schikaniert!"

„An Ihrer Unversöhnlichkeit liegt es, daß keine Verbindung zustande kommt. Wenn Sie mit ihr kommunizieren möchten, bitten Sie sie um Verzeihung!"

„Wenn's unbedingt sein muß!"

„Schließen Sie die Augen und sprechen Sie: meine liebe Mutter, ich bitte dich herzlich um Verzeihung für meine Unbotmäßigkeit!"

„Für was?"

„Unbotmäßigkeit lautet die entsprechende Formel. Also bitte – "

Tina schloß die Augen und sprach laut und deutlich: „Hallo Mutter, entschuldige bitte. Mutter, laß dich mal blicken, ich bin auch ganz – ganz – botmäßig!"

Die Kerzen flackerten, die Vorhänge bauschten sich, Schwaden von Moder zogen vorbei. Durch den Raum schwebte eine graue, schemenhafte Erscheinung, umhüllt mit etwas, das an eine Kittelschürze erinnerte. „Meine Tochter!" schnarrte die Erscheinung.

„Mutter, bist es du? Mutter, gut, daß du gekommen bist. Was ich vergessen hab' zu fragen, als du noch gelebt hast: Wie war doch

gleich das Rezept für die Schokoladen-Bisquitrolle?"
Ein gequältes heiseres Gekrächze, die Kerzen erloschen, Schwefelgestank stieg auf. Schnelle Schritte, das elektrische Licht ging an, Madame Odette stand mit zornfunkelnden Augen an der Tür: „In einer derart profanen Angelegenheit wagen Sie mich und die teure Verblichene zu behelligen? Hinaus!" kreischte sie.
Tina drückte sich an ihr vorbei. Draußen ballte sie die Fäuste: „Teure Verblichene, da hat die Hexe recht gehabt, hundert Euros für null Rezept. Aber das Geld hol' ich wieder rein, teure Verblichene, kannst Gift drauf nehmen – keine Begonien mehr aufs Grab, sondern Löwenzahn, Löwenzahn in einer verrosteten Springform!"

Trugschluß

Die Kugel traf Lero Linguno genau ins Herz – er fiel tot zu Boden.

Nun schwebt er, schwebt durch einen jasminduftenden weiten Raum, in dem unzählige Pflanzen dahingleiten, fasrige Gräser, exotische Blumen, Blättergirlanden – dazwischen regnet es vielfarbige Blüten. Wenn er an sich herunterschaut, sieht er grüne Arme und Füße; ein aus grünen Halmen gewebtes Gewand umflattert ihn.
Dann steht er auf einem Moosteppich vor einem grünumrankten Torbogen; ein mit weißen Blütenköpfen besteckter Efeuvorhang verschließt ihn. Der teilt sich nun und Lero Linguno erblickt eine Gestalt, die ihm den Mund offen stehen läßt: ein überdimensionaler Lauchstengel; der verdickte, weiße Teil mit den feinen Wurzeln dient ihm als Kopf mit Haarkranz, zwei der grünen Spitzen als Beine. Füße braucht er nicht, denn er schwebt auf einer lichtgrauen Wolkenbank. Im Kopf befindet sich ein Gesicht mit zwei Augen und einem Mund, seitlich zwei Ohren. Der Mund öffnet sich: „Blumig willkommen," säuselt er.
Lero Linguno öffnet nun den seinen: „Wo bin ich hier hingeraten?"
„Na, das ist doch ganz klar, du bist im Menschenreich gestorben und befindest dich jetzt im Reiche der Floraxa, sie blühe auf ewig."
„Also – also – also – da staun' ich aber! Ich war mir ganz sicher, in der Hölle zu laden. Nicht daß es mich sonderlich hinzieht – in meiner Jugend hab ich schließlich Grausliches darüber gehört – aber wenn nicht ich, wer kommt dann in die Hölle? Ich hab' ungezählte Morde begangen und als Gangsterboß solche be-

fohlen, zuletzt meine Freundin die Klippe runtergestürzt – also ich hab' fest damit gerechnet, in die Hölle zu kommen!"
„Bei uns erleiden nur Vegetarier und Veganer – sagen wir – Höllisches." Die Lauchstange klingt genervt.
„Diese braven Leute? Versteh' ich nicht!"
Die Lauchstange seufzt, dabei einen Schwall Zwiebelgeruch ausstoßend: „Die Menschen glauben, sie seien die Krone der Schöpfung," sie prustet verächtlich, „dabei sind sie nur erschaffen worden, um den Sauerstoff, das Abfallprodukt der wahren Herrscher der Erde, nämlich der Pflanzen, aufzunehmen. Nichts weiter als unsere Wertstoffhöfe seid ihr. Unsere Herrin, Floraxa blühe auf ewig, hat den Menschen ein bißchen Verstand mitgegeben, damit sie sich selbst organisieren können – was sie natürlich mehr schlecht als recht tun – und sie hat ihnen den Vernichtungstrieb eingepflanzt, denn sonst würden sie sich vermehren wie Giersch. Du hast also nur getan, was programmiert war."
„Meine Güte, auf der Erde lernt man das aber ganz anders! Und was ist jetzt mit mir?"
„Vom floralen Standpunkt aus bist du ein guter Mensch, du hast Rosen kultiviert, hast besonders lange Dornen zu kreieren versucht. Und du hast vermieden, Gemüse oder Salat zu essen. Aus diesem Grunde ist dir im Florum ein angenehmes, den Pflanzen gewidmetes Leben vergönnt. Ist dieses beendet – es kommt auf deine Nützlichkeit an, wann – wirst du verbrannt oder begraben, und kommst so als Pflanzennahrung noch einmal zum Einsatz – vielleicht für eine langdornige Rose." Der Mund lächelt.
Jetzt ist Lero Linguno wirklich neugierig: „Und was geschieht mit Leuten, die mit Gärtnern nichts am Hut hatten?"
„Die werden sofort zu Humus verarbeitet.
Und dann gibt es noch die, die den Pflanzen geschadet haben

und dafür bestraft werden, aus ihrem Humus könnten sich dann Löwenzahn oder Würgefeigen entwickeln; ein schönes Beispiel ist deine Freundin Bibi. Floraxa, sie blühe auf ewig, war ihr besonders gram; diese Bibi war, wie du sicher weißt, Aktivistin in der Gruppe, die massiv den Anbau von genmanipuliertem Mais bekämpft und damit dem rotgepunkteten Kolbenfresser freie Bahn verschafft hatte. Bibi hat nun ein Feld zugeteilt bekommen, auf dem sie manuell den Käfer aufsammeln und vernichten muß. Zu ihrem Unglück vermehrt er sich sehr schnell," die Lauchstange kichert boshaft. „Da kommt mir eine Idee, wie du belohnt werden, deiner Veranlagung gemäß handeln kannst. Übrigens – nicht daß es mich besonders interessiert, aber warum hast du diese Bibi eigentlich umgebracht?"
„Sie war zu neugierig, das konnte man in meinem Beruf nicht brauchen."
„Aha, so war das. Also habe ich die passende Beschäftigung für dich: du hilfst Bibi bei der Käfervernichtung, da kannst du deiner Lust am Töten frönen." Die Lauchstange stößt einen Pfiff aus, da kommt ein Maiskolben angeflogen, direkt in Lero Lingunos linke Hand. „Der leitet dich zu Bibi und ihrem Maisfeld", erklärt die Lauchstange. „Ach so, ein Werkzeug brauchst du ja auch." Ein abermaliger Pfiff, und ein Klappmesser mit Schildkrötengriff landet in Lero Lingunos rechter Hand.
Der Vorhang schließt sich hinter der Lauchstange.
Für einen vernünftigen Gedanken ist in Lero Lingunos Kopf kein Platz; wirr wirbelt es dort durcheinander. Er hält den Maiskolben in der Hand und schwebt abermals durch das maiengrüne, jasminduftgeschwängerte Pflanzenparadies. Der Maiskolben schickt ihn einmal in eine sanfte Rechtskurve, in eine Linkskurve, geradeaus. Dann erblickt Lero Linguno etwas Dunkelgrünes, und je näher er ihm kommt, umso deutlicher

zeichnet es sich ab: es ist das Maisfeld. Nun sieht er auch sie, Bibi. Sie hat ein grasgrünes Blätterkleid um ihren nach wie vor begehrenswerten Leib geschlungen, steht neben einem Hackstock, haut mit einem Messer darauf herum, wirft dann etwas Rötliches in die danebenstehende Biotonne. Sie schaut auf: „Lero, du?"
„Bibi, ich werde hier im Florum für meine wohlgefälligen Taten auf Erden belohnt und darf dir helfen!" Er zeigt ihr das Messer.
„Mir ist jeder recht, sogar du. Seit ich weiß nicht wann steh ich hier, mutterseelenallein, mache diese – diese – nun, diese nützliche Arbeit – oh, ich wünschte, so bald als möglich zu Humus zerfallen zu dürfen!" Dicke Tränen rinnen ihre Wangen hinunter. Lero Linguno lacht: „Jetzt sei nicht so zimperlich, was sein muß, muß sein, also, her mit dem Tierchen, Rübe ab. Wie in alten Zeiten!" Er packt ein fingerlanges Kerbtier, platziert es auf dem Hackstock und schlägt ihm mit geübter Hand den Kopf ab. Er ist in seinem Element, singt: „und der Haifisch, der hat Zähne!"
Seufzend leistet Bibi ihm Gesellschaft. Gelegentlich tauschen sie ein paar Belanglosigkeiten aus.
Hatten sie sich schon auf Erden wenig zu sagen, so sind sämtliche Gesprächsthemen bald restlos erschöpft. Der Inhalt ihrer zweiten Existenz ist die Vernichtung des rotgepunkteten Kolbenfressers.
Unaufhörlich – unaufhörlich – unaufhörlich – nie hätte Lero Linguno gedacht, daß er einmal des Killens so herzlich überdrüssig werden könnte –

Seerosen

Seit Jessica das Hotel verlassen und das Fahrrad bestiegen hatte, war sie ziellos durch die Gegend gefahren, erst den Bach entlang, später die Hügel hinauf. Aber sie nahm nichts um sich herum wahr, ihre Gedanken verweilten ständig bei dem ärgerlichen Vorkommnis am Vormittag: der junge Chef kapierte einfach nicht, daß es einen Unterschied gab zwischen der Theorie in den klugen Büchern der Hochschule und der Realität, und glaubte, das Talent zur Leitung einer Firma in den Genen zu haben. Jessica, seit zehn Jahren in führender Position im Betrieb, wußte es besser – er weigerte sich jedoch standhaft, das zuzugeben.

Aber heute, Freitag Mittag, hatte sie sich ins Auto gesetzt und war aufs Land gefahren, hatte in einem gemütlichen kleinen Hotel ein Zimmer und ein Fahrrad gemietet.

Ablenken wollte ich mich, schalt sie sich, und jetzt fahre ich durch diese wunderschöne Gegend und denke bloß an den großspurigen Möchtegern – Schluß jetzt, soll er mich am Montag weiter ärgern! Sie stieg vom Fahrrad, und verlor sich allmählich in die malerische Szenerie; unten der Bach, der sich stellenweise zu einem weiden- und schilfgrasbestandenen Tümpel ausweitete, das wellige grüne Land, in dem moosüberhangene Felsbrocken aufragten, in deren Spalten sich Wurzeln gezwängt hatten, Büschen zu kräftigem Wuchs verhelfend. Den Horizont bildeten die schwarzen Zacken eines Nadelwaldes. Sie stieg wieder auf und verfolgte den Pfad neben dem Bach. Ein lichtes Laubwäldchen, das sich später zu einem Tannenwald verdunkelte, nahm sie auf. Allmählich sollte ich

umkehren, dachte sie, von hinten ziehen finstere Wolken heran – nur noch bis zu der Lichtung werde ich fahren. Dort überraschte sie eine bunte, duftende Blumenfülle.
Sie stieg ab und pflückte ein paar von den kardinalsrot leuchtenden Rispen. Ein vom Sturm umgeworfener Baum schien dazu aufzufordern, sich auf ihm niederzulassen. Ein Weilchen will ich die Wärme genießen, dachte sie, setzte sich ans eine Ende, nahm ihre rote Schirmkappe ab und legte sie neben sich, schloß die Lider und hielt das Gesicht der Sonne entgegen.
Eine Bewegung am anderen Ende des Stammes ließ sie die Augen wieder öffnen; sie erblickte eine Grauhaarige, gekleidet in etwas Graugrünes. Ihre Hände waren eifrig mit einer Häkelarbeit beschäftigt: „Es ist schön hier, diese Stille und Unberührtheit der Natur," sie wackelte mit dem Kopf; „ja, Unruhe und Betriebsamkeit der Welt fallen ab." Nun wandte sie sich zu Jessica, die Hände ruhten: „Sicher werden Sie zum Schloß fahren, es ist nicht mehr weit. Alle wollen dahin, es ist sehenswert. Vor langer, langer Zeit ließen es die Earls of Cymblestone erbauen, die Familie besitzt es heute noch. Nun ist Earl James VII. der Besitzer, ein beeindruckender Herr," sie nickte wiederholt, „auch die Fremde hat er beeindruckt."
„Mm," bekundete Jessica ihr mäßiges Interesse.
Die Andere kicherte, „Ja, eines Tages erschien sie, wollte das seltsame Schloß besichtigen, erst von außen, dann von innen – es ist ein besichtigenswertes Schloß, ja ja. Sie spazierte die Treppe hinauf, und öffnete die dritte Tür – und da stand er, und es war um sie geschehen!"
Jessica drehte nun den Kopf zu der Alten: „Was war mit ihr geschehen?"
„Sie verfiel ihm. Er vereinigt alle faszinierenden Eigenschaften von Generationen in sich." Die Alte wackelte mit dem Kopf.
„Hat er sie geheiratet?" Jessica beugte sich zu ihr hin.

„Oh, nein! Alle Frauen vergleicht er mit seiner Mutter – die verstarb, als er zehn Jahre alt war, ein Eifersuchtsdrama, ja ja, sehr dramatisch."
„Und die Fremde?"
„Ja, die Fremde. Ertrank im Waldsee, übrigens ein zauberhafter See, Sie werden es auch feststellen!" Wieder kicherte sie, packte ihr Häkelzeug in einen Stoffbeutel, erhob sich ächzend und schlurfte in die Tiefe des Waldes.

Jessica war verwirrt. Dann lachte sie: Ammenmärchen. Aber beeindruckend, und mal was anderes als Kalkulationen und Vertragsentwürfe. Es ist nicht mehr weit zum Schloß, hat sie gesagt. Ich muß es mir doch mal anschauen, wenigstens von fern.
Sie radelte durch den Wald, und erspähte wirklich einen spitzen Schieferturm über den Bäumen, hinter den Büschen ein schmiedeeisernes Gitter, und eine offenstehende Pforte. Als die Bäume keinen Schutz mehr boten, bemerkte sie, daß es regnete. Sie stieg ab, schob das Rad den unkrautüberwucherten, gewundenen Sandweg entlang. Er öffnete sich zu einem Platz, in dessen Mitte ein verfallender Brunnen ein Wasserrinnsal über seine moosbewachsenen Steine schickte. Dahinter ragte das Schloß auf. Das Eichenportal stand offen. Jessica lehnte das Rad an die Mauer, betrat die Eingangshalle.
Efeu hatte die Spitzbogenfenster überwuchert, so daß sie wenig Licht in den Raum ließen. Als sich ihre Augen an die Dunkelheit gewöhnt hatten, gewahrte sie rechts eine breite Treppe. „Hallo, es regnet so, darf ich mich kurz unterstellen?" rief sie, aber niemand antwortete. Umherschauend, betrat sie die unterste Stufe, tastete mit der Hand das geschnitzte Geländer ab; fühlte keinen Staub. Also war das Haus bewohnt. Zögernd stieg sie die Treppe empor. Vom Flur gingen rechts dunkle, reichverzierte

Türen ab. Vor der dritten blieb sie stehen, klopfte, horchte. Kein Laut. Vorsichtig drückte sie die Klinke nieder, schob die Tür auf. Sie blickte in einen großen, beeindruckenden Raum; ein vielarmiger Leuchter stand auf dem mächtigen Tisch in der Mitte, kerzenbestückte Leuchter waren an der Wand befestigt, Lichterflecken tanzten über den mit düsteren Mustern verzierten Teppich. Schwere Möbel standen sparsam im Raum verteilt.

Vor der dunkelroten Portiere bewegte sich eine Gestalt, ein großer, schlanker Mann in einem graphitgrauen Samthausmantel streckte ihr die Hand entgegen: „Willkommen in meinem Hause. Ich bin James, Earl of Cymblestone - und ich freue mich, Ihre Bekanntschaft machen zu dürfen." Seine Stimme klang dunkel und sanft, seine schwarzen Augen versenkten sich in die ihren. Etwas Starkes, Besitzergreifendes ging von ihm aus; sie fühlte sich geborgen, vereinnahmt. „Ich darf Sie zu einem bescheidenen Mahl einladen? Sie haben einen langen Weg hinter sich. Aber Sie sind naß geworden, Patrick, geleite die Dame ins weiße Zimmer! Sie werden dort einen Hausmantel vorfinden, der Ihnen dienen kann, bis Ihre Sachen getrocknet sind!" Patrick wies zur Tür.

Was tue ich hier eigentlich, bin ich jetzt total verrückt? Trotzdem folgte sie dem Diener in ein ebenfalls von Kerzen erhelltes, mit weißen, goldverzierten Möbeln ausgestattetes Zimmer. Auf einem Tischchen stand eine rosengefüllte Vase. Über einem Plüschsessel lag ein grünseidener, mit weißen und rosa Seerosen bestickter, bodenlanger Hausmantel. Der Diener entfernte sich, sie zog ihre feuchten Sachen aus, und schlüpfte in den Hausmantel. Als sie sich im Spiegel besah, lächelte sie spöttisch „wie eine echte Lady!" Vor der Tür wartete Patrick und geleitete sie zurück.

„Nehmen Sie Platz, mir gegenüber," der Gastgeber machte eine einladende Handbewegung. Ein anderer Diener erschien, legte zwei Gedecke auf, nahm eine Kristallkaraffe mit Rotwein aus einem der Schränke, wollte die Gläser füllen –

„Nein, danke, für mich bitte keinen Wein – " Jessica, die sich wie im Traum vorkam, wollte diesen Eindruck nicht noch durch Wein verstärken.

„Ich bitte vielmals um Vergebung, daß ich es versäumte, Sie zu fragen. Sagen Sie, was Sie bevorzugen und Oliver wird bemüht sein, Ihren Wunsch zu erfüllen.

„Tee wäre mir am liebsten."

„Ich hoffe, Sie sind mit Pilzsuppe, Lammrücken und Früchtepudding einverstanden. Alles stammt von meinem Grund und Boden, und mein Koch macht seine Sache gut, finde ich jedenfalls."

Als Jessica die Suppe gekostet hatte, nickte sie: „Da kann ich Ihnen nur zustimmen, es schmeckt ausgezeichnet."

Ganz offensichtlich freute er sich über das Kompliment, ein weiches Lächeln verschönte seine strengen Züge. Jessica gab der Alten recht, er war ein faszinierender Mann. „Was tut sich in der Welt draußen? Sie stehen mitten im Leben – während ich meine Tage in gleichförmiger Abgeschiedenheit verbringe."

„Die Welt draußen? Nun, vom Fernsehen wird man informiert über sämtliche Katastrophen der gesamten Welt, aber mehr ist man interessiert, ob die Umgehungsstraße im Heimatort gebaut wird. Und was meinen Kopf im Moment völlig ausfüllt, ist der Ärger über meinen unerfahrenen, bornierten Chef." In Gedanken schnitt sie eine grüne Bohne in winzige Schnitzel.

Der Earl beugte sich lächelnd zu ihr: „Denken Sie daran, daß vieles in kurzer Zeit bedeutungslos ist – wie weniges die Jahre zu überdauern vermag."

„Es ist nun einmal mein Beruf, und den nehme ich ernst," sie zuckte die Schultern.

„Wie tröstlich, daß es Menschen wie Sie gibt. Und wie gut, daß

es die Frauen gibt," fügte er leise hinzu. „Meine Mutter nahm ihre Pflichten auch sehr ernst" – er machte eine ausladende Handbewegung, „zu ihren Lebzeiten war dies ein freundliches, helles Heim – " Seine schwarzen Brauen zogen sich zusammen. Unvermittelt wies er auf den Kamin, in dem ein Feuer brannte: „Setzen wir uns dorthin, es ist gemütlich, ich werde Ihnen etwas aus der Familienchronik vorlesen, damit Sie wissen, wo es Sie hinverschlagen hat – wenn Sie möchten!"
„Oh, ja, das interessiert mich!"
Vor dem Kamin standen zwei bequeme Lehnstühle, dazwischen befand sich ein kleiner Tisch mit Weinglas, Rotweinkaraffe, Teekanne und Tasse. Jessica bedauerte, daß sie den Wein abgelehnt hatte, wagte aber nicht, um ein Glas zu bitten. Neben ihrem Sessel stand ein Weidenkorb, über dessen Henkel ein roséfarbener, zur Hälfte gestickter Seidenschal hing. Sie nahm ihn bewundernd in die Hand.
Der Earl deutete darauf: „Das Tuch interessiert Sie? Die Damen des Hauses liebten die Beschäftigung mit schönen Dingen; wenn es Ihnen Freude macht, können Sie die Arbeit gern vervollständigen."
„Oh, ja." Sie brachte es nicht über sich, zu gestehen, daß sie seit ihren Schultagen keine Handarbeit mehr in den Fingern gehalten hatte. Etwas ratlos betrachtete sie die feingestickten Seerosen, befand, daß die Technik nicht gar so schwierig sein könne, wählte hellgrünes Garn aus dem schwarzen Lackkästchen und versuchte sich an einem Blatt.
Der Earl hatte zu einem schweinsledergebundenen, dicken Buch gegriffen und begann mit der Entstehungsgeschichte des Schlosses. Er las mit angenehmer Stimme, mit ausdrucksvoller Betonung und mit Begeisterung über die Taten der Altvorderen. Jessica war beeindruckt, schaute ihm zu. „Oh", entfuhr es ihr plötzlich, während sie den linken Zeigefinger betrachtete, in dem

tief die Nadelspitze steckte und aus dem Blut hervorquoll. Der Earl legte das Buch auf den Tisch, stand auf, nahm den weißen Seidenschal, den er um den Hals geknotet trug, kniete nieder, und wickelte ihn um ihren Finger. Dann schaute er zu ihr auf, lächelnd. Seine schwarzen Augen waren eine Handbreit von den ihren entfernt. Wie von selbst näherten sich ihre Lippen den seinen, sie schloß die Augen, ihr Atem stockte. Grellbunte Wolken waberten in ihrem Kopf, in ihren Ohren sang es, in ihrem Leib züngelten gierige Flammen. Die Zeit stand still.
„Kommen Sie," er hielt ihr seine Hand hin. Sie nahm sie, erhob sich, verließ mit ihm das Zimmer, folgte ihm über den langen Gang bis zum Ende, in ein prächtiges Gemach mit einem purpurroten Himmelbett. Sie wußte, sie war verloren, und sie war damit einverstanden.

Als sie aufwachte, schien Licht durch einen Spalt in den schweren Samtvorhängen. Er war fort. Sie erhob sich, hüllte sich in den Hausmantel, eilte den langen Gang entlang zum Speisezimmer. Er saß am Frühstückstisch, rührte in seiner Tasse, stand auf, als er sie erblickte, küßte ihre Hand: „Guten Morgen, meine Liebste, nehmen Sie Platz und beginnen Sie den Tag mit einem kräftigen Frühstück, sagen Sie Patrick, was Sie möchten." Höflich, liebenswürdig, zeigte er sich, aber nichts verriet die Gefühle, die er in der Nacht offenbart hatte. Sie bemühte sich, ebenso kühl zu wirken. Sachlich fuhr er fort: „Nach dem Frühstück zeige ich Ihnen die Umgebung, Sie werden erstaunt sein, wie herrlich es hier ist!" Wieder erschien das weiche Lächeln auf seinem Gesicht.

In seiner Gegenwart hätte sie die trostloseste Öde herrlich gefunden, aber er hatte recht, das Land war malerisch. „Und dies ist der Seerosenteich," am Ende eines schmalen Pfades erblickte sie ihn. Auf der Oberfläche des moorbraunen Wassers schwammen rosa und weiße Seerosen.

„Sie sind ungewöhnlich farbenprächtig, einmalige Pflanzen sind ist das," sagte Jessica bewundernd.

„Ich bin glücklich, daß es Ihnen bei mir gefällt."

Sie schluckte, wie gern hätte sie Törichtes geäußert, aber sie hielt sich zurück, „es muß einem hier einfach gefallen!"

Den Five o'clock Tea nahmen sie in einem chinesischen Pavillon ein – James IV. hatte ihn errichten lassen. Dabei sagte der Earl: „Nachher zeige ich Ihnen die Portraitgalerie." Im ersten Stock des Schlosses befand sich ein langes Gemach, in dem an beiden Seiten Bilder aus verschiedenen Epochen hingen, beleuchtet von Kerzen in Leuchtern, die zwischen den einzelnen Objekten an der Wand angebracht waren. Er zeigte ihr stolze Ritter, geistliche Herren, arrogante Jünglinge, alte und junge Damen, gekleidet in prächtige Gewänder. Vor einem Gemälde blieb er stehen, betrachtete es mit innigem Ausdruck. Sie war sicher, daß die junge Frau in der blutroten Robe und mit dem lieblichen Antlitz seine Mutter war, und die schemenhafte Figur hinter ihr sein Vater; zu fragen wagte sie nicht. Neben der Tür hing ein anderes Bild, das ihre Aufmerksamkeit erregte, obwohl sie die Gestalt nur unklar erkennen konnte, da der zugehörige Leuchter keine Kerze enthielt: vor einem See eine junge Dame in einem grünen, seerosenbestickten Gewand. Locker über die Haare gelegt trug sie einen rosa Schal. Sehr seltsam, dachte Jessica – aber war hier nicht so vieles seltsam? „Sie sind sehr liebenswürdig, mir Ihre Ahnen zu zeigen," sagte sie statt dessen zum Hausherrn. Er küßte ihre Hand.

Wieder aßen sie Köstliches zu Abend, wieder setzten sie sich zum Kamin, wieder las er ein Kapitel aus der Familienchronik vor. Und dann kam endlich der Augenblick, in dem sie in seinen Armen lag.

Die Tage waren ein einziger Traum. Ihr ganzes Ich war auf ihre Leidenschaft für diesen Mann reduziert, nichts anderes zählte.

Eines Morgens wurde sie von einem ungewohnten Geräusch geweckt, sie sprang aus dem Bett und schaute aus dem Fenster. Es regnete. Ein Motorrad. Eine junge Frau in Lederkleidung. Die stieg ab, nahm den Helm ab, schüttelte die langen schwar-zen Haare, schaute zum Schloß hinauf, rief etwas, fragend. Dann trat sie durch die Tür.
Jessica fühlte Eiseskälte in sich aufsteigen. Langsam nahm sie den Seidenmantel um, gürtete ihn sorgfältig, löste das Band wieder, machte eine korrekte Schleife. Mit der Bürste fuhr sie Strich für Strich über die blonden Locken. Langsam schritt sie den Gang entlang, ins Kaminzimmer.
Er stand vor der Portiere. Machte einige Schritte auf sie zu. Nahm ihre eiskalte Rechte in seine Hände, führte sie an die Lippen. „Meine Teure, ich habe Ihnen sehr schöne Stunden zu verdanken."
Sie nickte, nahm den über der Lehne des Kaminsessels hängenden Schal, der nicht fertig geworden war, verließ den Raum, ging die Treppe hinunter, zur Tür hinaus. Es regnete. Sie legte den Schal über den Kopf. Dem schmalen Pfad folgte sie bis zum See. Regen und Wasser vermischten sich zu einem verschwommenem Grau. Sie schritt durch den Regen hinein ins Wasser, tief, immer tiefer. Eine kleine Welle schlug über ihrem Kopf zusammen. Der Schal tauchte auf, schlang sich um eine weiße Seerose, legte sich über die Stelle, an der die Gestalt versunken war.